AGNÈS LEDIG

Née en 1972, Agnès Ledig est aujourd'hui sage-femme. Elle a commencé à écrire après le décès de l'un de ses trois enfants, atteint d'une leucémie, pour renouer avec les bonheurs simples de la vie. Elle a publié *Marie d'en haut* (Les Nouveaux Auteurs, 2011) qui a reçu le prix *Femme actuelle*, et *Juste avant le bonheur* (Albin Michel, 2013), qui a remporté le prix Maison de la Presse. Son dernier roman, *Pars avec lui*, paraît en 2014 chez Albin Michel.

JUSTE AVANT
LE BONHEUR

AGNÈS LEDIG

JUSTE AVANT
LE BONHEUR

ROMAN

ALBIN MICHEL

Pocket, une marque d'Univers Poche,
est un éditeur qui s'engage pour la préservation
de son environnement et qui utilise du papier fabriqué
à partir de bois provenant de forêts gérées
de manière responsable.

© Éditions Albin Michel, 2013
ISBN : 978-2-266-26403-7

« Les gens que nous avons aimés ne seront plus jamais où ils étaient, mais ils sont partout où nous sommes. »

Alexandre Dumas

À Nathanaël,
qui est partout où je suis...

Coalescence : n.f. – 1537 ; du lat. *coalescere* « croître avec »

1. BIOL. Soudure de deux surfaces tissulaires en contact.

2. CHIM. État des particules liquides en suspension réunies en gouttelettes plus grosses.

3. LING. Contraction de deux ou plusieurs éléments phoniques en un seul.

Le Petit Robert.

Ici :

4. HUM. Rapprochement de personnes sensibles et meurtries dont le contact entraîne une reconstruction solide de chaque élément à travers le tout qu'ils forment.

Un prénom sur un badge

Elle en a vu d'autres, Julie.

Elle aurait pu s'opposer, prendre le risque, perdre son travail, mais garder sa dignité.

Quelle dignité ?

Ça fait belle lurette que ce petit bout de femme l'a perdue. Quand c'est une question de survie, on range au placard les grands idéaux qu'on s'était fabriqués gamine. Et on encaisse, on se tait, on laisse dire, on subit.

Et puis, elle a besoin de ce boulot. Vraiment. Ce connard de Chasson le sait. Directeur sans scrupules, capable de virer une caissière pour une erreur de dix euros. Alors cinquante !

Julie sait pourtant qui lui a volé ces cinquante euros, quand elle avait le dos tourné. Mais il est mal vu de dénoncer les collègues. Très mal vu. Ça vous colle une réputation sur le dos aussi solidement qu'un pou sur une tête blonde. Elle préfère éviter.

« Mademoiselle Lemaire, je pourrais vous virer sur-le-champ. Cependant, je connais votre situation, je sais que vous ne pouvez pas rembourser. Méfiez-vous, je pourrais vous demander de trouver une solution pour réparer vos erreurs de caisse. Vous voyez de quoi je

parle ? Sinon, demandez à certaines de vos collègues, elles ont compris comment faire », lui a-t-il lancé, le regard fixe, sans aucun état d'âme, un mauvais sourire sur les lèvres.

Salaud !

Il présente bien, pourtant. Le gendre idéal. Grand, dynamique, souriant, le menton carré et les tempes grisonnantes. Toujours une main dans le dos pour rassurer, encourager. Toujours un mot gentil quand il passe saluer les employés le lundi matin. Une épouse élégante et des enfants polis. Le type qui a commencé petit et a gravi les échelons à la sueur de son front, forçant le respect et l'admiration. Voici pour la face brillante de la médaille. Et puis, quand on la retourne, il y a le loup, le prédateur, l'homme qui veut des femmes à ses pieds pour se prouver qu'il est le plus fort.

Quelques minutes plus tard, Julie marche d'un pas rapide dans le long couloir qui sépare le bureau du directeur de la galerie marchande. Sa pause touche déjà à sa fin. Elle aurait préféré la passer à autre chose qu'à ce genre de convocation. D'un revers de manche, elle essuie avec rage une larme échouée sur sa joue. Un malheureux signe de faiblesse qu'elle se doit de chasser immédiatement.

Parce qu'elle en a vu d'autres, Julie.

Elle fait partie de ces gens que le destin épargne peu.

Il y en a comme ça…

Paul Moissac stationne devant le rayon des pizzas surgelées, dubitatif. Le choix du pack de bières qu'il tient dans la main ne lui a pas posé problème, mais là ! C'est peut-être bien la première fois qu'il met les pieds dans un supermarché. Seul, du moins.

Sa femme l'a quitté il y a un mois. Avant son départ, dans un dernier élan de générosité, qui lui a probablement laissé un savoureux sentiment de devoir accompli, elle avait rempli le frigo. La femme parfaite dans toute sa splendeur, jusque dans les moindres détails, et que personne n'aille lui reprocher son départ soudain et irréversible.

Mais aujourd'hui, Paul n'a plus le choix. Perdre un kilo par semaine peut être avantageux dans un premier temps mais s'avérer critique au-delà d'un certain seuil. L'idée de s'asseoir seul à une table de restaurant le décourage au point de lui couper l'appétit. À cinquante et un ans, peut-être est-il temps de savoir évoluer dans un magasin d'alimentation. Il finit par se décider pour la pizza la plus chère. Il ne manquerait plus qu'il mange n'importe quoi sous prétexte que sa femme est partie après trente ans de vie commune.

Il prend toujours le plus cher quand il est question de choisir, persuadé que c'est un gage de qualité.

En traversant le rayon « fruits et légumes », lui revient en tête l'une des phrases favorites de son épouse, débitée machinalement, comme toutes les autres. « *Cinq fruits et légumes par jour* ». Elle la plaçait entre « *La cigarette te tuera* » et « *L'alcool n'est pas bon pour ta santé.* »

Ce qu'elle pouvait être fatigante !

Il emprisonne malgré tout quelques pommes dans un sachet plastique, et se dirige vers les caisses. Il tient ses trois articles en main, en attendant de trouver un peu de place sur le tapis roulant pour les poser. Devant lui, une femme énorme vient d'y déverser un Caddie entier de cochonneries. En voilà une qui n'aurait pas fait bon ménage avec son épouse.

Il se rend rapidement compte qu'il n'a pas choisi la meilleure caisse pour être en mesure de quitter au plus vite cet antre de la consommation, mais la caissière est jolie. Désagréable, mais jolie. Le privilège de la beauté : atténuer le mauvais caractère. Toujours. On pardonne tout aux jolies femmes, avant même qu'elles n'aient ouvert la bouche. Celle-ci regarde à peine la cliente au moment de lui rendre la monnaie, et en profite pour essuyer sur sa joue une larme venue de nulle part. Pas de menton qui tremble, de respiration courte, d'yeux qui brillent, non, un visage impassible mais une larme qui s'est autorisée à prendre l'air.

C'est au tour de Paul.

— Bonjour, Julie !

— On se connaît ? lui demande-t-elle en levant les yeux, étonnée.

— Non, mais c'est écrit sur votre badge. Sinon, ça sert à quoi d'avoir un badge avec son prénom ?

— À nous dénoncer à la caisse centrale quand on se trompe de trois centimes. Rarement pour nous dire bonjour.

— J'ai certains défauts, mais pas celui de délateur.

— Vous n'avez pas pesé les pommes, dit-elle d'un ton neutre et blasé.

— Il fallait ?

— Ben oui !

— Et je fais quoi maintenant ?

— Soit vous y allez, soit vous renoncez à vos pommes.

— J'y vais, je fais vite, répond Paul en saisissant le sachet.

Mais pourquoi tient-il tant à acheter ces pommes ?!

— Prenez votre temps, ça ne changera rien à ma vie ! commente la jeune femme à voix basse alors qu'il a déjà disparu de la file d'attente.

Les clients derrière lui commencent à s'impatienter. Julie profite de la pause pour étirer son dos qui la fait souffrir depuis une bonne semaine.

L'homme revient, essoufflé, et dépose les pommes pesées devant la jeune femme.

— Vous avez sélectionné le raisin à la place des pommes !

— Vraiment ?

— Raisin Golden. C'est écrit sur l'étiquette. Et là, ce sont des pommes Golden.

— C'est grave ?

— Vous paierez plus cher. Vous pouvez y retourner si vous voulez.

Le brouhaha qui commence à s'intensifier dans la file d'attente l'en dissuade.

— Peu importe, je les prends comme ça. Les pommes en seront peut-être meilleures ! dit-il en lui souriant.

Julie esquisse un léger sourire. Ça fait une éternité qu'un homme n'a pas été gentil avec elle. Pour une fois que c'est dans ce sens ! Pourtant, à vingt ans, Julie n'a déjà plus l'habitude de ce genre d'attentions. L'insouciance a rejoint la dignité au cimetière des illusions perdues.

— Soirée foot ? demande-t-elle en lui tendant le ticket de caisse.

— Non, pourquoi ?!

— Pour rien. La bière, la pizza…

— Soirée d'homme célibataire !

— L'un n'empêche pas l'autre.

17

Julie ne daigne pas répondre à la cliente suivante qui essaie de la prendre à témoin, indignée qu'on puisse ne pas être au courant que les fruits et les légumes, ça se pèse. Le genre de « gnagnagna » que la jeune femme n'entend même plus. Le SBAM la saoule depuis belle lurette. Sourire – Bonjour – Au revoir – Merci. Elle applique uniquement quand elle sait qu'on la surveille. Le coup des pommes lui a au moins permis de lever le pied quelques minutes et de boire dans sa bouteille d'eau aromatisée, pour essayer de faire passer le goût amer de ce boulot.

En vain.

Elle en a aussi profité pour penser à Lulu, l'amour de sa vie. Seule image positive en mesure d'endiguer le flot d'émotion quand il force le passage à l'arrière des paupières.

Jérôme est assis dans son canapé, le dos droit. Il regarde dans le vide. Ses journées de travail sont de plus en plus pénibles. Il ne supporte plus les cors aux pieds des mamies acariâtres, les morveux qui ne veulent pas ouvrir la bouche pour qu'on puisse vérifier qu'il n'y a pas d'angine au milieu des sécrétions jaunâtres, les femmes préménopausées qui parlent de leurs bouffées de chaleur comme d'un insurmontable fléau. Et que dire de ces grappes d'assurés sociaux qui viennent réclamer un arrêt de travail parce que leur poil dans la main s'est transformé en baobab ?

Lui, cela fait dix ans qu'il bosse comme un malade – un comble – pour mener à bien ses études de médecine, et reprendre une patientèle de campagne, qui est passée en quelques mois de la méfiance pour le nouveau venu à l'exigence d'un absolu dévouement à leur égard.

Il a fallu que surgisse le drame pour qu'il ouvre les yeux sur sa vie. Et il sent que, sans un break, une nouvelle catastrophe pourrait bien arriver. L'alcool fort au fond de son verre chaque soir ne l'aide même plus à tenir le coup. Il oublie vaguement les événements, s'endort comme une masse, se réveille à deux heures du matin, pour se tourner et se retourner comme une crêpe jusqu'à l'aube. Et, quand le réveil sonne, il émerge d'un sommeil douloureux, agité, insupportable de solitude.

Son père est la seule personne à pouvoir le comprendre un tant soit peu, même si pour lui non plus ce n'est pas une période très favorable. Il l'appellera demain pour savoir si la petite maison de Bretagne est vacante en cette période. Le rythme lent et régulier des vagues l'aidera peut-être à retrouver une forme d'apaisement au milieu du fouillis.

Le petit s'est installé au salon. Sa nounou le surveille du coin de l'œil en préparant le dîner. Il a sorti tous les animaux en plastique de la caisse de jeu et les a disposés en cercle. Le minuscule éléphant gris côtoie un immense chien blanc, et les trois oies emprisonnées sur leur languette d'herbe doivent se demander comment elles peuvent se retrouver à côté d'un dinosaure violet à peine plus grand qu'elles.

L'enfant leur parle comme à de vrais amis, les emmène chacun à son tour se désaltérer sur la fleur bleue au coin du tapis en coton multicolore. Il met de côté, en se plongeant dans son monde animal, toutes les pressions émotionnelles subies à l'école aujourd'hui.

Le grand qui lui a piqué son deuxième gâteau quand la maîtresse avait le dos tourné, son gilet qu'il a retrouvé par terre, sous les portemanteaux, piétiné et sali, son dessin sur lequel le pot d'eau où trempaient les pinceaux s'est renversé. La maîtresse lui a promis qu'il en ferait un autre. Mais c'est celui-là qu'il voulait offrir à sa maman, quand elle rentrerait du travail ce soir.

Les animaux en plastique sont plus faciles à vivre…

Ça fait deux ans que je suis caissière et c'est la première fois qu'un client me dit bonjour en m'appelant par mon prénom. C'est tellement rare de croiser des gens agréables. En général, ils me regardent à peine, me considèrent comme indigne de leur politesse, quand ils ne me tombent pas dessus parce que je ne vais pas assez vite. Ceux qui d'un regard me font comprendre que je suis juste une caissière, ceux qui, sous prétexte que le client est roi, se croient tout permis, y compris les remarques déplacées et sexistes. Ceux qui continuent à parler dans leur téléphone portable comme si je n'étais qu'une machine, attendant que le prix s'affiche sur le cadran de la caisse et la quittant sans un regard pour moi.

Mais j'ai appris à me défendre. Certaines collègues encaissent en silence, moi, je réponds, les gens ne se rendent pas compte. Ils n'ont qu'à prendre ma place. Ils ne tiendraient pas deux jours, dans le brouhaha, les courants d'air, à manipuler des articles lourds qu'il faut faire glisser jusque devant le scanner, en se tuant le dos, et en supportant le bruit répétitif du bip sonore. Et je ne parle pas de ce connard de Chasson qui nous prend pour du bétail.

Je lui ferai payer un jour. Et il regrettera.

Quand Lulu sera grand, quand il n'aura plus besoin

de moi, je ne me laisserai plus faire. Et je serai enfin libre. J'en profiterai pour me venger de tous les salauds de la terre qui en font baver aux femmes, en pensant qu'elles leur sont soumises et corvéables à merci. Ils sont qui pour penser ça ?

Mais ce type aujourd'hui avait quelque chose dans le regard qui lui donnait l'air sincère et gentil. Je devrais pourtant me méfier. Je me suis fait avoir plus d'une fois. Bizarrement, j'ai senti qu'il était différent.

Déjà, il est vieux ! Pas comme les jeunes coqs qui, sous prétexte d'être dans la fleur de l'âge et un peu mignons, pensent qu'ils vont pouvoir sauter sur tout ce qui bouge.

Et puis, il était paumé comme s'il venait d'être débarqué d'une autre planète, avec son sachet de pommes mal étiqueté.

J'aimerais parfois y partir, justement, sur une autre planète. Une qui serait vierge de toutes les horreurs humaines, qui nous mènent droit au mur et font souffrir les 4/5e de l'humanité...

Parfois, dans la vie, on a le sentiment de croiser des gens du même univers que nous... Des extra-humains, différents des autres, qui vivent sur la même longueur d'onde, ou dans la même illusion.

C'était mon impression aujourd'hui...

Et ça fait du bien.

Une semaine plus tard…

Sur le départ

— Bonjour, Julie, lui dit l'homme, après avoir posé ses courses sur le tapis roulant.

— Bonjour, monsieur. Vous avez tout pesé aujourd'hui ? demande-t-elle sans intention de se moquer.

— Je progresse... Et vous, ça va mieux ?

— Mieux ?

— N'étiez-vous pas un peu triste la dernière fois ?

— Non ! répond-clle sèchement.

— C'était donc une poussière dans l'œil ?

— Voilà ! Le sac isotherme est payant, vous le prenez quand même ?

— Oui ! C'est mieux d'en avoir un, non ?

— C'est vous qui voyez. Ça fera quarante-sept euros et quatre-vingt-quinze centimes.

— Voilà, dit l'homme en sortant un billet de cinquante, gardez le reste.

— Sûrement pas. Les pourboires sont interdits.

— Pour boire, il faudrait donc que je vous invite à la fin de votre service ?

— Je ne sais pas si ce sera possible.

— Vous avez peur que ça jase ?

— Vous pourriez presque être mon grand-père !

— N'exagérez rien, vous allez me vexer !

— Au moins mon père…

— Un père n'a-t-il pas le droit de boire un verre avec sa fille ?

— Je ne suis pas votre fille.

— Personne ne le sait, on peut faire comme si.

— Vous cherchez quoi ? De la chair fraîche ?

— Je cherche une employée corrompue qui pourrait m'initier aux bons plans dans ce genre de magasin.

— Ça dépend de ce que vous cherchez.

— Je cherche mes marques d'homme célibataire après trente ans de vie commune avec une femme qui gérait tout, à commencer par les courses.

— Vous cherchez donc de la chair fraîche !

— Maintenant que j'ai un sac isotherme, il faut bien qu'il serve.

— Même en rentrant le ventre, je ne tiens pas dans votre sac isotherme.

— Je ne vous en demande pas tant, juste d'accepter un verre après votre travail. À quelle heure finissez-vous ?

— Aujourd'hui, j'ai pause de treize à quinze heures.

— Où mangez-vous ?

— J'ai une pomme.

— Une pomme ? Même au prix du raisin, une pomme n'est pas assez nourrissante. Je vous attends en double file dans l'allée P, comme Paul, j'ai un 4×4 gris Audi, nous irons manger quelque part.

Julie lui tend le ticket de caisse en jetant un œil sur les clients suivants qui, obligés d'attendre, lui lancent des regards noirs. Elle doit se méfier, ils pourraient se plaindre au directeur, et lui, profiter de la situation pour lui demander quelques gentillesses.

Elle ne sait pas encore si elle ira retrouver un 4×4

gris garé allée P tout à l'heure. Qui dit que cet homme ne lui demandera pas aussi ce genre de chose ? En même temps, sur un parking en plein jour elle ne prend pas trop de risques. Et puis, il était touchant à essayer de se dépatouiller dans ses courses de célibataire débutant.

C'est son dernier jour de travail avant trois semaines de vacances, elle peut bien fêter ça. Ça la changera des deux heures à tuer au centre commercial, faute de pouvoir rentrer à la maison parce qu'elle n'a pas l'argent pour payer l'essence et préserve sa voiture le plus possible. Il y a bien un livre dans son sac, le dernier emprunté à la bibliothèque, mais comment s'isoler du brouhaha ambiant ? La salle de détente du personnel est sinistre, sans fenêtre, et les types du rayon boucherie passent leur temps à lui lancer des remarques aussi lourdes que les gros veaux qu'ils sont.

Et puis, avec un 4×4 Audi, le type doit pouvoir lui payer un bon restaurant. Elle se fera des réserves dans les cuisses pour la fin du mois qui s'annonce difficile.

Comme toutes les fins de mois…

Jérôme a trouvé une remplaçante. Pas très expérimentée, mais qu'importe. Il veut aller voir la mer, regarder l'horizon au loin, essayer d'oublier les fonds marécageux dans lesquels il s'enfonce depuis trois mois.

La jeune femme doit arriver dans la soirée, il lui prête même sa maison le temps du séjour. Cette nuit ils cohabiteront puisqu'il ne part que demain. Son père l'a appelé tout à l'heure pour lui préciser l'heure. Son père qui lui aussi aspire à retrouver l'air de la mer.

Mais pour une autre raison. Une sorte de soupir de soulagement.

Plus que deux heures de consultation. Il se raccroche à la perspective du voyage pour trouver la force de garder le dos droit et la tête haute. Un médecin doit aller bien. Un médecin ne flanche pas. Un médecin, c'est un socle sur lequel s'agrippent les patients fragiles. Il se doit d'être solide comme un roc.

Tu parles d'un socle indestructible !

Dynamité, réduit à néant il y a quelques mois, le socle ne soutient plus personne. Il écoute, prescrit, palpe, suture, mais il ne soutient plus. Il arrive à tenir sans antidépresseurs, c'est déjà ça. Mais il y a l'alcool.

L'enfant attend la sortie avec impatience. C'est Tatie qui vient le chercher et tout à l'heure maman est en vacances. Elle sera là tous les soirs, et tous les matins. Tous les midis même ! Il mange mieux chez Tatie, mais il préfère quand même que sa maman soit là.

Il n'aime pas l'école. Il y apprend bien quelques chansons mais il y a trop de bruit, trop d'enfants qui se bousculent et l'embêtent, trop de choses à faire, à voir, à écouter.

Sa maman lui a promis qu'il n'irait pas tous les jours à la maternelle quand elle serait en vacances, elle veut profiter de lui. Peu importe ce que dira la maîtresse.

Sa maman, elle n'est pas comme les autres mamans. D'abord, c'est la plus jolie. La plus jeune aussi. Parfois, on dirait une grande sœur à la sortie de l'école. Et puis, elle se fiche de ce que pensent les autres.

Elle dit aussi des gros mots. Alors que lui, quand il les prononce à l'école, il se fait punir. C'est bien d'être adulte, plus personne ne vous gronde quand vous dites des gros mots.

Mais sa maman pleure parfois le soir, quand des papiers sont étalés sur la table et qu'elle tape sur les touches de sa calculatrice.

Lui, ça ne le dérange pas de manger des pâtes tous les jours. Il aime les pâtes. Mais il est vrai qu'avec de la viande, c'est meilleur. Meilleur qu'avec du beurre. L'avantage de Tatie, c'est qu'elle a assez d'argent pour acheter de bonnes choses à manger...

Treize heures.

Pause.

Envie de rejoindre l'allée P et l'homme qui paraît gentil. Sans aucune arrière-pensée. Quand même, il pourrait être son père ! Mais se changer les idées, de temps en temps, cela fait du bien. Et puis, la perspective d'un vrai repas n'est pas pour lui déplaire.

Le 4×4 est là, se signalant par un appel de phares quand elle s'engage dans l'allée. L'homme sourit avec bienveillance lorsqu'elle monte sur le siège passager. Intérieur cuir, tableau de bord en acajou, moquette impeccable. Même pas un gravillon.

Comment fait-il ?

Un monde entre ce genre de voiture de luxe et sa Renault 5 pourrie, hors d'âge, qui manque de se disloquer chaque fois qu'elle tourne la clé de contact. Avec une carrosserie rongée et des sièges élimés. C'est vrai, elle n'est pas très encline au ménage, surtout quand il s'agit d'une voiture, dont la fonction à ses yeux se résume à l'emmener d'un point A à un point B. Tant que ça roule, c'est le principal. Elle n'ose même pas imaginer une panne. Elle en a besoin pour travailler, donc pour vivre. Son épée de Damoclès a la forme d'une courroie de distribution qu'il faudrait changer depuis vingt mille kilomètres déjà. Le garagiste lui a expliqué que si elle lâchait, ça casserait le moteur. Julie lui a répondu que si on la changeait, elle ne pourrait pas payer son loyer. À raison, il a répliqué que si elle cassait son moteur, elle ne pourrait plus aller bosser, qu'elle perdrait donc son boulot et ne pourrait plus payer son loyer non plus.

Le garagiste n'étant pas banquier, elle prie pour que la courroie ne lâche pas.

Paul lui propose un restaurant qu'elle ne connaît pas. Elle en connaît peu. C'est à quelques minutes.

— Je suis ravi que vous soyez venue, lui dit-il simplement.

— N'attendez rien de moi, je vous préviens ! répond Julie d'un ton sec.

— Vous aboyez seulement ou vous mordez aussi ?

— Je n'aboie pas, je précise.

— Qu'est-ce que je pourrais bien attendre de vous, à part quelques bons plans commerciaux ?

— Mes faveurs, j'ai l'habitude.

— Eh bien, non, pas moi !

— C'est rare.

— Tous les hommes sont-ils des goujats ?

— Faut croire.

— Vous me mettez une soudaine pression, j'en suis presque mal à l'aise.

— Pourquoi ?

— Parce que maintenant, il faut que je vous prouve que je n'en suis pas un.

— C'est si difficile que ça pour un homme ?

— Non… enfin, si… je ne sais pas. On verra bien.

Un ange passe...

— Je vous propose simplement qu'on aille manger, reprend Paul, parler de tout et de rien, de vous, si vous voulez bien, de moi, si ça vous intéresse, sans pression ni arrière-pensée.

— Ça me va, conclut la jeune femme.

— Je vous invite surtout à vous restaurer avec un peu plus qu'une pomme !

— J'ai l'habitude de me nourrir d'une pomme à midi...

— L'habitude n'est pas un gage d'équilibre alimentaire.

— Je fais comme je peux.

— Aujourd'hui vous pourrez prendre un menu complet, à la condition que vous ne vomissiez pas sur mon tableau de bord au retour.

— Je vais essayer, répond Julie, en souriant enfin !

Le restaurant est chic. Julie se sent presque mal à l'aise dans son jean aux ourlets filants, son T-shirt échancré et ses baskets délavées.

— Vous êtes sûr qu'ils vont m'accepter ? s'enquiert-elle.

— Pourquoi pas ?

— Je ne colle pas avec le décor.

— On ne vous demande pas de vous accrocher au mur.

— Enfin, je vais faire mauvais genre, non ?

— Si, bien sûr ! Mais on s'en fiche. Avec une carte bancaire, on est en droit de faire mauvais genre. C'est même assez jouissif.

— Mais je n'ai pas de carte bancaire.

— Alors... comment vous dire, Julie... Quoique si vous me tendez des perches aussi grandes que des

31

séquoias, ce sera plus facile pour moi de vous prouver que je ne suis pas un malotru. L'homme bien élevé invite généralement la femme au restaurant. Sauf s'il tombe sur une féministe pure et dure qui confond galanterie et goujaterie.

— Je suppose que les féministes ont une carte bancaire…

— Par contre, il va falloir jeter votre chewing-gum, sinon, là, ça fera vraiment mauvais genre.

Julie s'exécute. Elle déchire un morceau de sa serviette en papier et emballe l'objet du délit avant de le déposer dans le cendrier. Le serveur vient leur proposer la carte. Julie la parcourt quelques instants puis la referme violemment.

— Un souci ? demande Paul. Rien ne vous tente ?

— C'est trop cher pour moi…, répond-elle la gorge nouée.

— Vous êtes féministe ?

— Non, pourquoi ?

— Vous n'avez donc pas prévu de payer ?

— À chaque bouchée, je vais avoir l'impression de mâcher un billet de cinq euros.

— Ne regardez pas les prix !

— Je ne peux pas, c'est plus fort que moi, c'est devenu une habitude, je regarde les prix de tout, j'ai beau lutter, la colonne de droite attire mon regard…

— Alors je vais vous lire la carte.

— Les gens vont penser que je ne sais pas lire.

— Je vais donc chuchoter…

— Les gens vont penser que vous me dites des mots doux alors que vous pourriez être mon père.

— Julie, laissez les gens penser ce qu'ils veulent, répond-il dans un soupir amusé.

Paul commence alors la lecture de la carte. Julie doit

l'interrompre régulièrement. Elle est loin de connaître tous les plats proposés. Le serveur observe dans un coin de la pièce le manège à la table 9. Quand il voit l'homme reposer la carte en souriant, il s'approche d'eux.

— Vous avez choisi, messieurs dames ?

— Oui. Pour madame, ce sera un saumon fumé en entrée, puis un filet mignon aux girolles et, pour le dessert, un vacherin aux framboises. La même chose pour moi. Vous nous mettez un bon vin, jeune homme, je vous fais confiance.

— En accompagnement ?

— Des frites. Pour remplacer les pommes.

— Pardon ? dit le serveur.

— Rien, rien, répond Paul, en faisant un clin d'œil à Julie.

Le garçon reprend les cartes et s'éloigne rapidement. Julie sirote son diabolo grenadine en regardant le décor avec curiosité.

— C'est la première fois que vous venez ici ?

— Évidemment. Je n'ai pas les moyens de me payer le restaurant.

— Même pas une fois de temps en temps ?

— Non.

— Vous loupez quelque chose.

— Si vous saviez tout ce que je loupe !

— Du genre ?

— Tout. Je loupe ma vie, d'une manière générale. Pourquoi vous m'avez invitée au restaurant ?

— Vous m'avez fait de la peine.

— Moi ? s'exclame-t-elle.

— Oui, vous. Je sais pertinemment que ce n'était pas une poussière dans l'œil la première fois que je suis passé à votre caisse. Ça m'a ému.

— Faut pas. Je m'en suis remise.

— Que s'était-il passé ?

— Pourquoi vous voulez le savoir ?

— Parce que je pourrais bien avoir envie d'aller casser la figure à celui qui vous a causé du chagrin. Je déteste qu'on fasse du mal aux femmes.

— Qu'est-ce qui vous dit que c'est un homme ?

— La haute estime que vous en avez.

— Vous voulez vraiment que je vous raconte ce qui s'est passé ?

— Non, je m'en fiche complètement, c'est pour taper la causette en attendant le hors-d'œuvre.

— ...

— Évidemment que oui !

— Il me harcèle, me menace de représailles depuis des mois dès que je fais un pas de travers. L'autre jour, il m'a garanti que la prochaine fois je passais à la casserole.

— Pardon ? dit Paul en manquant avaler de travers sa gorgée de bière.

— Je n'ai pas le choix...

— Vous voulez rire ?

— Non, et il sait qu'il peut me coincer parce que je n'ai pas le choix.

— Qu'est-ce que c'est que cette histoire ? dit Paul avec colère.

— L'autre jour, une collègue a pris cinquante euros dans ma caisse pendant que j'étais aux toilettes. Je l'ai vue reposer ma sacoche. J'ai été convoquée chez le directeur. Il m'a dit qu'il pouvait me virer sur-le-champ, et que la prochaine fois, il faudrait que je sois gentille avec lui.

— Vous ne l'avez pas dénoncée, votre collègue ?

— Ça ne se fait pas.

— Parce que ça se fait de passer à la casserole ? demande Paul. Il ne vous a pas proposé de rembourser et de classer l'affaire ?

— Vous rigolez ou quoi ! L'occasion était trop belle. Y a des caissières qui peuvent se faire virer pour avoir piqué un bon de réduction, vous savez, ceux qui sortent avec le ticket de caisse. Quand les clients n'en veulent pas, nous devons les détruire. Si une de nous se fait choper parce qu'elle l'a gardé pour elle, elle peut proposer de rembourser les 1,80 euros, mais ce connard peut aussi décider de la virer. Alors vous imaginez, cinquante euros…

— Mais pourquoi n'avez-vous pas remplacé le billet avant qu'on ne s'en rende compte, si vous connaissiez les risques ?!

— Parce que je ne les avais pas.

— Il y a un distributeur au supermarché.

— Je ne les avais pas, je vous dis.

— Mais tout le monde a au moins cinquante euros sur son compte en banque.

— Ben non. C'était juste avant la paie.

Paul saisit alors son portefeuille dans sa poche et sort un billet de cinquante euros, qu'il tend à Julie. Elle le regarde méchamment.

— Prenez ça ! dit Paul après quelques secondes en secouant le billet nerveusement.

— C'est hors de question.

— Prenez ça, je vous dis. Ce qui est hors de question, c'est que cela se reproduise. Vous n'avez qu'à le cacher dans un coin de votre porte-monnaie, et le garder dans le cas où ça se représenterait.

— Vous n'avez aucune raison de faire ça.

— Bien sûr que si !… Je dois vous montrer que je ne suis pas un goujat. Preuve n° 1.

— Voilà, après avoir pensé que je suis illettrée et que je suis votre maîtresse, les gens vont maintenant s'imaginer que vous me payez pour ça.

— Les gens vont se dire que vous êtes ma fille et que je vous donne votre argent de poche.

— Vous voulez vraiment passer pour mon père !

— Avez-vous des preuves de ce qui s'est passé ? C'est impératif pour les prud'hommes.

— Les quoi ?

— L'organisme qui défend les salariés. Vous n'allez quand même pas rester sans rien faire.

— J'ai besoin de ce boulot, je ne peux pas me permettre de le perdre.

— C'est insensé…

— C'est la vie. Vous vivez sur une autre planète ou quoi ?

— Non, mais je ne peux imaginer que ce genre de pratiques soient possibles.

— Et vous, vous travaillez dans quoi au pays de Candy ?

— Je suis ingénieur en aéronautique, chez Bugatti.

— C'est intéressant ?

— Passionnant.

— Ça gagne bien ?

— Je n'ai aucun problème d'argent. Je suis d'ailleurs en fin de carrière et je lève le pied. Je peux vivre de mes rentes.

— Un héritage ?

— Non, un brevet déposé au début de mon activité, la bonne idée au bon moment, qui m'a mis à l'abri du besoin.

— Sauf celui d'une femme.

— Je n'ai pas besoin de femme.

— La vôtre n'est pas partie ?

— Si ! Et il était grand temps. Je ne la supportais plus. Elle était bien utile, mais bon…

— Vous voyez que vous êtes un goujat à parler des femmes comme d'un objet pratique. Heureusement que je n'ai pas de carte bancaire, sinon j'aurais pu me permettre d'être féministe et de vous rentrer dans le lard.

— C'est elle qui a trouvé très commode de se marier avec un homme plein aux as.

— Vous avez des enfants ?

— Un garçon. Issu d'un premier mariage.

— Décidément, votre vie conjugale n'est pas triste. La première femme vous a aussi laissé tomber ?…

— En quelque sorte…, répond Paul en regardant ailleurs quelques instants, avant d'enchaîner : C'est bon, votre filet mignon ?

— Excellent. Je n'avais pas mangé comme ça depuis ma première communion.

— Avez-vous un petit ami ? poursuit Paul, en changeant de sujet.

— Pourquoi cette question ?

— Comme ça.

— Je n'ai pas de petit ami. Je n'ai que Ludovic dans ma vie.

— Qui est Ludovic ?

— Mon fils.

— Vous avez un fils ? s'étonne Paul.

— Oui, il va avoir trois ans.

— Mais quel âge avez-vous ? demande-t-il stupéfait.

— Vingt ans.

— Un accident ?

— Ne redites jamais de Ludovic qu'il est un accident. Il est la plus belle chose qui me soit arrivée dans ma vie.

— Et le père ?

— Pas de père.

— Clonage, parthénogenèse ou miracle biblique ? demande Paul, amusé.

— Soirée arrosée…

— Et c'est pour ça que vous avez tant besoin de votre travail, au point de risquer de subir des horreurs avec votre directeur ?!

— C'est pour lui, oui.

— Vos parents ne vous aident pas ?

— Mon père m'a mise à la porte quand il a su que j'étais enceinte.

— Et votre mère ?

— Elle boit depuis, pour oublier. Je la vois en cachette. Rarement.

— Quel tableau !

— Picasso. Une vie qui ne ressemble à rien.

— Pourquoi vous a-t-il mise à la porte ?

— Il est catholique intégriste.

— Intégriste ?

— Oui, je suppose, sinon, il aurait eu un peu de miséricorde à mon égard. Mais de toute façon, je ne le supportais plus. C'était devenu un enfer à la maison. Je ne suis jamais entrée dans le moule qu'il voulait m'imposer. Les jupes à carreau pour aller jouer dans la neige, on s'y plie quand on est petite, mais, à l'adolescence, on commence à réfléchir. À se rebeller aussi.

Julie et Paul poursuivent la discussion autour du dessert. Elle lui raconte le foyer dans lequel elle a vécu un an avec son fils, jusqu'à sa majorité, puis l'arrêt de ses études après le bac, la galère pour s'en sortir, ce boulot de caissière, mal payé, aux horaires impossibles, mais la seule source de revenus pour survivre. Les jours qui s'enchaînent sans plaisir, et le bonheur d'être en vacances ce soir, ne serait-ce que pour ne plus croiser ce connard de Chasson. Et puis surtout, profiter de son fils, qu'elle ne voit que trop peu : elle finit tard un jour sur deux.

— Je suppose que vous ne partez pas en vacances ? Votre fils est à l'école.

— L'école, il n'ira que lorsqu'il en aura envie durant mes congés. Il y restera assez longtemps comme ça dans sa vie. Mais évidemment, je ne pars pas…

— L'école n'est pas obligatoire ?

— Non. C'est l'instruction qui l'est. Alors, à trois ans… Ce n'est pas comme s'il bossait sur les intégrales ou l'énergie cinétique.

— Vous connaissez tout cela ? s'étonne Paul.

— Oui, pourquoi ?… Je suis caissière, mais pas débile. J'ai un bac scientifique.

— Pourquoi ne pas avoir continué ?

— Avec quoi ?

— Hum…, répond Paul dans un sourire gêné. Vous aimez la Bretagne ?

— Je n'y suis jamais allée. Quand j'étais petite, à chaque vacances, nous partions à Lourdes. Mais ça doit être joli.

— Je vous emmène.

— Pardon ?

— Demain matin, je pars pour la Bretagne, prendre quelques jours de repos. Vous êtes en vacances, je vous emmène.

— Et mon fils ?

— Avec votre fils, évidemment. Nous lui apprendrons la cinétique des vagues et la poussée d'Archimède. Il prendra de l'avance sur le programme, et il épatera la maîtresse de maternelle.

— Je vais vraiment finir par croire que vous attendez de moi des choses malhonnêtes.

— Il y aura mon fils. Il a besoin de prendre l'air.

— Il est au courant ? Il est d'accord ?

— Non, pour la première question, et je ne sais pas pour la deuxième. Je ne lui demande pas d'être d'accord. C'est ma maison, c'est ma voiture, c'est mon temps pour l'emmener là-bas, il ne manquerait plus qu'il soit exigeant. Et puis, vous lui changerez les idées.

— Lui aussi recherche de la chair fraîche ?

— Lui non plus n'est pas un goujat. Cessez de croire qu'on ne s'intéresse à vous que pour ces choses-là.

— Pourquoi vous vous intéressez à moi, alors ?

— Vous êtes touchante.

— Je vous fais pitié ?

— Pas du tout. Mais nous avons plus parlé en une heure que je ne l'ai fait avec ma femme les six derniers mois. Ça me fait du bien. Et puis, j'ai toujours rêvé d'avoir une fille.

— Décidément, vous voulez vraiment vous faire passer pour mon père…

— Alors, vous êtes d'accord ?

— Pour que vous soyez mon père ?

— Non ! Pour la Bretagne.

— Je ne sais pas, il faut que je réfléchisse…

— Téléphonez-moi ce soir, quand vous aurez pris une décision, lui propose Paul en lui tendant une carte de visite.

— Je n'ai pas le téléphone.

— Ah bon ?

— Ils l'ont coupé il y a trois mois.

— Alors je passerai vous prendre, nous verrons bien. Demain matin à sept heures. Où habitez-vous ?

Julie lui précise l'adresse, lui explique qu'elle est facile à trouver, juste à côté de l'église, dans les logements sociaux installés au cœur de l'ancien presbytère.

— Ça, c'est drôle. Vous vous êtes fait virer par un père trop porté sur la religion, et vous habitez dans un ancien presbytère...

— Et j'entends les cloches matin et soir ! Comme avant. Mais ce ne sont pas les mêmes.

Jérôme guette la jeune femme qui arrive dans la cour gravillonnée de la maison. Elle se gare, rassemble quelques affaires dans son sac à main, jette un œil dans son rétroviseur et replace machinalement une mèche de cheveux. Puis il la voit prendre une grande inspiration en fermant les yeux, et pousser un gros soupir avant de sortir de la voiture. Il s'éloigne de la fenêtre, pour ne pas donner l'impression de l'épier et commence à descendre l'escalier vers l'entrée. La sonnette retentit déjà.

Il ouvre la porte sur une jeune femme nerveuse et mal à l'aise.

— Bonjour ! dit-elle en tendant une main molle comme de la guimauve et en regardant un peu ailleurs. Caroline Lagarde, je suis votre remplaçante.

— Bonjour, Caroline, dit Jérôme en souriant autant qu'il peut.

Le résultat n'est pas exceptionnel. Ses sourires ressemblent à des grimaces. Tout sonne faux chez lui depuis quelques mois.

— Vous avez trouvé facilement ?

— Avec le GPS, on trouve même les coins les plus perdus.

— Vous trouvez que c'est un coin perdu ?

— Non, pas du tout, ce n'est pas ce que je voulais dire, pardonnez-moi, répond la jeune femme en baissant les yeux, manifestement embarrassée.

— Je vous taquine. Avez-vous des valises à décharger ?

— Oui, je vais la chercher.

— Laissez-moi vous accompagner.

Avec ses petits talons la jeune femme marche sur les gravillons comme sur du verglas. Elle lance un sourire gêné à son hôte.

— Je crois qu'il va falloir que je me mette aux baskets pour travailler ici.

— Seulement si vous voulez sortir. L'appartement est à l'étage et le cabinet au rez-de-chaussée. Aucun petit caillou entre les deux. Pour les visites à domicile, par contre...

— De toute façon, il faut bien que je m'adapte. C'est mon premier remplacement, ça ne vous fait pas peur ?

— Si vous posez la question comme ça, je risque de commencer à m'inquiéter. Nous sommes tous passés par là. Il faut bien commencer un jour.

— C'est très gentil de votre part de m'accueillir.

— J'ai besoin d'un break.

— Oui, ça se voit un peu, quand même.

— Vous avez le sens du compliment.

— Pardon, je suis désolée, ce n'est pas non plus ce que je voulais dire. Enfin... vous n'avez pas très bonne mine, dit-elle en regardant ses pieds.

— Ne vous excusez pas. Je vous taquine encore. J'essaie de vous mettre à l'aise, vous semblez tellement nerveuse.

— Parce que c'est mon premier remplacement. J'ai peur de ne pas y arriver.

— Ne tuez personne, c'est tout ce que je vous demande.

— J'espère bien. Je pourrai vous appeler si jamais ?

— Si jamais vous tuez quelqu'un ?

— Si jamais j'en ai besoin.

— Ce n'est pas ainsi que j'envisageais mon break, mais au pire, oui. Je vous ai aussi laissé les coordonnées des médecins exerçant à proximité. N'hésitez pas, ils ne mordent pas.

Jérôme lui fait visiter la maison, le cabinet au rez-de-chaussée, son fonctionnement, de l'ordinateur aux rangements divers, puis l'étage et la chambre d'amis, où elle pourra s'installer pour quelques semaines.

Il retourne ensuite à la cuisine pour préparer le repas du soir pendant qu'elle déballe sa valise. Jérôme est troublé par cette présence féminine, après tous ces mois de solitude. Il éprouve un sentiment étrange, comme s'il retrouvait des sensations perdues, des émotions enfouies, une part manquante qui s'éveille, s'emplit. De quoi, il ne sait pas, mais elle s'emplit, dissipant le vide angoissant qui l'aspire au fond de lui comme un trou noir.

Ses valises sont prêtes, il ne lui reste plus qu'à dormir quelques heures. Et encore, il pourra le faire sur la route. Son père est capable de rouler mille kilomètres d'affilée. Lui n'est plus bon à grand-chose. Même préparer un repas digne de ce nom est au-dessus de ses forces. À chaque fois, les pâtes sont trop cuites et la viande hachée trop sèche.

Il est en train de se lamenter sur ses piètres compétences culinaires quand il entend sangloter au fond du couloir. Il se dirige vers la chambre d'ami, le torchon de cuisine sur l'épaule. La jeune femme, assise sur le lit, le visage entre les mains, tente d'étouffer ses bruyantes larmes.

— Que se passe-t-il ? lui demande Jérôme en s'asseyant à côté d'elle.

— J'ai, … j'ai peur, hoquette-t-elle.

— Peur de quoi ?

— De ne pas y arriver.

— Ne vous inquiétez pas. Ce ne sont que quelques rhumes, otites et verrues plantaires. Les cas plus compliqués, nous pourrons en parler au téléphone. Faites-vous confiance. Si vous êtes arrivée jusque-là, c'est que vous en êtes capable. À moins d'avoir triché à tous les examens. Vous n'avez pas triché ?

— Non, évidemment ! s'offusque Caroline en se redressant subitement.

— Alors, tout va bien.

Il lui tend le torchon de vaisselle pour qu'elle essuie ses larmes – il faudra bien cela, si ce n'est un drap – en lui faisant remarquer que, par contre, rien ne va à la cuisine, et qu'il ne sait plus quoi faire pour rattraper un plat de spaghettis Bolognaise à la viande trop sèche et aux pâtes trop cuites.

Quelques instants plus tard, un peu de beurre et un bocal de sauce tomate suffisent à la jeune femme pour rattraper les choses. Elle est presque indignée qu'il n'ait pas de parmesan pour accompagner le plat, mais ne s'autorise pas ce genre de débordement. Déjà les larmes…

Ils partagent le repas en échangeant à propos des quelques patients qui pourraient poser des problèmes. De discrets sourires venant éclairer les yeux rougis laissent espérer que la pression retombe. Jérôme constate qu'elle a au moins la chance de savoir pleurer. Cela soulage, parfois. Mais un homme ne pleure pas. Un homme est solide, il ne montre pas ses émotions. Un homme ne se laisse pas aller. Tout petit, il entendait déjà : « Ne pleure pas, t'es un homme ! » Il n'a pas pleuré une seule fois ces derniers mois. Et le chagrin le ronge comme une chenille vorace sur une feuille de printemps. Il se dit qu'une explosion de douleur une bonne fois pour toutes aurait abîmé les yeux, mais lâché du lest.

Alors que là…

La tristesse s'est installée au fond de lui sans lui demander son avis. Elle se sent chez elle. Il a beau essayer de se divertir, rien n'y fait, elle est là, tapie dans un coin, prête à resurgir au moindre relâchement. La fumée dans une maison qui se consume, vous ouvrez une porte et elle s'engouffre, s'immisce dans toutes les petites ouvertures, vient piquer les yeux et empêcher de respirer. Quels pompiers appeler pour ce genre d'incendie ?

Caroline réussit à lui faire promettre qu'il répondra à ses appels, condition *sine qua non* pour qu'elle dorme un minimum cette nuit. Ils rejoignent ensuite leurs chambres respectives dans un dernier sourire rassurant pour tous deux.

Drôle de rencontre. Il la fait venir pour qu'elle lui rende service et c'est lui qui console.

J'en ai assez d'être blasée. De me méfier de tout et de tout le monde. Demain matin, un type que je ne connais pas va venir me chercher pour que je l'accompagne en vacances en Bretagne, avec chacun notre fils respectif. Son fils est plus vieux que moi et je ne le connais même pas.

Maman me dirait que je suis complètement timbrée

de prendre une décision pareille. Maman qui n'a jamais pris le moindre risque, surtout pas celui de s'opposer à son mari. Même quand il a été question de me foutre à la porte.

Je risque quoi ?...

Qu'il fasse partie d'un réseau de trafic de femmes et d'enfants vers l'Asie ? Ah oui, tiens ! C'est une possibilité. Mais avec ce genre de peur, on ne fait plus rien dans la vie. On reste cloîtrée chez soi en attendant la mort. Comme maman.

Et s'il est sincère ? Et si je l'ai vraiment touché, comme il l'affirme ? Et s'il était mon étoile du Berger, celle qui pourrait me guider vers le miracle de la vie ? Pas celui qu'on trouve dans la Bible où les vierges enfantent sans que personne ne trouve ça suspect. Non, le vrai miracle. La vraie vie. Celle qui donne envie de se lever le matin, et de se coucher le soir en se disant « quelle belle journée ». Celle qui permet d'élever ses enfants sans avoir honte de ne pas pouvoir toujours leur offrir de la bonne viande et des beaux jouets à Noël.

D'un autre côté, qu'est-ce que j'attends de lui ? Qu'il m'entretienne ? Comme une traînée ? Qu'il me sorte le grand jeu de Pretty Woman *? S'il a un petit quelque chose de Richard Gere, je n'ai rien de Julia Roberts. Et puis, j'ai mon orgueil. Rien que le billet de cinquante euros, j'ai du mal à l'avaler. Cela dit, il est bien caché au fond de mon porte-monnaie et s'il me garde de passer sous le bureau de ce connard de Chasson, j'avoue que je vais le choyer, ce billet, en prendre soin et vérifier régulièrement qu'il est toujours bien là.*

J'ai appelé Manon, ma meilleure amie, depuis la cabine de la galerie marchande. J'avais besoin de son avis, quand même, parce qu'elle est ma meilleure amie.

— *Profite !*

Elle m'a répondu sans l'ombre d'une hésitation. Manon est vraiment ma plus fidèle amie.

Si j'y vais, c'est pour voir le bonheur dans les yeux de Ludovic.

Faire des châteaux de sable, pas ceux en Espagne que je construisais quand j'avais dix ans, et que je croyais encore au Prince Charmant qui vient chercher la petite princesse sur son cheval blanc pour l'emmener loin.

Et puis, voir la mer.

Le pot de confiture

— Profite !

Manon l'a dit parce qu'elle est ainsi. Une sorte de philosophie de vie. Elle applique et incite les autres à faire de même.

C'est une amie d'enfance de Julie, elles ne se sont jamais vraiment quittées. Elle était là pour le test de grossesse. Elle était là pour les échographies. Là aussi pour se faire écrabouiller l'avant-bras à l'accouchement. Et puis pour sécher les larmes de baby blues, et par extension du blues tout court auquel Julie a succombé quelquefois.

Elle est là, toujours, quand Julie a envie de pleurer. Elle est là aussi quand il s'agit de s'amuser. Elle est là quoi qu'il arrive.

Manon est une jolie fille. Mince, grande, des cheveux châtains, ondulés, qui tombent sur des yeux brun noisette. Un visage fin, saupoudré de taches de rousseur et une allure simple mais féminine. Une beauté toute naturelle, qui a généralement sur les garçons le même effet qu'un pot de confiture ouvert sur une table de jardin en plein été : la formation rapide d'un essaim bourdonnant. Manon s'en est toujours amusée en mesurant la chance qu'elle avait d'avoir tellement le choix… Même si le grand nombre n'est pas une garantie de qualité.

Après le bac, Manon a bifurqué vers une formation artistique. Elle dessine depuis qu'elle a l'âge de tenir un crayon en main. Son talent n'a d'égal que sa passion, étouffée dans l'œuf par une famille trop fière pour supporter d'avoir une fille « artiste ». Tentative d'escamotage totalement ratée. Plus ils essayaient de la détourner de ce métier sans avenir, plus Manon avait la rage de relever le défi et de se battre pour réaliser son rêve. Elle a finalement intégré l'école des beaux-arts de la région, et s'épanouit dans ce milieu comme une fleur au soleil de printemps.

Manon est franche et directe. Mais elle est juste. Julie a une confiance aveugle en elle. C'est elle qu'elle appelle quand elle a besoin d'un conseil, quand elle perd les pédales, lorsque plus rien ne va ou, au contraire, quand tout va. Avec cette sorte d'amie, partager les peines les divise, et partager les joies les accroît.

Quelques poussins en voyage

Ce n'est que vers vingt-trois heures, la veille du départ, qu'elle a senti son ventre s'alléger après le déjeuner de midi. Son estomac n'avait plus l'habitude. Mais comme c'était bon. Julie a passé la soirée à rassembler quelques affaires pour le voyage. Elle a trouvé un sac en plastique solide pour y fourrer des jouets et quelques livres de contes pour enfants. Depuis son réveil, elle a vérifié deux fois le contenu des bagages pour être sûre de ne rien oublier. Elle a du mal à imaginer que l'homme viendra la chercher dans une heure pour l'emmener à l'autre bout de la France. Depuis le temps qu'elle a envie de voir la mer. Et de la montrer à Ludovic.

Elle n'a pas beaucoup dormi. Elle en serait presque joyeuse. Julie s'emballe, comme toujours, et ce, malgré le risque de déchanter, comme chaque fois qu'un type lui fait de belles promesses. Après tout, qui dit qu'il viendra, qui dit que ce n'était pas que du vent, des paroles en l'air pour faire l'intéressant ou obtenir ses faveurs ? Certes, mais de faveurs, il n'en a obtenu aucune, et il semblait sérieux. Reste l'option « trafic vers l'Asie », qu'elle balaie sans états d'âme, refusant la médiocrité d'une vie sans rêve.

Le petit dort encore. Elle le réveillera au dernier moment. Avec un peu de chance il se rendormira dans la voiture. Elle a préparé le siège auto, un biberon et quelques gâteaux secs. Tout est là dans l'entrée. Elle tourne en rond dans son petit studio. Il reste quarante-cinq minutes avant l'heure fatidique qui lui confirmera que tous les hommes sont des goujats.

Ou pas.

« Ou pas », « ou pas », « ou pas », se passe-t-elle en boucle pour se convaincre.

Jérôme n'a que peu dormi. Il réfléchit. Fait-il le bon choix en laissant son cabinet et ses patients à une débutante ? Comment faire autrement ? Ne sont-ils pas plus en danger avec lui qu'avec une jeune femme aux neurones hyperactifs et à l'écoute du moindre symptôme, tellement elle redoute d'en louper un ? Pas comme les siens, de neurones, endormis par l'alcool et la fatigue. Par la tristesse surtout.

Il fait donc le bon choix.

Son ensemble de bagages de marque trône dans l'entrée, bien rangé. Sa mallette de médecin en cuir les accompagne. Il ne part jamais sans elle. Une urgence un jour qu'il ne l'avait pas avec lui a suffi à le convaincre de ne jamais s'en séparer. Son père ne devrait pas tarder. Il est généralement ponctuel. Il lui a annoncé six heures trente.

Il est six heures quinze quand Caroline sort de sa chambre, les cheveux en bataille et les yeux gonflés. Elle a dû pleurer une partie de la nuit dans son oreiller, derniers relents d'angoisse avant le démarrage. Elle lui sourit vaguement et disparaît dans la salle de bains.

Jérôme lui prépare un petit déjeuner complet, Nutella compris. Rien de tel pour redonner le moral à une femme. Ça fonctionne même avec lui, alors... Et puis, la fille n'est pas assez épaisse pour lui sortir l'argument du régime.

Elle apparaît une dizaine de minutes plus tard, habillée, les cheveux mouillés retombant sur les épaules. Elle s'est maquillée comme elle a pu, mais les stigmates de la veille sont toujours visibles. Elle commence sa consultation dans deux heures. Aucune chance de les faire disparaître d'ici là. Tant pis. Elle composera. Aux plus curieux, elle dégainera la conjonctivite.

Quelques minutes plus tard, le 4×4 gris pénètre dans la cour. Sur les gravillons, les larges pneus manquent de discrétion. Paul sonne puis entre sans attendre dans le cabinet médical. Il appelle son fils du bas de l'escalier. Jérôme l'invite à monter. En entrant dans la cuisine, Paul est surpris par la présence de la jeune femme.

— Caroline, ma remplaçante, explique son fils. Je t'ai dit que je lui prêtais la maison ?

— Ah oui, c'est vrai. Bonjour, Caroline. Vous n'avez pas l'air en grande forme.

— Bonjour, monsieur. Vous avez le sens du compliment, dit-elle en souriant vaguement à Jérôme. J'ai une conjonctivite.

— Une conjonctivite ? Et moi, je suis Fred Astaire, répond Paul en souriant.

— Elle est un peu anxieuse, c'est son premier remplacement, précise Jérôme. Il y a du réseau pour les portables là-bas ?

— C'est le bout du monde, mais quand même. Au

pirc, il y a le fixe. Il est branché à l'année. Tu n'avais pas prévu de te déconnecter totalement ?

— Quand on est médecin, on ne se déconnecte jamais totalement...

— Bon, tu es prêt ?

— Oui. Tu veux un café ?

— Non. On va y aller.

Jérôme lance quelques dernières recommandations à sa remplaçante qui commence rapidement à montrer des signes de rechute émotionnelle. Il préfère donc abréger l'instant. Le coup sec du sparadrap pour éviter le tiraillement interminable.

Elle est presque collée à la vitre de la cuisine quand les deux hommes s'installent dans la voiture, comme si elle les suppliait de rester.

Elle les supplie...

— Qu'est-ce que tu lui as fait ? demande Paul en claquant la portière.

— Je l'ai prise comme remplaçante.

— C'est tout ?

— C'est sa première fois...

— Ah, la première fois !!! reprend Paul en souriant.

— J'espère que ça ira, s'inquiète Jérôme.

— Pourquoi ça n'irait pas ? Elle n'a pas gagné son diplôme à la kermesse ?

— Papa, la kermesse, c'est d'un autre âge ! Elle a peur de passer à côté de quelque chose de grave.

— Les nouveaux diplômés ont généralement la tête bien pleine, non ? Ils pèchent plus par excès que par défaut. Tu auras juste douze résultats de scintigraphie, trois IRM et cinquante-trois analyses de sang à classer à ton retour...

— Certes.

— Détends-toi, c'est pour ça qu'on part en Bretagne.

Paul garde le silence un instant. Il réfléchit. Doit-il lui annoncer qu'ils passent chercher Julie et son petit ? Le prévenir serait la moindre des choses, mais il sait que son fils va mal réagir, se fâcher, lui en vouloir. S'il attend d'être chez la jeune femme, Jérôme ravalera sa colère, en garçon bien élevé, et le temps du voyage suffira peut-être à dissiper sa rancœur.

Il choisit cette option, en sachant pertinemment que le détour qu'ils devront faire pour passer prendre Julie va attiser la curiosité de son fils. Cela ne tarde pas. À peine sont-ils sortis de l'autoroute que Jérôme l'interroge :

— Tu peux me dire où on va ?

— Dans un presbytère.

— Pour quoi faire ?

— Une confession de dernière minute.

— Tu te fous de moi ? s'énerve Jérôme.

— Pas loin, mais je repousse au maximum le moment de te dire qu'on passe chercher quelqu'un qui nous accompagne.

— Qui ça ? aboie le fils.

— Une femme charmante.

— Tu ne m'avais pas dit que tu avais rencontré quelqu'un. Tu aurais au moins pu me demander mon avis.

— C'est tout récent, s'excuse presque Paul.

— C'est-à-dire ?

— Une semaine.

— Une semaine et tu l'invites à venir passer des vacances avec nous à l'autre bout de la France ! explose Jérôme.

— Pourquoi pas ?

— J'ai pas envie de tenir la chandelle, moi ! Je suis venu pour autre chose.

54

— Ne t'inquiète pas. Ce n'est pas ce dont il s'agit. Elle pourrait être ma fille…

— Et pourquoi vit-elle au presbytère ?

— Parce que c'est là que la commune a installé des logements sociaux.

— Ah, parce que c'est un cas social en plus ? Punaise, mais qu'est-ce qui te passe par la tête ? C'est depuis que Marlène t'a quitté ? Tu te rachètes une conscience en aidant les pauvres ?

— Je n'ai aucune conscience à racheter et cette fille m'a touché, c'est tout.

— Où tu l'as trouvée ?

— Au supermarché.

— Non mais je rêve…

— On arrive. Reste dans la voiture si tu veux, moi, je vais la chercher.

Paul attend quelques instants sur le perron après avoir sonné. Julie patiente de l'autre côté de la porte, sans faire de bruit. Laisser passer quelques secondes pour ne pas donner l'impression qu'on attendait.

Après avoir compté jusqu'à dix, elle ouvre enfin.

— Ah, c'est vous ? dit-elle en feignant la surprise.

— Julie, ne faites pas semblant d'être étonnée, vous n'êtes pas crédible. Vous êtes prête ?

— Je ne sais pas, j'hésite encore.

Elle se tortille pour essayer de voir par-dessus l'épaule de Paul.

Jérôme observe la scène, l'air de rien. Il compte sur le reflet du pare-brise pour ne pas se faire trop remarquer. Ça, une femme charmante ? C'est une gamine à l'allure pitoyable, un jean usé et un T-shirt moulant, mettant en valeur des seins ronds et arrogants. Certes, l'arrogance d'une paire de seins n'est pas forcément un défaut en soi. Mais cette fille n'était pas prévue au programme. Des emmerdes en perspective, il le sait, il le sent.

— Votre fils est là ? poursuit Julie. Il n'a rien dit ?

— Il rumine dans la voiture. Ne vous inquiétez pas, il a le rumen spacieux, ce sera vite digéré.

— Non, non, si je dérange, je ne viens pas. De toute façon j'hésitais.

— Pourquoi ?

— Parce que ça ne se fait pas de partir avec un inconnu à l'autre bout de la France.

— O.K. ! comme vous voudrez, répond Paul en tournant les talons.

— Attendez ! s'écrie Julie dans la seconde qui suit.

— Déjà ?

— Déjà quoi ?

— Vous auriez au moins pu me laisser le temps de démarrer, pour me donner le plaisir de vous voir dans le rétroviseur me faire de grands signes en courant derrière la voiture. Ça aurait flatté mon ego.

— Oui, bon, ça va. Je viens.

— Chouette !

— Vous n'êtes pas un homme à dire « chouette ». Ça ne colle pas avec votre style.

— Comme votre tenue au restaurant hier. Arrêtez de vouloir être raccord avec ce qui est conforme ou pas, c'est ridicule. Si j'ai envie de dire « chouette », je dis « chouette ». Et votre fils ?

— Il sait dire « chouette » aussi.

— Je ne parlais pas de ça. Il est prêt ?

— Il dort encore. Je pensais le réveiller au dernier moment. Avec un peu de chance, il se rendormira.

— Où sont vos valises ?

— Là, répond Julie en désignant un coin de l'entrée. Je n'ai pas grand-chose.

— En effet, s'étonne Paul. (Il prend soudain conscience de la précarité dans laquelle vit Julie.) Votre siège-auto est encore aux normes ?

— Évidemment que non. Mais c'est cher, un siège-auto. De toute façon, je n'ai que celui-là.

— O.K. ! je charge. Vous pouvez fermer les volets et aller chercher le petit. Plus tôt on partira, moins longtemps il ruminera, mon bovin de fils.

Paul saisit le gros sac en plastique, le pose sur le siège-auto, soulève le tout, puis se dirige vers le 4×4, en faisant signe du menton à Jérôme de lui ouvrir la portière à l'arrière.

— Qu'est-ce que c'est que ce siège-auto ? Elle a quel âge ?! dit le jeune homme.

— C'est pour son fils.

— Ah, parce qu'en plus, y aura un môme dans nos pattes ? Si t'avais besoin d'une poule, t'aurais pu la prendre sans poussin…

— Je n'ai pas besoin d'une poule, et la poule, c'est plutôt moi dans l'histoire, à prendre sous mon aile quelques poussins fragiles pour leur faire voir la mer, et tu en fais partie, alors ferme un peu ton bec. On a tous droit au bonheur sur cette terre, et un des miens est d'en offrir un peu à cette gamine et à son gosse.

Jérôme retourne à l'avant et claque la portière bruyamment. Ce n'est pas ainsi qu'il avait envisagé son séjour en Bretagne, flanqué d'une fille de vingt ans à l'allure infréquentable et de son rejeton de trois ans qui ne peut qu'être insupportable et crier à tue-tête à longueur de journée, comme tous les gosses surexcités qu'il croise à longueur d'épidémies dans son cabinet de campagne.

Décidément, entre une remplaçante incertaine et une expédition qui s'annonce plus que douteuse en termes de tranquillité, Jérôme n'est pas près d'abandonner le whisky pour trouver le sommeil.

La portière à l'arrière est restée ouverte et Julie dépose Ludovic, qui s'était pendu mollement à son cou, à moitié endormi. Elle l'attache dans son siège-auto pendant que Paul ferme l'appartement à clé. Le voyant s'acharner sur la serrure, elle le rejoint pour lui délivrer les secrets de cette porte à la clenche capricieuse.

Jérôme, qui n'a pas daigné se retourner jusqu'à présent, jette un œil sur l'enfant, qui est en train de le fixer d'un regard à la fois intrigué et absent, encore imprégné de sommeil. Cet enfant est touchant dans sa fragilité de petit être tout juste sorti des limbes de la nuit. Puis il serre contre lui son bout de chiffon qui fait office de doudou et prend son pouce en tournant la tête vers la vitre, les paupières lourdes.

Paul prend place au volant, et Julie à l'arrière, aux côtés du petit.

— Jérôme, je te présente Julie. Julie, mon fils Jérôme.

— …

— Les gens bien élevés se disent généralement « bonjour », rappelle Paul sans affect apparent.

Le bonjour échangé par les deux parties adverses ne laisse guère présager un voyage des plus harmonieux. Celui de la jeune fille est hésitant et distant. Celui du médecin, glacial et renfrogné.

Ça promet !

Ils ont démarré depuis quelques minutes et Julie se demande déjà si elle a bien fait d'accepter l'invitation. Si l'ambiance continue d'être désastreuse, quel bénéfice lui apporteront ces vacances ? Elle s'accroche à l'idée de faire voir la mer à son fils, qui n'a pas demandé à vivre dans vingt-cinq mètres carrés avec des jouets trouvés chez Emmaüs et une mère qui bataille au quotidien pour lui assurer le minimum vital. Alors elle aurait eu tort de ne pas sauter sur l'occasion.

L'autre finira bien par digérer.

Ou pas.

Mais ce n'est pas son problème.

Julie a appris à ne pas gérer ceux des autres. Elle en a bien assez pour son compte. Elle prend son pull, le roule en boule et le cale sous sa tête contre l'antique siège-auto dans lequel son fils dort à nouveau paisiblement.

Le bruit du supermarché la saoule à longueur de journée et les fréquentes nuits sans sommeil, hantées par les craintes et contraintes du quotidien, l'épuisent. Alors Julie se laisse aller et s'endort rapidement.

Paul jette régulièrement un œil dans le rétroviseur. Il prend soudain conscience de l'incongruité de la situation et comprend les ruminations de son fils. Cependant, Paul sent que cette fille lui fera du bien et que cela sera probablement réciproque. Il en a assez de réfléchir pendant des jours, des semaines, des mois entiers avant d'agir. Les décisions « coups de tête » ont l'avantage de la spontanéité, et de la sincérité. Aider une personne en difficulté à traverser la rue met du baume au cœur pour l'heure qui suit. Bizarrement, Paul a l'intuition qu'avec Julie, ce sera pour un bout de vie. Il est parfois des impressions que l'on n'explique pas. Peut-être qu'en ce moment il se sent plus libre, et heureux de l'être. Julie en bénéficie parce qu'ils se sont rencontrés au bon moment et au bon endroit.

Elle qui passe sa vie à se retrouver au mauvais endroit, au mauvais moment.

En traversant les Vosges par le tunnel de Saintes-Marie-aux-Mines, Paul se surprend à observer dans le rétroviseur les visages de Julie et de son enfant, striés par le défilement lumineux des néons. En quittant le tunnel, il bifurque vers un grand supermarché de la zone industrielle de Saint-Dié. À son fils qui lui demande pourquoi ils s'arrêtent déjà, il explique qu'il ne supporte pas l'idée de faire voyager un enfant de trois ans dans un siège non sécurisé. Il s'en voudrait s'il arrivait quelque chose.

— Tu restes pour veiller sur eux ou tu viens te dégourdir les jambes ? demande-t-il à son fils.

— Je viens, répond Jérôme comme une évidence.

— Tu peux aller chercher un Caddie ? Le siège-auto sera encombrant.

— Tu es sûr de ce que tu fais ?

— Parce que toi, tu es toujours sûr de ce que tu fais dans ta vie ?

— Non, évidemment, mais je prends des précautions…

— Qu'est-ce que je risque à acheter un siège-auto à une fille qui n'a pas les moyens d'en payer un pour son môme ?

— Qu'elle ait flairé le bon filon et qu'elle te plume sans même que tu t'en aperçoives.

— Allez, allez ! De l'argent, j'en ai, et elle ne me fera pas perdre la tête, si c'est ce qui t'inquiète. Me changer les idées, peut-être mais pas me faire perdre la tête. Elle est trop bien calée sur mes épaules. Je n'éprouve pas d'amour passionné pour cette fille. C'est celui-là qui fait faire n'importe quoi.

— Alors, tu ressens quoi pour elle ?

— De la tendresse. C'est un joli sentiment, la tendresse, tu devrais essayer, Jérôme.

— Depuis quand tu connais ça ?

— Depuis que j'ai croisé cette fille. Une révélation, la flamme mystique des apôtres qui te choisit soudain.

— Tu la connais depuis une semaine !!!

— Et alors ? L'évidence n'a pas besoin de beaucoup de temps pour sauter aux yeux. C'est généralement instantané.

— Et tu dis que tu n'es pas amoureux ?

— Non, je crois que je n'oserais même pas la toucher. J'aurais peur de l'abîmer.

— Elle n'a pourtant pas l'air très fragile. Elle ressemble à ces Marie-couche-toi-là qui, à l'âge où d'autres jouent encore à la corde à sauter, sont déjà des filles à sauter tout court. On voit le résultat. Enceinte à seize ans !

— Les apparences sont parfois trompeuses. Je suis persuadé que cette fille a besoin d'un édredon bien douillet pour se réfugier dans un cocon de douceur et d'insouciance.

— Tu vois ? Tu parles toi-même d'édredon. Je te dis qu'elle va te plumer.

— La vie est légère comme une plume quand le souffle qui la porte est animé d'amour et de tendresse, alors, je veux bien me délester de quelques plumes...

— C'est de qui ça ? demande Jérôme.

— De moi.

— De toi ? répond-il en rigolant.

— Ce que tu peux être désobligeant.

— Au moins, elle t'inspire. C'est déjà ça. Et si ça se passe mal en Bretagne ? La maison n'est pas immense, on va être les uns sur les autres.

— Et si ça se passe bien ? Si on arrive à vivre les uns « avec » les autres ?

— Je ne vois pas bien ce qui pourrait se passer avec une gamine que je ne connais pas, qui sort tout droit de l'adolescence, si toutefois elle en est sortie, encombrée d'un gamin qui pourrait être son petit frère.

— N'enferme pas les gens dans des cases. Ce n'est pas parce qu'elle est pauvre et toute jeune mère qu'elle est immature et inintéressante.

— On en reparle au retour, propose Jérôme, cynique.

— Exactement ! En attendant, elle passe beaucoup de temps à lire des livres. Et toi ? Ça fait combien de temps que tu n'as pas ouvert un bouquin ?

— Depuis avant-hier ! Un gros bouquin épais et lourd à la couverture rouge.

— Le Vidal, je sais. Mais des romans, des essais, des trucs pour s'évader et s'ouvrir ?

— Je n'ai pas le temps.

— Bien sûr que si, tu as le temps. Tu ne le prends pas, c'est tout. Parce que tu penses que tu n'as besoin ni de t'évader, ni de t'ouvrir sur le monde.

— J'ai besoin d'Irène.

— Irène est morte, lui dit son père d'un ton sec.

Jérôme se tait. Ces trois mots sont toujours aussi violents, plusieurs mois après le drame. Son père les a prononcés froidement, et Jérôme sait pourquoi. Il sait qu'il a besoin d'intégrer la nouvelle, de l'imprimer sur son disque dur, et que ce n'est pas en s'apitoyant sur son sort qu'on l'aidera. Paul a été bienveillant, il l'a pris souvent dans ses bras les jours qui ont suivi le drame, l'a tenu par la main au cimetière, quand tout le monde était parti et que Jérôme s'enfonçait dans les petits cailloux de l'allée, à force d'avoir stationné devant le trou. Mais depuis quelques semaines il a changé de stratégie. Trop de compassion maintient son fils dans quelque chose de malsain. Ne vaut-il pas mieux parfois en passer par l'électrochoc, si cela peut l'aider à regarder en face la dure réalité ?

Morte.

Il n'y a que son père qui ose dire « morte ».

Les autres préfèrent éviter la brutalité de ce mot. En usant d'euphémismes, en ne disant pas les choses comme elles sont, ils s'imaginent qu'elles n'existeront pas tout à fait, que leur réalité s'en trouvera atténuée.

Partie.

Où ça ?

Décédée.

Élégant mais long. Un peu pompeux. Trop officiel.

Au ciel.

À d'autres !

Morte.

Ben oui, morte !

Le contraire de vivante. Comme la nature d'un tableau de maître, dont on a coupé les fleurs, cueilli les fruits, et qui ne garderont leur couleur et leur beauté qu'au travers de la toile du peintre. Comme les quelques photos d'elle qu'il a rangées dans un album, entre les livres de la bibliothèque. Comme une nature morte accrochée à un mur de sa vie de médecin de campagne. Et il souffre le martyre de devoir enfoncer le clou qui portera ce tableau. Bien profond dans la chair, le clou. Une béance qui finira en cicatrice indurée, chéloïde, de celles qui tiraillent à vie.

Paul a trouvé un siège-auto. Il a pris le plus cher, évidemment. Protection maximale. Ou arnaque bien conduite de la part du fabricant.

En arrivant à la voiture, Julie ouvre la portière et s'adresse à lui :

— Ludovic dort encore, et moi, j'ai envie de pisser. Je vous le laisse.

En la regardant s'éloigner, Jérôme marmonne dans sa barbe de trois jours qu'il a rarement vu une fille se comporter de façon aussi vulgaire.

— Tu exagères, c'est toi-même qui m'a dit que « pisser » était un terme médical, s'insurge Paul.

— Il n'empêche que, dans le langage courant, c'est vulgaire.

— Ah, alors il faut être médecin pour avoir le droit de l'utiliser dans le langage courant, sans être vulgaire ? Elle le sait peut-être, Julie, que c'est le terme scientifique pour dire qu'on vide sa vessie.

— Tu en connais beaucoup des filles de vingt ans qui parlent comme ça ?

— Je ne connais pas beaucoup de filles de vingt ans. Et je me moque de leur langage, ce qui compte, c'est qu'elles soient pleines de vie. Et positives, si possible.

— C'est pour Irène que tu dis ça ?

— Peut-être, oui. Elle aurait mieux fait d'être vulgaire, mais heureuse. Je vais pisser aussi. J'ai le droit de le dire, moi ?

— Laisse tomber.

— Tu veilles sur le petit ?

— J'ai le choix ?

— T'as envie de pisser ?

— Non.

— Alors tu n'as pas le choix. À tout de suite.

Paul se poste devant les toilettes des femmes et attend Julie pour une proposition des plus décentes.

Elle en sort quelques instants plus tard en se passant rapidement la main dans les cheveux, conséquence probable d'un œil jeté dans le miroir au-dessus des lavabos, témoin d'une coiffure chiffonnée par le sommeil.

— Faites un saut au rayon des livres, si vous en trouvez un qui vous attire, prenez-le, et trouvez aussi un petit quelque chose pour Ludovic, la route sera longue, dit Paul en lui tendant son porte-monnaie. On se retrouve à la voiture.

— Et Ludovic ?

— Il est entre de bonnes mains, ne vous inquiétez pas.

— Justement.

— Justement, quoi ?

— Justement, je m'inquiète des bonnes mains dont vous parlez.

— Ne vous inquiétez pas. Les apparences sont trompeuses dans les deux sens.

— Quels deux sens ?

— Je me comprends. Et maintenant, allez-y, la route est longue et les jours de plus en plus courts. J'aimerais arriver en Bretagne avant la nuit. Je crois que c'est déjà fichu, mais bon.

Julie ne s'attarde pas longtemps devant les livres. Elle sait ce qu'elle va prendre pour elle. Le dernier Fred Vargas qu'elle guettait à la bibliothèque pour pouvoir l'emprunter dès qu'il serait référencé. Pour Ludovic, ce sera une histoire de fées et de lutins. Comme celles qui ont bercé son enfance. Trop peut-être. Difficile d'en sortir quand on y croit dur comme fer, aux jolis contes de fées. Un jour, on se réveille en prenant conscience que la vie n'est pas si idyllique que ces histoires veulent bien le faire croire.

« Ils se marièrent et eurent beaucoup d'enfants. »
Tu parles !
Il faudrait déjà réussir à trouver le Prince Charmant.

Dans les jolies histoires, les femmes n'élèvent pas seules leur enfant, elles ne triment pas toute la journée pour pouvoir survivre. Dans les jolies histoires, les femmes sont belles, les hommes sont forts, ils s'aiment et la vie leur est douce et bienveillante.

C'est nul, les contes de fées.

Quand Julie rejoint le parking et qu'elle voit l'emplacement où ils s'étaient garés une demi-heure plus tôt vide, son estomac se retourne instantanément. Parce qu'elle est sûre de l'allée, c'était là, juste après l'abri des Caddies, face à l'entrée B. Les idées se bousculent dans sa tête, à la même vitesse, probablement, que dans celle du type qui est en train de mourir et qui voit défiler sa vie. Ils sont partis, ils ont emmené Lulu, sa mère aurait eu raison de lui dire que c'était de la folie, mais pourquoi ? Pour ce vaste trafic d'enfants vers l'Asie ? Pas Lulu ! Pas son Lulu ! Comment a-t-elle pu faire confiance au premier venu sans voir plus loin que son petit plaisir personnel ? Passé l'instant où elle reçoit le coup de poing en plein ventre, Julie se met à courir dans les allées, à la recherche du 4×4. Ce n'est pas possible, ce n'est pas possible, ce n'est même pas imaginable.

Les salauds !

Julie ne respire plus. Elle ne voit même plus les gens autour, elle n'entend pas les vociférations de la femme qu'elle vient de bousculer et qui a failli tomber. Retrouver Lulu. Elle regarde la route en contrebas, cherche un véhicule en fuite. C'était bien organisé, à y réfléchir. Ils ont bien joué la comédie. Elle s'est laissée prendre au piège, trop naïve. Alors que faire ? Que faire ? Julie sent les larmes monter. Il faut qu'elle trouve un téléphone pour appeler Manon. Elle saura, elle, quoi faire. Elle sait toujours quoi faire. Julie s'est retournée et regarde vers le centre commercial, en direction de cette place désespérément vide, qu'une autre voiture vient combler. Elle sursaute quand on klaxonne derrière elle, se retourne aussitôt. Au volant, Paul lui sourit, soudainement penaud de lire dans ses yeux qu'elle est affolée. Julie aperçoit la silhouette de son fils dans le siège auto. Elle ferme les yeux et manque s'évanouir. Le soulagement laisse instantanément place à la colère et elle claque violemment la portière après être montée dans le véhicule.

— Vous étiez où ? hurle-t-elle.

— Calmez-vous, Julie. Nous sommes allés vérifier la pression des pneus à la station-service, j'avais un doute sur un des pneus.

— Ne refaites jamais ça. J'ai eu peur !

— Peur de quoi ?

— Que vous soyez partis !

— Où voulez-vous que nous soyons partis sans vous ?!

— Je sais pas, mais ne refaites jamais ça, répète Julie en embrassant Lulu, qui lui sourit calmement.

— Pou'quoi tu c'ies, Maman ?

Le véhicule reprend l'autoroute quelques instants plus tard. Ludovic boit son biberon. Julie a déjà commencé la lecture du roman qu'elle vient d'acheter, pour oublier la peur panique qui fait encore battre trop vite son cœur. Jérôme regarde le paysage, impassible, et Paul pense.

Il pense à avant, à après, à l'instant. Sa vie passée, et ce qu'il en attend encore. Il a besoin de jeunesse et de fantaisie, de bonne humeur et de tendresse. Surtout de tendresse.

Déçu par son second mariage, il est resté avec son épouse pour sauver les apparences. Celle-ci n'avait finalement que peu de points communs avec lui. Ses occupations étaient principalement centrées sur son apparence physique, entre l'esthéticienne et le club de sport, les après-midi shopping, et les soirées entre copines. Femme au foyer, le salaire de son mari suffisant amplement à faire vivre la famille, elle s'était installée dans cette facilité sans beaucoup de reconnaissance ni d'attentions pour son conjoint. Leurs conversations étaient aussi plates et inintéressantes que les pages des magazines féminins qu'elle lisait à longueur de journée, alors que Paul ne rêvait que d'échanger à propos des auteurs de littérature classique et contemporaine, dont il se délectait durant ses rares moments de liberté. Les uniques préoccupations de son épouse étaient d'ordre matériel, et d'une grande futilité aux yeux de son mari.

Il se rend compte aujourd'hui que pendant quelques paires d'années, il s'est enfermé dans son travail pour passer le moins de temps possible à la maison. Surtout à compter du jour où Jérôme a volé de ses propres ailes.

Le départ de Marlène est donc un soulagement pour Paul, un nouveau départ aussi, finalement. Il le veut riche et joyeux. Profiter de l'instant présent, sans faire de plans sur la comète.

Quelle comète ?

C'était Pauline, sa comète.

Elle a changé de trajectoire il y a plus de trente ans. Elle est à des années-lumière, sa comète...

Julie est peut-être bien un simple petit astéroïde avec lequel il est entré en collision. Mais quand le choc est suffisamment intense, parfois, les trajectoires sont déviées.

Qui sait… ?

En tout cas, il a au moins une certitude pour la journée qui s'annonce : la route va être longue…

Les pauses sont rares. L'enfant est sage, sa mère ingénieuse pour lui trouver des occupations. Ils jouent à chercher les châteaux d'eau au sommet des collines, ou à compter les camions qu'ils dépassent sur la voie de droite. Julie raconte des histoires improvisées en fonction du paysage. Parfois, le paysage est morne, en particulier quand les champs s'étendent à perte de vue et que les arbres sont orphelins, alors ils se plongent chacun dans leur lecture. Jérôme n'a quasiment pas dit un mot depuis le supermarché. Paul tient le coup. La concentration ne lui a jamais posé problème et il aime conduire. Mais l'heure du repas approche. Le petit réclame à manger. Le ventre de Paul aussi. Une hypoglycémie sur l'autoroute ne pardonnerait pas.

Une vingtaine de kilomètres plus tard, il enclenche son clignotant et bifurque vers une aire d'autoroute qui indique la présence d'un restaurant. Il est près de quatorze heures, il ne devrait pas y avoir grand monde.

Jérôme est sorti de la voiture le premier et s'est dirigé vers la pelouse, en contrebas du parking. Il regarde l'horizon, étire ses bras, et reste ainsi quelques instants. De quoi ruminer tranquille.

Julie a fait le tour du véhicule pour détacher son fils. Elle s'énerve sur la fermeture du siège-auto, qu'elle ne maîtrise pas encore. L'ancien était moins sûr mais plus simple. Paul la prend par les épaules et l'invite à le laisser faire. Il réussit rapidement à décoincer la ceinture de sécurité et jette un œil à Ludovic. Celui-ci le regarde, puis lui lance un sourire complice. Sourire que Paul reçoit comme un cadeau. Le début de l'apprivoisement. Celui du Petit Prince pour le renard. Sauf qu'ici, c'est le vieux renard qui essaie d'apprivoiser le Petit Prince. Peu importe, l'apprivoisement se fait toujours à double sens.

C'est sa princesse de mère qu'il aimerait surtout apprivoiser.

— On se tutoie ? lui propose-t-il.

— Si vous voulez…

— Ça commence mal !

— Il me faudra un peu de temps…

— Pourquoi ? s'étonne Paul.

— La différence d'âge.

— Décidément, vous allez me l'envoyer dans les dents encore longtemps cette différence d'âge ?

— Vous me vouvoyez de nouveau ?

— La contrariété, sûrement.

— Pardon.

— Ne t'inquiète pas. Je vais m'y faire.

— Moi aussi…

Paul lui prend alors le visage entre les mains en lui souriant et dépose un baiser sur son front. Julie se raidit à son contact, et peine à se détendre. Elle n'a pas l'habitude des élans de tendresse. À part Ludovic à son cou, peu d'approches sont sincères et douces.

— On va d'abord manger, on se dégourdira les jambes après ? suggère Paul.

— Ça me va. Je vais aller acheter un sandwich à la station.

— Tu ne vas rien acheter du tout. Nous allons au restaurant, nous mangerons chaud et serons mieux installés.

— Je n'ai pas d'argent pour le restaurant.

— Tu as viré féministe depuis hier ?

— Je ne veux pas me faire entretenir.

— Je ne t'entretiens pas, je vous invite, le petit et toi. Et mon fils aussi.

— Ça me gêne.

— Aucune raison. De l'argent, j'en ai plus qu'il n'en faut pour être heureux. Alors considère que ces vacances sont un cadeau « tous frais payés ».

— Qu'en dit votre fils ? demande Julie.

— Ton fils.

— Mon fils ?

— Qu'en dit « ton » fils ? rectifie Paul.

— À trois ans, ça lui passe au-dessus, les histoires d'argent.

— Je ne parle pas de ton fils, je parle du mien.

— Je ne comprends plus rien.

— Le tutoiement… : qu'en dit « ton » fils ?

— Ah… alors, qu'en dit t… Jérôme ?

— De quoi ?

— Du cadeau « tous frais payés » que vous me faites.

— Je m'en fiche de ce qu'il en dit.

— Il pourrait être jaloux.

— Il n'a pas de problèmes d'argent non plus. Et cesse de te poser des questions à son propos, conclut Paul.

— Il n'est pas très causant, et ne donne pas franchement l'impression de m'apprécier.

— Laisse-lui le temps.

Paul appelle son fils pour lui signifier qu'ils sont prêts. Julie donne la main à Ludovic, qui attrape celle de Paul, en se mettant à compter « un, deux, t'oiiiiiiiiis ». Paul n'a pas besoin d'explication, il soulève le petit en même temps que sa mère, pour le plus grand bonheur de l'enfant. Jérôme les suit à dix mètres, sans savoir quoi penser de ce trio improbable. Il aimerait parfois ne plus penser. Ça lui éviterait de se souvenir d'Irène. Mais la déconnexion ne fonctionne pas, la déconnexion est impossible, et plus il essaie, moins ça marche. Il espère que le rythme des vagues hypnotisera son esprit obsédé par le manque d'elle.

Après avoir passé l'épreuve du self, des plateaux à transporter tout en s'occupant de Ludovic qui voulait voir ce qu'il y avait dans les assiettes, ils sont attablés. Jérôme reste désespérément silencieux. Il regarde le petit, assis en face de lui. Il en serait presque attendri à l'observer tremper consciencieusement sa frite dans le ketchup, et faire ensuite une malheureuse tache sur son T-shirt. « *C'est pas g'ave* », dit-il calmement à sa maman, sur un ton presque rassurant, avant même qu'elle n'ait pu dire quoi que ce soit. D'autres parents se seraient fâchés, l'auraient grondé pour ne pas avoir fait suffisamment attention, mais Julie ne dit rien. Elle se contente d'essuyer la tache avec sa serviette, en lui répondant que non, c'est pas grave.

Quand Jérôme était petit, Marlène, la seconde femme de son père, passait son temps à le réprimander quand il se salissait, à table, dans l'herbe ou dans la boue. Son enfance était bien bordée, sans surprise et triste. Il n'avait le droit de rien faire qui risque de tacher sa jolie tenue, ce qui, finalement, entacha son sens de la fantaisie. Soudain, il réalise, en observant Julie, que son père ne lui a jamais parlé de sa mère biologique, de ces trois premières années où elle s'est occupée de lui. Peut-être était-elle douce et indulgente, à l'écoute de ses besoins, complice et joyeuse, comme l'est cette jeune femme avec son petit. Car sous ses airs d'adolescente attardée, Julie montre une indéniable capacité à prendre soin de son fils avec beaucoup de tendresse et de naturel. Peut-être parce qu'elle n'est pas sortie de l'enfance depuis très longtemps. Peut-être parce qu'elle est comme ça, tout simplement. Et qu'elle se fiche bien d'une tache de ketchup sur un T-shirt. Après tout, la terre ne s'arrête pas de tourner pour autant.

Manquerait plus que ça !

— Il ne prononce jamais les « r » ? demande Paul entre deux bouchées.

— Si, dans certains mots. Mais pas tous. Il dit « Crouver » pour « trouver », mais dit « f'oid » pour « froid ».

— Comment tu dis « fa » ? enchaîne alors Paul en s'adressant au petit.

— Fa ! répond Ludovic, fièrement.

— Comment tu dis « fi » ?

— Fi !

— Comment tu dis « foi » ?

— Foi !

— Comment tu dis « froid » ?

— Ffff….chaud !

Jérôme serait tenté de sourire, en observant un tel degré de discernement, voire d'humour, pour un enfant de trois ans, mais ce serait sortir de sa rumination, ce qu'il n'a pas prévu de faire dans l'immédiat. Ce serait beaucoup trop tôt. Il doit soigner les apparences, montrer qu'il existe, qu'il a une opinion, et qu'elle est tranchée : leur présence n'est pas une bonne idée. Alors, il garde son sourire pour l'intérieur des joues et tâche de ne pas se laisser contaminer par les rires des deux autres adultes, qui déteignent rapidement sur l'enfant. Jérôme, sur le point de se laisser aller à un peu de joie, se mord la lèvre et quitte précipitamment la table avec son plateau, qu'il dépose sur le chariot près des cuisines.

— Vous êtes sûr que je ne devrais pas repartir dans l'autre sens, avant de vous pourrir vos vacances ? demande alors Julie en reprenant son sérieux.

— Je suis sûr que je préférerais que tu me tutoies. Pour Jérôme, laisse-lui le temps, il a pas mal souffert ces dernières semaines.

— Justement ! Rire lui ferait du bien, suggère Julie.

— J'aimerais déjà qu'il puisse pleurer. Si seulement il se l'autorisait un peu.

— Pourquoi il a souffert ?

— Je t'expliquerai. Mais là, il faut qu'on reprenne la route. J'aimerais qu'au moins vous voyiez le coucher de soleil en arrivant.

— Le soleil se couche tous les soirs, non ?

— Non. C'est le premier soir que c'est le plus beau. Surtout quand on n'a jamais vu la mer.

Quelques instants plus tard, le 4×4 reprend la route, chacun à sa place. Ludovic, au bord de la sieste, dans son siège flambant neuf, Julie à ses côtés, dans son livre tout aussi flambant neuf, Jérôme, le regard collé à la vitre. Rien n'est flambant neuf pour lui, en dehors d'une tristesse tenace et d'un sentiment de solitude insoutenable. Et puis Paul, dans ses pensées joyeuses. Il aime l'idée de cette expédition. Il aime se dire qu'il part à l'aventure en Bretagne et n'a rien à envier aux plus grands aventuriers de la terre. Ce n'est pas de géographie dont il est question dans ce voyage. Plutôt des profondeurs humaines et de leurs forêts impénétrables.

Vers seize heures trente, Paul enclenche à nouveau son clignotant. Une aire d'autoroute aux abords d'Angers. Il aime ce moment. Il ne reste alors que trois heures de route avant de pouvoir poser ses yeux sur l'étendue grandiose et apaisante. Trois heures avant de retrouver la petite maison, acquise il y a trente ans quand il avait beaucoup d'argent à placer. Une petite maison toute simple, qui résiste au temps, contre vents et marée, isolée du reste du village, un peu plus en hauteur que les autres, d'où l'on peut admirer les vagues aux premières lueurs du jour, depuis la porte vitrée de la chambre à coucher.

S'il avait été seul, Paul aurait achevé le voyage sans s'arrêter, mais l'enfant, qui s'est tenu tranquille jusque-là, exprime le besoin de se dégourdir les jambes. Et Julie, d'aller « pisser » une nouvelle fois. Elle l'emmène avec elle. Pour changer la couche qu'elle lui a mise pour le voyage, de peur qu'il souille un siège-auto qu'elle n'aurait jamais pu s'offrir.

Elle revient à la voiture, munie d'un paquet de gâteaux acheté à la boutique de la station-service avec la monnaie du billet que Paul lui avait donné pour acheter les livres, et qu'il avait voulu qu'elle garde. Jérôme est déjà installé à l'avant. Paul les attend en souriant. La dernière ligne droite est en vue. L'enfant a été calme jusque-là. Cela laisse augurer d'une fin de voyage relativement sereine.

— Vous voulez un gâteau ? demande Julie en tendant le paquet à Paul.

— Si tu me dis « tu », j'en prends un.

— Tu veux un gâteau ?

— Tu vois que ce n'est pas si compliqué.

— C'est vous qui le dites !... Et donc, pour le gâteau ?

Paul en saisit un dans le paquet en lui faisant une grimace. Ce n'est pas gagné. Il s'installe alors au volant, et attend que le petit soit harnaché dans son siège pour mettre le moteur en route.

Julie prend place à l'arrière et tend le paquet en direction de Jérôme.

— Vous voulez un gâteau ?

— Non, merci, répond Jérôme sans la regarder. J'essaie de faire attention à ce que je mange.

— Pas moi, dit la jeune fille, la bouche pleine. On n'a qu'une vie. Si on ne peut pas se faire plaisir de temps en temps.

— Elle n'a pas tort, ajoute Paul. Ce n'est pas un BN qui va raccourcir ton espérance de vie.

— Fiche-moi la paix. Je n'en veux pas, c'est tout.

— Je peux prendre le sien ? demande Paul à la propriétaire du paquet.

— Moi, veux ! dit Ludovic d'un ton péremptoire.

— Si tu demandes gentiment, reprend sa maman.

— Moi, veux gentiment !

— « S'il te plaît », il faut dire, ajoute-t-elle.

— Prends-en de la graine, dit Paul à son fils.

— Oui, bon, ça va, répond le jeune homme, acerbe.

— Détends-toi Jérôme, je plaisante. Ces vacances te feront vraiment du bien.

— Je commence à en douter.

Son téléphone se met alors à sonner.

— Allô ? dit Jérôme sur un ton belliqueux.

— Oui, bonjour, enfin rebonjour, c'est Caroline.

— Déjà ? poursuit-il en adoucissant la voix.

Après tout, elle n'y est pour rien.

— Pardon, pardon, je suis désolée.

— Je plaisante. Que se passe-t-il ?

— J'ai cassé le tensiomètre. Rassurez-vous, je vais

le remplacer. Mais je n'aurai pas le temps d'aller en acheter un demain avant la reprise des consultations.

— Il y en a un dans la remise. Vous êtes au cabinet ?

— Oui.

— Radioguidage ! Quand vous entrez dans la pièce, au fond se trouve un grand meuble avec trois colonnes de tiroirs. Il doit être dans le tiroir tout en bas de la colonne de gauche.

— Je regarde, dit-elle en ouvrant le tiroir. Il n'y a que des masques chirurgicaux.

— Essayez l'autre, à gauche.

— …

— Rassurez-moi, sur vos patients, vous palpez bien le foie à droite et vous écoutez le cœur à gauche ?

— Oui, pourquoi ?

— Comme ça. Vous l'avez trouvé ?

— Oui. Il était dans l'autre tiroir.

— Sinon, la première journée s'est bien passée ?

— Oui. Vous aviez raison ! Des rhumes, des verrues, des otites ou des maux de gorge. Rien de bien méchant.

— Ah, vous voyez ? Vous auriez pu dormir cette nuit. L'embolie pulmonaire fulgurante n'a jamais lieu le premier jour.

— C'est censé me rassurer ?

— C'était censé être drôle.

— C'est raté.

— Pardon. C'était inutile. Ça vous rassure si je vous dis que je n'en ai jamais eu, et que mon prédécesseur, trente-cinq ans de métier, non plus.

— Un peu.

— Dites-vous en tous les cas que vous faites votre

possible, mais que vous n'empêcherez pas la fatalité. Je sais de quoi je parle.

— Je vais essayer. Je ne vous dérange pas plus longtemps. Bonnes vacances ! dit la jeune femme.

— À demain, répond Jérôme.

— Non, non, je vous promets que je ne vous dérangerai pas tous les jours.

— L'embolie pulmonaire fulgurante, c'est généralement le deuxième jour.

— Vous n'êtes toujours pas drôle.

— Bonne soirée, Caroline.

Le voyage s'achève dans une ambiance plutôt silencieuse. Les deux hommes à l'avant communiquent peu. L'arrière est studieux, le nez plongé dans les livres, ou dans des jeux de devinettes au gré des paysages qu'ils voient défiler. La journée a été belle, mais le jour commence doucement à s'effacer quand ils arrivent à Vannes. Il reste moins d'une heure avant de se garer devant la maison. Ils arriveront juste pour le coucher de soleil. De quoi finir le voyage en beauté, pour dissiper les tensions.

Quand ils empruntent la route qui longe l'océan, à l'arrière, il n'y a plus un, mais deux enfants, subjugués par le paysage, émus par cette première fois magique, des reflets orangés dans les yeux. Comme les lumières du tunnel, le matin, mais en continu. En bien mieux aussi. Loin d'un tunnel, c'est un océan qui s'offre à eux. Quand Paul se gare devant la maison, Julie croit rêver. Elle aperçoit la plage immédiatement à l'arrière et entend déjà le bruit des vagues. Elle détache Ludovic et sourit à Paul, avant de disparaître derrière la maison.

— Tu viens avec nous sur la plage ? demande-t-il à son fils.

— Non, donne-moi les clés, je vais décharger les bagages.

— Comme tu veux. Les clés sont dans la cachette, comme d'habitude. Eh, attendez-moi, crie-t-il à la jeune fille, qui marche déjà dans le sable en tenant son fils dans les bras.

— Je ne peux pas, répond-elle en riant. C'est plus fort que moi…

Elle s'est immobilisée, quand Paul arrive à leur hauteur. Elle regarde l'horizon, son fils dans les bras. Les derniers feux du soleil éclairent leurs deux visages, qui se ressemblent plus que jamais et où se dessine un sourire béat. Un troisième vient les rejoindre, celui de Paul, aux anges, de partager cette joie simple sachant qu'il en est un peu à l'origine. Elle est loin, la larme du supermarché. Ils flânent quelques instants sur la plage, malgré la lumière qui décroît. Le bruit des vagues chante dans la tête de Julie qui le remercie pour ce beau cadeau. Elle serait presque tentée de lui demander de la pincer. Des moments comme ça, elle en a tellement peu dans sa vie qu'elle a du mal à y croire quand ils arrivent. Puis ils entrent dans cette petite maison de bord de mer qui n'aurait même pas eu sa place dans un des rêves de Julie. Même le plus fou.

Jérôme est parti se coucher sans un mot. Il a pris la petite chambre sous le toit. Pour la tranquillité. Il reste la grande avec un lit double et la minuscule chambre d'ami, au lit étroit. Julie commence à y installer ses affaires. L'habitude de l'exiguïté. Mais Paul les saisit sans un mot et les installe dans la grande pièce.

— Je prendrai la petite, dit-il en guise d'explication.

— Mais non, on peut se serrer avec Lulu, je connais ça.

— Tu rigoles ou quoi ? Prenez vos aises. Moi, ça

me rappellera mes années étudiantes, quand je squattais chez des potes, et que je pouvais dormir n'importe où.

— Comme vous voulez.

— Je veux surtout que tu arrêtes de me vouvoyer, ça balaye instantanément mes souvenirs de jeunesse en me ramenant à notre fameuse différence d'âge. Tu veux manger quelque chose ?

— Non, merci. Lulu est fatigué, je vais le coucher.

— Je fais un feu dans la cheminée, si tu veux venir t'y réchauffer un peu. La maison est fraîche, quand même.

— Je l'endors et je viens.

Ludovic s'est accroché au cou de sa mère. Il lui chuchote dans l'oreille que c'est beau la mer. Lui demande s'ils y retourneront demain. Évidemment qu'ils y retourneront demain. Il ne pourra pas s'y baigner, mais ils joueront au moins dans le sable…

Il s'endort sans grande difficulté, malgré les heures de sommeil dans la voiture. Le voyage l'a assommé. Son visage a gardé le même sourire que sur la plage. Julie ressent un moment de bonheur assez rare, ce soir, dans cette maison, en regardant son fils dormir sous la couette de ce grand lit. Les vagues en berceuse et la plage en diffuseur d'arôme. Ce moment ferait presque oublier tous ceux où elle regrette de faire subir cette vie de merde à un enfant de trois ans. La nounou a beau lui dire que le matériel, ce n'est pas ce qui compte et que Ludovic paraît bien plus heureux que d'autres enfants qui obtiennent tout ce qu'ils veulent, Julie se sent coupable de lui infliger ces conditions de vie.

Elle rejoint ensuite Paul au salon. Il s'est installé dans le canapé, un verre à la main. Il regarde les flammes danser dans la cheminée.

— Tu veux boire un verre ?

— C'est quoi ?

— Une confiture de vieux garçon.

— C'est ouvert aux jeunes filles ?

— Tu as un tempérament de garçon, tu devrais apprécier. Faite maison, l'année dernière.

— Alors je veux bien. Jérôme n'en veut pas ?

— Je ne pense pas. Il doit déjà dormir. Il dort beaucoup en ce moment.

— Alors, c'est quoi son histoire ?

— Sa femme s'est suicidée il y a un peu plus de trois mois.

— Ah…, dit-elle, en enchaînant après un long silence, pourquoi ?

— Une grave dépression. J'ai toujours connu Irène dépressive. Elle était frêle de corps et d'esprit. Une rafale de vent aurait pu la soulever et la jeter un peu plus loin sans qu'elle puisse lutter. Et les courants d'air émotionnels avaient le même effet sur son cœur. Un mot de trop, un regard un peu mauvais, et elle baissait les yeux sur ses chaussures pour qu'on ne voie pas qu'elle était balayée par la bourrasque comme une feuille d'automne. Voilà, en te parlant d'elle, je comprends exactement ce qu'elle donnait comme impression. Une feuille morte, détachée de sa branche vitale, et qui ne reçoit plus la sève. Pourquoi n'a-t-elle jamais connu que la saison d'automne, ça, je n'en sais rien. Au gré du vent, elle est tombée dans le jardin de Jérôme. Je le soupçonne d'être tombé amoureux d'elle avec le sentiment inconscient qu'il pourrait la sauver. Son âme de médecin. Ce jour-là, il est arrivé trop tard. À quelques minutes près, elle aurait été encore vivante. Il s'en veut. Il discutait sur le perron avec un de ses patients. Et puis il a entendu le coup de feu.

— Elle s'est tiré une balle ? C'est horrible.

— Je ne te le fais pas dire.

— D'où venait cette arme ?

— Un vieux pistolet de son grand-père. Seconde Guerre mondiale. Jérôme ne se doutait pas qu'elle savait s'en servir. Voilà. Il a donc besoin d'un peu de temps pour s'habituer à toi, aux autres en général. Je l'ai invité ici pour qu'il prenne un peu l'air avant de se replonger dans son travail. Il ne sort pas de son marasme et va de plus en plus mal. Ça m'inquiète.

— Je peux comprendre. Je vais lui foutre la paix. Il finira bien par m'accepter.

— Il finira bien. Tu sais, ce n'est pas un mauvais garçon. Il lui faut juste un peu de temps. Lâcher du lest. Et ça reviendra. Il n'a jamais été un clown dans la vie non plus, mais il sait être agréable.

— Il n'a pas d'enfants ?

— Non, ils n'ont pas eu le temps d'en faire. C'est peut-être mieux, ajoute Paul. Un orphelin si jeune…

— D'un autre côté, ça l'aurait tiré vers le haut.

— Prête-lui Ludovic pour la traction verticale. Je suis sûr que ce petit est très efficace.

— Il ne peut pas relever tout le monde non plus, du haut de ses trois ans.

— Pourquoi, il tire qui d'autre vers le haut ?

— Moi. Il m'aide à me lever le matin, à supporter mon travail, à espérer des jours meilleurs.

— Tu n'es pas heureuse ?

— Je ne suis pas non plus malheureuse. Je suis surtout fatiguée. Je vais me coucher, annonce Julie.

— C'est pour ne pas me parler de tes états d'âme ?

— À demain…

— Explique-moi quand même quelque chose. Le doudou de ton fils, c'est quoi exactement ?

— C'est un de mes anciens gogos, répond Julie en souriant.

— Un gogo ?

— Un soutien-gorge. D'allaitement. Il l'a chipé un soir dans le linge au pied de la machine alors qu'il rampait à peine et a voulu dormir avec lui. Il sentait le lait. Il ne l'a plus quitté depuis. J'ai quand même coupé les bretelles, parce qu'elles se prenaient dans tout ce qui dépassait, et que, comme ça, ça ressemblait un peu moins à un soutien-gorge. Je suis passée pour une givrée à la maternelle, il y a un mois, et la directrice un peu psychorigide m'a convoquée pour me faire tout un laïus sur ce doudou peu conventionnel. « J'ai jamais vu ça, et pourquoi pas une culotte ?! », qu'elle m'a dit.

— Elle n'avait pas tout à fait tort. Tu lui as répondu quoi ?

— Qu'il aimait l'odeur de mon lait, et que je commencerais à m'inquiéter s'il piquait le soutien-gorge de l'aide maternelle, mais que, pour l'instant, il n'y avait pas lieu d'en faire un plat. D'autant qu'à force de le rafistoler, il s'éloigne doucement de sa forme d'origine. Alors, dans la boîte à doudou, à l'entrée de la classe, il y a des peluches en tout genre et un soutien-gorge d'allaitement, qui ne ressemble plus à grand-chose, d'ailleurs.

— Jérôme, c'était les chatounes, quand il était petit.

— Les quoi ?

— Les chatounes. Il appelait ça comme ça. Des morceaux de mousse jaune en synthétique pour rembourrer les coussins. Il en avait toujours quelques-unes sur lui, et il les triturait dans sa main en suçant son pouce.

— Aussi bizarre qu'un gogo.

— Moins évocateur, quand même. Un jour, il devait avoir six ans, nous avions loué un gîte en montagne, et dans l'une des chambres, il y avait un matelas mousse posé contre le mur, sans protège-matelas. Il était fait dans la même matière que ses petites chatounes de rembourrage. Il est resté béat d'admiration en s'exclamant « oh, une chatoune géante ». Et Marlène trouvait encore des petites chatounes dans les poches de ses jeans en faisant la lessive quand il avait quinze ans. Une longue histoire, les chatounes…

— On se rassure comme on peut, dit Julie en partant se coucher.

Paul se ressert un fond de verre. Sa confiture de vieux garçon est vraiment délicieuse. Elle a d'autant plus de saveur qu'il est vraiment vieux garçon maintenant, des années au compteur et le célibat récent. Au moins, Marlène ne viendra pas par-dessus son épaule lui suggérer d'arrêter de boire. Ce n'est pas elle qui aurait partagé ainsi un verre devant le feu pour profiter du moment.

Cette gamine a ce côté pétillant qui manque à sa morne vie d'homme sérieux depuis plus de trente ans. Elle a pourtant l'air d'en tirer, des casseroles, mais elle est encore capable de s'émerveiller d'un coucher de soleil sur la plage. C'est bon signe. Elle est d'un autre genre que sa regrettée Pauline. D'un tout autre genre. Pauline était classe, gracieuse, et discrète. Julie est presque vulgaire, un peu garçonne et affirmée. Mais il y a chez elle ce truc en plus qu'ont certaines personnes. L'incandescence. Cette chose qui réchauffe et fait vibrer à la fois.

Irène était déjà éteinte avant de mourir. S'était-elle seulement embrasée une fois ?

Marlène était émotionnellement froide comme la banquise. Sans même pouvoir espérer le moindre réchauffement, même avec un trou plus gros que la couche d'ozone tout entière.

Mais Julie...

Le psy de quartier dirait que Paul fait un transfert. Qu'il retrouve en Julie ce qu'il a perdu avec Pauline. Que c'est probablement une mauvaise idée, c'est d'ailleurs l'avis de son fils. Mais Paul n'a envie que d'une chose aujourd'hui, après toutes ces années à bosser comme un dingue sans voir passer la vie, c'est de se mettre au bord du chemin et faire un bon feu de bois pour se réchauffer.

Pincez-moi. Je rêve.

Un rêve de princesse, comme quand j'étais petite et que je croyais au Prince Charmant. Celui qui se présente aujourd'hui, c'est un vieux roi, mais il m'offre le joli conte qui va avec. Et de la confiture de vieux garçon qui me fait tourner la tête. J'ai hâte d'être à demain pour retourner voir la mer avec Lulu. Et ce n'est pas que pour lui. Mes pieds à moi ont aussi apprécié la texture du sable, mes yeux, l'horizon à perte de vue, mes oreilles, le chant des vagues.

Je suis qui ? Peau d'âne, avec un homme qui pourrait être mon père ?

Cendrillon ? J'aurais l'air bête dans le sable, demain, avec des pantoufles de vair !

Je vais tâcher de ne pas être le Petit Chaperon rouge et me faire bouffer par le loup.

Le loup, je l'ai trop vu, celui-là. Maintenant, j'ai juste envie de revoir la mer.

J'espère que Lulu n'aura pas froid cette nuit. J'ai rajouté une couverture, mais je veux que la fenêtre reste ouverte. Le bruit des vagues fait un bien fou. Ce rythme lent et régulier qui fait oublier l'agitation des hommes. Je suis quoi face à l'océan ? Je suis quoi sur cette terre ? Un grain de sable, comme tous les autres. Avec des grains qui écrasent ceux d'en dessous et les empêchent de respirer.

Si Lulu a froid, il se collera à moi, instinctivement. Je sentirai sa peau toute douce, et je me bercerai dans sa respiration. Je suis sûre qu'elle sera en phase avec le bruit des vagues. Parce que c'est comme ça la vie. On cherche l'harmonie pour se faire du bien. Et pour supporter d'être les grains qui étouffent sous les autres.

Apprivoisement

Quand Paul émerge de son sommeil, il entend d'abord le bruit des vagues par la porte-fenêtre entr'ouverte. Puis d'autres de vaisselle, provenant de la cuisine. Il enfile un pantalon, garde son T-shirt de nuit et s'y rend silencieusement. Ludovic est assis à table, un bavoir autour du cou, en train de croquer dans une biscotte. Julie se retourne et, sur son visage chiffonné, apparaît un doux sourire.

— Tu as bien dormi ? lui demande Paul.

— Oui, très bien. C'est bizarre la présence de la mer. Pas besoin de compter les moutons, ça berce instantanément.

— Tu as trouvé de quoi faire un petit déjeuner ?

— Non, il n'y a pas grand-chose. J'ai trouvé des biscottes pour Lulu, il avait faim, mais c'est à peu près tout ce qu'il y avait dans le placard.

— Allons à la boulangerie, ils ont tout ce qu'il faut. Habille Ludovic, il ne fait pas très chaud.

— On y va comment ?

— À pied. C'est à cinquante mètres.

Quand ils entrent dans le commerce, la boulangère se transforme en un joli sourire avant de faire le tour du comptoir pour venir prendre Paul dans les bras et l'embrasser chaleureusement.

— Bonjour, Paul. Tu es là ?

— Bonjour, Annette. Je te présente Julie.

La boulangère prend alors la jeune fille dans ses bras pour l'embrasser avec cette même sincérité.

— Tu nous l'avais cachée, cette jolie jeune femme !

— Ne lui dis surtout pas qu'elle pourrait être ma fille, elle ne veut pas que je me fasse passer pour son père.

— Vous avez tort, mademoiselle. Paul est un homme charmant, et un père parfait.

Julie lui sourit poliment, en regardant Paul, gênée.

— Il serait même un grand-père heureux, ajoute-t-elle en se penchant vers Ludovic qui se cache derrière sa mère en regardant la femme du coin de l'œil.

Elle retourne alors derrière son comptoir, saisit une brioche sur le présentoir et en coupe un morceau, qu'elle tend à l'enfant.

— Tiens, mon lapin ! On va profiter de ton séjour en Bretagne pour te remplumer. Vous restez longtemps ?

— Deux ou trois semaines. Jérôme est là aussi. Il dort encore.

— Oh, notre pauvre Jérôme. Dis-lui de passer nous voir. Quand on a reçu ton faire-part, ça nous a fait tellement de peine.

Annette est à l'opposé du cliché de la boulangère aussi arrondie qu'une pâte à pain qui lève sur le coin de la cheminée. D'un âge mûr, elle est petite et mince, sous son tablier simple. Ce n'est pas avec ses *Kouig Amman* que son mari a dû l'emballer. Ou alors, elle fait partie de ces femmes au métabolisme digne d'un réacteur atomique et qui peuvent manger de façon indécente sans prendre un gramme quand d'autres fabriquent des capitons rien qu'en jetant un coup d'œil sur la vitrine d'un chocolatier. Elle est d'un caractère jovial et retrouve rapidement sa bonne humeur après avoir évoqué le drame. Son rire aigu et généreux résonne dans la boulangerie, ponctuant presque chacune de ses phrases.

— Marlène n'est pas là ?

— Marlène n'est plus dans ma vie.

— Ah ? répond la femme en souriant. Enfin !

— *No comment*, Annette, je sais que tu avais raison. Ce n'était pas une femme pour moi.

— Ce n'est pas mon genre de m'enorgueillir d'avoir raison, tu me connais !

— Justement !

Sur le chemin du retour, Ludovic, son gros morceau de brioche dans la main, marche devant Paul et Julie. Il s'arrête régulièrement, se baisse pour ramasser un caillou et le met dans sa poche. Le village est désert. Ils n'ont pas encore croisé une seule voiture.

— C'est calme ici, constate la jeune femme.

— Hors saison. À la mi-octobre, il n'y a plus que les habitants du village qui sont là à l'année, et quelques fous qui viennent encore pour entendre le bruit des vagues. Les barques sont retournées, les volets en bord de mer sont fermés, mais l'ambiance est encore plus chaleureuse.

— Tout le monde vous connaît ici.

— Ça fait plus de trente ans que je viens tous les étés.

— Vous ne vous en lassez pas ?

— Jamais. J'adore ce coin. Être sur la plage et avoir

ce sentiment qu'on est au bord de l'infini. Et puis, les gens sont adorables.

— Ça, c'est clair. C'est pas ma boulangère qui aurait coupé dans une brioche pour donner à Lulu un aussi gros morceau. Il va prendre trois kilos en une semaine si ça continue.

— Ça ne lui fera pas de mal. Il ressemble à un moinillon tombé du nid. Et tu devrais bien essayer de faire pareil. Tu feras moins mésange.

— Je commence déjà à être serrée dans mon jean. Ça, c'est le restaurant d'avant-hier.

— C'est bien. Tu fais quand même un peu pitié.

— Je croyais que vous n'aviez pas pitié de moi. Je préfère faire pitié mais rentrer dans mes pantalons.

— On achètera la taille au-dessus.

— Je n'ai pas d'argent.

— Arrête de parler tout le temps d'argent.

— En même temps, c'est le nerf de la guerre. Sans argent, on n'a plus rien aujourd'hui.

— L'essentiel ne s'achète pas.

— Alors ça, c'est bien une parole de riche. L'essentiel, c'est quoi ? L'amour, les bons sentiments, le bonheur ? s'énerve Julie. Je vous vois venir. Ce sont les gens qui n'en manquent pas qui disent que l'argent n'est pas important. N'empêche que l'argent, ça aide un peu quand même. Ça permet d'avoir une ligne téléphonique pour appeler ses copines quand on a le cafard. Ça permet de manger des bonnes choses de temps en temps, et d'arrêter de se baisser dans les rayons pour ne prendre que les sous-marques rangées tout en bas, au ras du sol, là où les cafards rôdent la nuit. Ça permet d'être un peu à la mode quand on en a envie, autrement qu'avec deux ans de décalage parce que les gentilles dames qui débordent de fric ont eu la gentillesse de donner les fringues dont elles se sont lassées à la friperie du coin. Ça permet de mettre un peu de côté pour se dire que ce ne sera pas si grave quand la courroie de distribution lâchera. Ça permet de…

— Arrête, c'est bon. Je suis désolé. Mais je te rappelle que je t'ai dit que le séjour était tous frais payés. *All inclusive*. Y compris les pantalons, au cas où tes cuisses profitent.

— Et moi, je vous rappelle que ça me gêne.

— Ah oui, c'est vrai, tu es féministe.

— Non. Je n'ai pas l'habitude qu'on m'achète.

— Je ne t'achète pas. Sors-toi cette idée de la tête. J'achète des choses pour ton fils et toi. Rien à voir.

— Je n'ai toujours pas compris pourquoi vous m'avez proposé de venir.

— Tu n'es pas obligée de comprendre. Je ne suis même pas sûr qu'il y ait quelque chose à comprendre. T'étais là, sur mon chemin, comme un silex. Et moi, je suis l'homme de Cromagnon qui en cherchait désespérément un pour allumer son feu au bord du chemin.

— Je ne comprends rien à ce que vous dites.

— Tu me réchauffes le cœur.

— Je ne vois pas bien comment.

— Moi non plus. Je constate, c'est tout. On est obligé de tout comprendre ?

— Vous êtes amoureux ou quoi ?

— Rassure-toi, je ne suis pas le genre à vouloir t'emmener dans une chambre d'hôtel pour penser avec fierté que je peux encore culbuter des jeunettes. Tu as cette chose au fond de toi qui rayonne. C'est tout. Et j'avais envie d'un peu de lumière dans la grisaille de mon quotidien.

Julie se demande alors où il peut bien voir ce rayon

de lumière. Elle qui a l'impression que sa vie, hormis son fils, n'est que grisaille.

— Mais vous la voyez où cette lumière ?

— Dans tes yeux.

— Rah. Ne me la faites pas à moi ! C'est la plus grosse ficelle de séducteur que je connaisse de dire à une fille qu'elle a de jolis yeux.

— Je n'ai pas dit qu'ils étaient jolis, j'ai dit qu'ils étaient lumineux.

— Hum…

— Ce qui ne les empêche pas d'être jolis.

— Ah, vous voyez ?!…

— Pauline était un peu comme toi.

— Pauline ?

— Ma première femme. La mère de Jérôme.

— Était ?

— Elle est morte quand il avait trois ans.

— Je croyais qu'elle vous avait planté.

— Je sais.

— Elle est morte de quoi ?

— Un cancer de la vulve. Le truc qui n'arrive jamais aussi jeune. Et qui l'a emportée en trois mois. Ils n'ont rien pu faire. À part la mutiler. Pour rien. Elle était mon petit rayon de soleil. Quand elle s'est éteinte, je n'ai jamais réussi à avoir chaud à nouveau. Et depuis une semaine, voilà que je recommence à avoir des sensations dans la moelle épinière, et peut-être bien dans le thorax, dans le ventre aussi. Au bout des doigts. Des petites étincelles qui s'allument par-ci, par-là et qui me font croire qu'il est encore possible d'avoir chaud à l'intérieur.

— Et votre deuxième femme ?

— Une lumière froide. Avec Marlène, j'ai vécu trente ans devant un frigo, porte ouverte.

— Ça a le mérite d'être clair.

— Sombre, au contraire. J'ai l'impression d'avoir loupé trente ans de ma vie et de me réveiller d'un mauvais rêve.

— On ne vous a pas marié de force, non plus ?

— Non, mais j'étais paumé, avec un gosse de trois ans. On s'est croisés chez des amis communs, je me suis dit qu'on pouvait faire un bout de chemin ensemble, et qu'elle ferait du bien à Jérôme.

— Et elle lui a fait du bien ?

— Je n'en sais rien. Je ne pense pas qu'elle lui ait fait du mal.

— C'est déjà ça.

De retour à la maison, ils déballent les quelques courses sur la table. Ludovic termine doucement sa brioche et réclame un bol de lait. Paul fait couler un café et Julie sort des tasses et des cuillères. L'enfant appelle alors sa maman pour lui demander Balou.

— Il te demande quoi ? s'étonne Paul.

— Balou. Il aime bien, le matin, pour nous mettre de bonne humeur.

— C'est quoi Balou ? demande Paul, encore plus intrigué.

— On lui montre ce que c'est, Lulu ? demande Julie à son fils, qui dodeline de la tête pour acquiescer.

— J'ai peur, dit Paul en souriant.

— Mais non, pourquoi. Tournez-vous, vous faites l'arbre. Demain, vous ferez Balou.

— C'est qui Balou ?

— Le livre de la jungle. Balou. Enfin, Paul, révisez vos classiques. Tournez-vous ! dit-elle d'un ton péremptoire.

Paul s'exécute et se tourne en direction de l'évier. Il

sent alors Julie se coller à lui, dos à dos, et commencer à chanter « *Il en faut peu pour être heureux, vraiment très peu pour être heureux* », en se trémoussant contre son corps, ce qui génère chez lui un certain étonnement, mais lui procure une indéniable détente. « *Chassez de votre esprit tous vos soucis, prenez la vie du bon côté...* », continue-t-elle en se frottant vigoureusement à lui. Jérôme arrive à ce moment-là, et les regarde un instant, avec une moue dépitée. Julie l'aperçoit, mais continue de chanter. Paul rit. Puis remarque en se retournant que Jérôme est dans la pièce.

— Ah, tu es là ? constate-t-il en essayant de retrouver une certaine contenance.

— Oui, je suis là. Ça y est, vous avez fini votre cirque ?

— Tu devrais essayer, ça fait du bien.

— Mais oui, c'est ça, ajoute-t-il, cynique.

— Tu as bien dormi ?

— Ça va, répond le jeune homme à voix basse, sans regarder personne.

La suite du petit déjeuner est animée par les demandes incessantes de l'enfant pour aller à la mer. Julie se dépêche de finir son café, pour répondre à cette requête, d'autant qu'elle-même ne pense qu'à ça depuis qu'elle a ouvert les yeux. Quelques instants plus tard, elle quitte la maison, Ludovic sur son dos, en direction de la plage.

Paul termine son café, un sourire sur les lèvres, en les regardant courir dans le sable.

— Elle t'a fait quoi cette fille, pour que tu la regardes avec cette béatitude dans les yeux ? demande Jérôme à son père.

— J'ai l'air béat ?

— Tu veux un miroir ?

— Et alors ? répond Paul.

— Alors rien. Ça m'inquiète.

— Tu t'inquiètes de voir ton père heureux ?

— Je m'inquiète de voir ce qui le rend heureux.

— Moi, je m'inquiète de voir mon fils malheureux.

— J'ai de bonnes raisons pour cela.

— Moi aussi, j'ai de bonnes raisons. Et crois-moi, il vaut mieux avoir de bonnes raisons d'être heureux que de bonnes raisons d'être malheureux.

— Si tu le dis. Tu as prévu quoi aujourd'hui ?

— Je les emmène faire des courses à Quiberon, il faut remplir les placards. Et toi ?

— Je vais aller marcher sur la plage. Lire un peu, peut-être. J'ai des revues médicales en retard.

— Laisse donc tomber tout ça. Fais une vraie pause dans ta vie. Demande à Julie son bouquin de Fred Vargas. Elle dit qu'il est très bon.

Julie s'est arrêtée tout au bord de l'eau. Elle a enlevé ses chaussures et ses chaussettes. Ludovic a voulu en faire autant. L'eau est glaciale, tant pis s'ils sont malades. Mais l'air est doux, et l'envie de marcher dans l'eau irrépressible. Ils se sécheront juste après, quitte à devoir enfiler trois paires de chaussettes et filer sous la couette. L'heure est à marcher dans le sable mouillé, et jouer avec les vagues qui remontent vers eux. Ludovic ramasse des coquillages. Julie dessine dans le sable, des cœurs, des « Lulu » de toutes les tailles, que les vagues effacent instantanément. La rencontre incessante de la mer avec la terre la fascine. Demain matin, elle viendra courir. Elle a bien fait d'emmener ses baskets. Le sol est parfait. Au lever du soleil, la sensation doit être jouissive.

Julie en oublierait presque les projets de Paul d'aller

faire le plein de victuailles pour le séjour. Elle propose à Lulu de rentrer maintenant, en lui promettant de lui acheter une pelle et un seau, et peut-être même un camion-benne pour jouer dans le sable, si toutefois les supermarchés disposent encore de ce genre d'article au mois d'octobre.

Le 4×4 démarre, en laissant Jérôme assis à la cuisine, les yeux dans le vague, les oreilles dans les vagues. Irène est là, tout près. Elle apparaît, à longueur de journée, pour disparaître quand il essaye de s'en approcher. Irène était triste, mais elle était douce. Irène était malheureuse, mais elle était tendre. Il aimait la prendre dans ses bras, et sentir comme elle se lovait tout contre lui. Il savait la réconforter et espérait à chaque fois qu'elle avait franchi le début de la pente, pour la remonter peu à peu. Mais non, elle glissait inlassablement, comme si cette pente était couverte de verglas. Il avait beau la recouvrir de sel...

Il est déjà onze heures trente. Jérôme s'apprête à ranger la table quand son téléphone sonne. Il sourit vaguement en voyant le nom de son interlocuteur s'afficher sur l'écran.

— Bonjour, Caroline. Votre embolie pulmonaire est arrivée plus tôt que prévu ?

— Vous n'êtes toujours pas drôle. Arrêtez de me parler d'embolie pulmonaire, vous allez me porter la poisse.

— Je suis un bon aimant à poisse. Il ne doit plus en rester beaucoup pour les autres.

— Détrompez-vous, la poisse, c'est comme la bêtise humaine, elle est inépuisable.

— Vous êtes d'un naturel sacrément positif.

— Vous vous êtes regardé ? rétorque Caroline.

— Vous ne m'appeliez pas uniquement pour me dire des gentillesses de ce genre, si ?

— Non. Je vous appelle pour Madame Paquin. Je ne sais pas quoi faire avec elle. Elle dit qu'elle a mal au ventre. Je n'ai rien palpé d'anormal, je lui ai prescrit une prise de sang et un ASP, sans grande conviction.

— Votre instinct voit juste pour la conviction, il n'y avait aucun intérêt à prescrire une radio et un bilan sanguin. Vous ne trouverez rien.

— Pourquoi ne m'avez-vous pas parlé d'elle ?

— Pour ne pas lui voler son plaisir de tester la remplaçante.

— C'est une blague ?

— Non, une pauvre femme.

— Et je fais quoi avec elle ? Elle m'a dit qu'elle revenait ce soir avec les résultats.

— Écoutez-la.

— C'est tout ?

— C'est déjà beaucoup. C'est son histoire qui lui donne mal au ventre, alors d'en cracher une partie est un bon antalgique. C'est pour ça qu'elle aime bien venir voir les remplaçants. Moi, je sais déjà tout, ça n'a pas le même effet sur elle qu'une oreille toute vierge à l'écoute de son vécu. Par contre, ne vous laissez pas atteindre. L'empathie, c'est tendre la main à celui qui est dans le trou, ce n'est pas sauter dedans pour l'aider à remonter.

— Pourquoi vous me dites ça ?

— Parce que vous avez le profil de celui qui saute dans le trou.

— Je ne m'approcherai pas du bord.

— Ben si, quand même un peu, sinon, ça ne sert à rien de l'écouter. Mais tenez-vous bien au bord, pour ne pas tomber.

— Vous commencez à m'inquiéter.

— Vous verrez bien. Laissez venir.

— O.K. ! Je ne vous dérange pas plus longtemps. Ça va, là-bas ? Il fait beau ?

— Dedans ou dehors ?

— Les deux.

— Soleil dehors, il pleut dedans.

— Alors sortez prendre l'air ! dit-elle comme une évidence, en raccrochant bruyamment.

Le trio improbable est de retour en début d'après-midi. Ludovic s'est endormi dans la voiture. Paul la gare au bout de l'allée, derrière la maison, en bordure de plage, pour garder un œil sur lui tout en s'installant sur la terrasse. Le soleil la réchauffe agréablement à cette heure de la journée. Ils déchargeront après la sieste du petit, pour éviter de claquer les portières. Entre les herbes qui dansent avec le vent, Paul aperçoit son fils, installé dans un transat au milieu de la plage déserte. Il suggère à Julie de lui apporter le roman qu'elle vient de finir, se disant que cela facilitera peut-être les rapprochements. Elle s'exécute en pensant probablement la même chose.

Jérôme ne l'entend pas arriver. Il somnole, bercé par le ressac. Julie toussote, craignant de l'effrayer.

— Ah, vous êtes là, je ne vous ai pas entendue venir, dit-il en se redressant.

— Je vous apporte de la lecture, se hâte d'expliquer Julie, comme pour s'excuser, tout en lui tendant le livre.

— C'est mon père qui vous envoie ?

— Difficile de vous faire croire le contraire.

— Il est bien ? demande Jérôme.

— Votre père ?

— Non, le livre.

— Oui, très bien.

— Et mon père ?

— Pareil.

— Vous attendez quoi de lui ? poursuit Jérôme.

— Du livre ?

— Non, de mon père ! dit-il agacé.

— Moi ? Rien ! C'est lui qui est venu me chercher. C'est à lui qu'il faut demander ce qu'il attend de moi.

— Je vous préviens, je ne vais pas vous laisser lui tourner la tête. Ce n'est pas un pigeon à plumer.

— Ce serait un bon gros pigeon. Il doit faire dans les quatre-vingts kilos, au bas mot. Je ne suis pas allée vérifier, mais son torse n'a pas l'air couvert de plumes. J'opterais plutôt pour les poils.

— Vous avez fini ? s'énerve Jérôme.

— Je vous ai fait quelque chose ?

— Non.

— Alors, pourquoi êtes-vous agressif avec moi ?

— Parce que je me méfie.

— De quoi ?

— De vous.

— Pourquoi ?

— Parce que vous avez le profil de la fille qui sait profiter des situations avantageuses.

— Vous devriez vous méfier des profils, ça vous enferme dans une vision stéréotypée des gens. Vous feriez mieux de les regarder en face, dit-elle en tournant les talons.

— Ce n'est pas votre face que vous me donnez à voir en repartant ainsi, crie-t-il. Mais c'est votre derrière, ajoute-t-il ensuite à voix basse en la regardant s'éloigner.

Julie a le privilège de la jeunesse et des formes bien

galbées. Jérôme celui de pouvoir profiter un instant de la regarder se dandiner en enfonçant les pieds dans le sable. Et de constater que décidément l'homme a cet irrépressible besoin de se focaliser sur cette zone du corps de la femme, comme si son cerveau primitif lui commandait à chaque rencontre de vérifier si la survie de l'espèce peut être assurée avec cette personne-là. Ou pas. Le primitif tenterait bien l'aventure. Celui qui réfléchit, beaucoup moins. Or, Jérôme est d'abord cérébral.

Puisqu'il n'a rien d'autre à faire, et qu'elle s'est déplacée exprès pour le lui remettre, il ouvre le livre, et en commence la lecture.

Quand, en fin d'après-midi, de retour de la plage, Jérôme entre dans la cuisine, l'odeur est délicieuse. Il aperçoit son père, assis par terre dans le salon, en pleine partie de *Memory* avec le petit garçon. Celui-ci semble plus habile à se souvenir des paires d'animaux que son rival qui a un demi-siècle de plus que lui.

Jérôme se laisserait presque aller à déclarer que le fumet qui se dégage des casseroles est agréable, mais ce serait faire un compliment à Julie. Il se contente de s'installer dans le fauteuil, à côté de la cheminée, en essayant de se mesurer aux compétences neurologiques de l'enfant, sans le montrer.

Il éprouve une sorte de sérénité. Comme en famille, un dimanche après-midi d'automne. Ça lui file le cafard. Il repense à Irène, et à tous ces dimanches qu'il ne vivra plus avec elle. Il se replonge dans sa lecture, préférant être happé par une histoire plutôt que de ressasser la sienne.

Julie vient s'installer à côté de son fils. Paul est épuisé par les trois parties qu'il vient de faire, à lutter pour ne pas perdre la face. Sans succès. La jeune femme prend sa place contre le petit génie. Jérôme regarde par-dessus son livre, discrètement. Il observe Julie jouer avec son fils. D'aussi loin que remonte sa mémoire, il n'a pas ce genre de souvenirs de jeux. Julie est réactive, concentrée, efficace, et Ludovic perd la partie. Au lieu de pleurer comme nombre d'enfants gâtés, l'enfant lui sourit et lui demande une nouvelle partie. Mais sa maman annonce qu'ils passent à table.

Jérôme en reprend pour la deuxième fois, sans un mot. C'est Paul qui interroge.

— Où as-tu appris à faire la cuisine ?

— Avec ma mère. J'étais fille unique. Elle était très traditionnelle. Elle m'a transmis ce genre de valeur. J'aime ça. Quand je peux le faire.

— Pourquoi ne le pourrais-tu pas ?

— Il faut de bons ingrédients pour faire de la bonne cuisine.

— Tu en as suffisamment pour le reste du séjour ?

— Vous n'allez quand même pas me coller à la cuisine tous les jours ? s'insurge Julie. Je suis un peu féministe. Sans carte bancaire mais féministe quand même. On fait à tour de rôle ?

— Moi ça me va, convient Paul. Et toi, Jérôme ?

— Je vous inviterai au McDo quand ce sera mon tour.

— Trop facile, répond Julie en le défiant.

— O.K. ! Je ferai à manger. Ça vous donnera envie de me prendre mon tour pour la fois d'après.

— Paul, vous venez courir avec moi, demain matin ? poursuit Julie.

— Moi ? Courir ? Tu m'as vu ? Avec ma bedaine et mes genoux chancelants !

— Tant pis, j'irai toute seule. Il n'y a pas trop de

rôdeurs dans le coin, à six heures du matin ? s'enquiert la jeune femme.

— Jérôme, tu n'as qu'à y aller avec elle, ça te fera du bien. Ça fait longtemps que tu n'as pas couru.

— Si c'est pour l'attendre tous les deux cents mètres…, marmonne Jérôme, dédaigneux.

— J'aimerais bien voir ça, lance Julie.

— Demain matin, six heures trente, devant la maison. Si je dois vous attendre plus de deux minutes, je vous colle mes tours de cuisine.

— Vendu ! Et si c'est l'inverse, c'est vous qui prenez mes tours de cuisine ?

— Je ne me fais aucun souci.

— Ma maman, elle cou't vite, précise Lulu.

— Ta maman, elle court sûrement moins vite que moi.

— Pou'quoi ? demande l'enfant innocemment.

— Parce que… ben, parce que…

— Sûrement parce que je suis une femme, lui répond Julie. On en reparle demain.

— Voilà, c'est ça, conclut Jérôme, se levant pour débarrasser la table, en lui adressant un petit sourire sarcastique.

— T'es un B'ocoli ! lance Ludovic au jeune homme.

— Un beau colis ?

— Brocoli, corrige Julie.

— Il me traite de brocoli, s'esclaffe Jérôme.

— Je ne ferais pas trop le malin à votre place, poursuit Julie, pour Lulu, c'est l'injure suprême !

— Brocoli, l'injure suprême ? s'étonne Jérôme, cynique. Et pourquoi donc ?

— Parce qu'il déteste les brocolis.

— Quand vous aurez fini de vous chamailler comme des gosses, prévenez-nous, annonce Paul calmement, en prenant Ludovic dans les bras. Viens, toi ! On a une revanche à prendre au *Memory*. Jérôme, elle a fait à manger, tu fais la vaisselle.

— Oui, Papa ! dit-il en grimaçant.

— Moi, je vais prendre une douche, annonce Julie en regardant Jérôme avec le même sourire ironique.

Jérôme est sur le point d'achever la vaisselle quand il reçoit un appel.

— Non, Caroline, je ne vous parlerai plus d'embolie pulmonaire.

— C'est peut-être là que ça me portera la poisse. Je vous dérange ?

— Non, je faisais la vaisselle.

— Alors, dites-moi merci.

— Ça ne m'empêchera pas de la finir quand nous aurons raccroché... Alors ?

— Alors, je voulais simplement vous dire que je ne suis pas tombée dans le trou.

— C'est bien.

— Mais ce n'était pas simple.

— Je sais. Lui avez-vous fait du bien ?

— Elle m'a fait un grand sourire en me serrant la main. Et elle avait moins mal au ventre.

— Alors vous lui avez fait du bien. Madame Paquin, c'était pour le deuxième jour. Demain, vous devriez voir Alfred Maul. Méfiez-vous de lui. Il ne débarque que lorsque ce sont des remplaçantes, si vous voyez ce que je veux dire.

— J'en ai peur.

— Oh, vous savez, à son âge, il n'est plus bien vigoureux.

— Demain, je ne vous appelle pas.

— Ça pourrait bien me manquer.

— Mais non.

— Non, vous avez raison. Mais vous n'êtes pas en cause. C'est juste que j'aimerais essayer de vraiment couper.

— Je comprends. Alors on va dire que je ne vous appelle qu'en cas d'embolie pulmonaire fulgurante.

— Commenceriez-vous à être drôle, Caroline ?

Lulu vient de s'endormir, et je vais essayer d'en faire autant. Je dois être en forme pour demain matin. Il ne manquerait plus que je perde le pari. Il faut que je prouve à Lulu que ce n'est pas parce que je suis une femme que je suis moins performante qu'un homme. Je veux qu'il comprenne que la femme est l'égale de l'homme. Quand il sera grand, il n'enverra pas bobonne aux fourneaux, pendant qu'il lit le journal dans le canapé. J'ai trop souvent vu maman s'échiner à la maison sans rien dire.

Je sais que Jérôme ne m'attendra pas.

Et même si je souffre, je ne le lui montrerai pas.

Il serait trop content.

On a beau être triste, on n'est pas obligé d'être antipathique.

Alors ça lui fera les pieds de perdre la course, la face, et de faire à manger à ma place.

Le pays de l'enfance

Six heures vingt.

Julie fait quelques allées et venues devant la maison, en trottinant. Le soleil se lève du côté de l'entrée du village. On perçoit encore l'obscurité au bout de l'océan, là où l'horizon s'arrondit sensiblement.

La mer est calme.

Pas la fille.

Elle se sent d'une énergie débordante. D'où lui vient cette force quand il s'agit de se mesurer à un homme, qui plus est vaguement misogyne ? De l'adolescence, probablement. Depuis, elle résiste comme elle peut. Quand elle peut. Avec Chasson, elle ne peut pas. Pas les moyens, puisque c'est d'argent dont il est question. Mais ce matin, avec Jérôme, elle va s'en donner à cœur joie. Elle ne connaît pas les capacités sportives de cet homme, mais instinctivement, elle a confiance. Elle sera plus forte. Au moins pour Lulu. Et puis un peu pour elle, aussi.

Il arrive quelques minutes plus tard, s'asseyant sur le perron pour lacer ses baskets.

— On va par où ? demande Julie.

— Sur la plage, vers le sud. On prendra ensuite les chemins qui longent la côte et on reviendra par la plage. Vous êtes en forme ?

— Sûrement plus que vous. Je n'ai pas avalé une demi-bouteille de whisky hier soir.

— Ce n'est pas ça qui va m'empêcher de vous battre.

— Vous voulez vous échauffer un peu ?

— Ça ira.

Julie se met en route sans même avoir laissé le temps à Jérôme de se relever. Elle emprunte le petit chemin entre les dunes, puis franchit la zone de sable humide à petites foulées. Au moment où elle accélère, elle s'aperçoit que Jérôme est à sa hauteur. Quelques minutes plus tard, il la double. Désormais, Julie suit, légèrement en retrait. Ne pas l'humilier trop tôt, ça ferait mauvais genre, sans aucun intérêt pour la suite. Au bout d'un bon quart d'heure, elle sent que son partenaire est au maximum de l'effort, il semble essoufflé. Pour sa part, elle gère parfaitement sa respiration.

— Vous courez souvent ? demande-t-elle facilement.

— Je… pfff… ça m'arrivait… pfff, ça fait un moment… pfff, et vous ?

— Deux fois par semaine. Je cours depuis toujours.

La garce, elle s'est bien gardée de le dire !

Julie tient la conversation. Pas lui. Elle préfère se taire, pour s'économiser. Pour ne pas prendre le risque de perdre. Ce risque s'éloignant à la vitesse de leur course. Elle profite donc du paysage, splendide. Cet océan qui abat régulièrement des vagues sur les rochers, comme des spectateurs qui frappent dans leurs mains pour encourager la petite gamine qui en veut, en jetant un pied devant l'autre, pour prouver à Jérôme, et à la face du monde, qu'elle a une place à prendre parmi les humains, aussi minime soit-elle, mais une place. Sa place.

Une demi-heure plus tard, la boucle sur le chemin s'achève et la plage est en vue. Julie accélère légèrement pour vérifier que son concurrent est mûr. Et en effet, il est prêt à tomber. Elle allonge alors la foulée progressivement, en courant dans le sable mouillé. Ce sentiment jouissif qu'elle imaginait la veille se réalise. Courir sur la plage. Elle évite à peine les vagues qui viennent glisser sur le sable, provocantes. La maison est en vue, au loin. Julie se retourne. Jérôme aussi est loin. Elle court, le sourire aux lèvres. Allez, elle l'aidera à faire à manger. Parce qu'elle est comme ça, Julie. Ni hautaine, ni méprisante. Simple. Mais là, quand même, savourant sa victoire. En arrivant à une centaine de mètres de la petite maison, elle aperçoit Paul sur la terrasse, qui tient Ludovic dans ses bras, encore couvert de sa gigoteuse. Le petit lui fait de grands signes pour l'encourager.

Paul sait qu'il ne faudra pas trop titiller Jérôme. La provocation serait mal venue. Il faudra attendre qu'il digère sa défaite, et lui laisser le temps d'admettre. La seule chose dont il soit sûr, c'est que cela ne lui fera pas de mal.

Respect, la petite !

— Il en faut peu pour être heureux, hein ? lance Paul.

— Vraiment très peu... fff... pour être heureux, lui répond Julie, quand même essoufflée, en arrivant sur la petite terrasse.

— C'est lui, le petit point qui bouge au fond de la plage ?

— Il bouge encore ?

— Vilaine !

— Je vais acheter du pain frais, il lui faudra bien

ça, avec du Nutella, pour s'en remettre, ajoute Julie. Je prends votre porte-monnaie.

— Ramène de la brioche pour Lulu.

— Je ne pourrai pas lui en payer tous les jours au retour.

— Il saura faire la part des choses entre les vacances et le quotidien !

Jérôme est assis à la table de la cuisine quand Julie revient avec le pain. Un verre de jus d'orange devant lui, il ne daigne pas la regarder. Le rumen travaille à plein régime. Paul lui fait un petit clin d'œil quand elle l'interroge du regard.

Ça lui passera...

Il quitte la pièce brutalement, sans un mot, et se dirige vers la plage. Les premiers rayons de soleil ont fait leur apparition. Julie confie Ludovic à Paul, au milieu des morceaux de brioche et du lait chaud. Une force la pousse à rejoindre cet homme sur la plage. Sans comprendre quoi. Elle suit son instinct. Il s'est assis dans le sable, à mi-chemin entre les herbes hautes et la mer basse. Les genoux recroquevillés entre ses bras. Il regarde l'océan. Son corps est tendu. Julie s'en aperçoit avant même d'être à sa hauteur. Comme pour s'isoler dans un périmètre invisible, dont Julie cherche à forcer l'entrée. Elle s'asseoit à ses côtés, sans un mot. Regarde le va-et-vient des vagues dans un incessant ballet. De longues minutes s'égrènent, ponctuées par les ondulations de l'eau et le cri des mouettes sur le port, un peu plus au nord.

Julie finit par lui prendre la main entre les deux siennes en disant à voix basse :

— Parfois, c'est dur la vie, et parfois on n'y peut rien.

Jérôme inspire profondément et tombe dans les bras de la jeune femme, en éclatant en sanglots. Il pleure longuement. Paul, derrière la fenêtre de la cuisine, soupire en souriant. Enfin, la voilà, cette tristesse qui le ronge depuis des mois. Enfin, elle ose sortir de son repaire, pas fière de s'être cachée derrière des apparences. Montre-toi, fichu chagrin, qu'on te fasse la peau. Dissous-toi dans l'eau salée des larmes pour aller te perdre dans les fonds marins. Julie s'est assise à califourchon sur lui, pour mieux le prendre dans ses bras, tout contre elle, et le bercer comme elle fait avec Ludovic quand il a de la peine. Peut-on comparer la tristesse d'un gamin de trois ans qui vient de casser son jouet préféré et celle d'un homme qui vient de perdre son épouse ? Qui sait ?

Mélange de larmes et de sueur. Ils se fichent bien de savoir s'ils sentent mauvais de leur effort passé. Ce qui compte désormais, c'est trouver du réconfort. Alors peu importe.

Julie parvient à lui faire regagner la maison après une bonne demi-heure de larmes, de silence. Il part se doucher, laver la sueur et atténuer le gonflement des paupières. Revient quelques minutes plus tard, la serviette autour du cou. La jeune femme a préparé un café et des tartines, recouvertes d'une couche épaisse de Nutella. Si le goût sucré rassure les nouveau-nés, il doit aussi faire du bien aux malmenés, quel que soit leur âge. On ne quitte jamais vraiment le pays de l'enfance.

Paul est parti avec le petit se promener dans le village, pour laisser à Jérôme le temps de respirer. Julie s'éclipse à son tour dans la salle de bains, le laissant savourer ce tête-à-tête avec ses tartines chocolatées, des fois qu'il voudrait finir le pot sans qu'on le regarde faire. Elle espère cependant qu'il en restera demain. Elle n'est pas tout à fait sortie du pays de son enfance, elle non plus.

Dans l'après-midi, il y a ce temps magnifique. Il y a ces gens qui font du cerf-volant sur la plage, et d'autres qui trempent leurs pieds dans l'eau. Il y a ces cris d'enfants qui jouent, que l'on entend par-dessus les vagues. C'est la première fois que Jérôme partage un moment avec eux. Il marche un peu devant, après que Paul et Julie se sont arrêtés pour observer un petit crabe avec Lulu. Celui-ci, changeant de centre d'intérêt, part en trottinant vers l'homme qui se trouve dix mètres devant. Arrivé à sa hauteur, il lui prend la main. Jérôme sursaute presque, surpris par cet élan de tendresse, et puis accepte ces cinq petits doigts minuscules dans sa main froide.

— Pou'quoi tu'igoles jamais ? demande Lulu au bout de quelques instants.

— Parce que je suis triste.

— Pou'quoi tu es t'iste ?

— Parce que ma femme est morte.

— Pou'quoi elle est mo'te ?

— Euh, parce qu'elle était triste.

— Alo's tu vas mou'i' aussi ?

— Je… non, pas forcément !

— Alo's pou'quoi tu sou'is jamais si tu vas pas mou'i' ?

Jérôme regarde alors l'enfant et lui sourit. C'est parfois si simple, la vie. Il le saisit sous les bras et le fait voltiger dans les airs puis atterrir sur ses épaules. L'enfant ne peut plus le voir, mais le sourire est toujours là, accroché aux lèvres de Jérôme, comme s'il se l'autorisait à nouveau après les larmes du matin.

L'enfant tousse alors à plusieurs reprises.

— Tu es malade ?

— Non, j'ai juste avalé un'hume...

Il y a ce temps magnifique. Il y a ces gens qui font du cerf-volant sur la plage, et d'autres qui trempent leurs pieds dans l'eau. Il y a ces cris d'enfants qui jouent, que l'on entend par-dessus les vagues. Et puis il y a un peu de baume sur le cœur, maintenant que la tristesse, en s'en allant, laisse une petite place pour le reste.

Au temps des sorcières, les larmes d'homme devaient être très recherchées. C'est rare comme la bave de crapaud. Ce qu'elles pouvaient en faire, ça, je ne sais pas. Une potion pour rendre plus gentil ? Plus humain ? Moins avare en émotion ? Ou moins poilu ?

Sous prétexte de virilité, ils en sont tous à les ravaler en permanence, même dans les pires moments de leur vie. Comme si ça changeait quelque chose. Les larmes font pourtant du bien. Lavage de cerveau, Karcher de chagrin. Alors d'où leur vient cette idée saugrenue qu'il ne faut pas pleurer sous prétexte qu'on a des couilles ?

Ce matin, je ne sais pas si c'est la fatigue, l'alcool de la veille, le fait d'avoir été battu à la course, ou tout ça mis ensemble qui a provoqué le déluge, mais ce que je sais, c'est que quelques heures plus tard, il souriait. Un de ces sourires simples et sincères qui laissent à penser que l'heure de l'apaisement est proche.

Heureusement que je savais qu'il portait le poids d'un chagrin terrible, sinon j'aurais pu croire qu'il pleurait sa défaite comme un gosse trop gâté qui n'a pas eu la fève en tirant les rois. Et comme je ne suis pas du genre à tricher pour laisser gagner les autres...

Il y a dix jours, c'est moi qui versais une larme à ma caisse, et, depuis, un type a déposé ses courses sur mon tapis, m'a invitée au restaurant, puis en vacances en Bretagne, et aujourd'hui, il me remercie d'avoir fait pleurer son fils.

Une histoire de dingue !

Ils ne donnent pas l'impression de participer à un vaste trafic de femmes et d'enfants. Ils ont même l'air plutôt sincères dans leur complicité.

Et moi, je n'ai jamais autant dépensé d'argent qui ne m'appartenait pas. Il faut que je me méfie, je vais y prendre goût. Quoique, je suis tellement conditionnée depuis trois ans à compter chaque centime que ça ne me passera pas de si tôt. Et puis, ne rêve pas, Julie, ça ne va pas durer. Trois semaines de vacances, et après, c'est ta caisse qui t'attend. Tes clients râleurs et impatients, ton directeur méchant, tes collègues chieuses, ta vie de m...

Alors profite. Il y a un petit garçon de trois ans qui a des étoiles dans les yeux en regardant la mer. Et ça, ça se savoure...

Ça se vit sans réfléchir.

Ce soir, il m'a dit « je t'aime ». Je lui ai dit « je t'aime » en retour. Puis il a ajouté : « Alors, on se t'aime tous les deux, maman. »

Oui, mon Lulu, on se t'aime tous les deux...

Du bout des doigts

Jérôme s'est levé aux aurores. Il n'a rien bu la veille au soir pour pouvoir s'endormir. Une petite victoire. Il enfile ses baskets, et part en direction de la plage. Il lui faut un peu d'entraînement avant de la remettre au défi, la gamine qui l'a humilié la veille, qui lui a prouvé qu'il était devenu une loque, encore capable de se lever le matin, certes, mais qui en a oublié la raison. En voilà une, de raison. Motivante, en plus. Retrouver sa forme. Et lui prouver qu'il en a encore sous le capot. Elle a beau avoir des fesses toniques, agréables à regarder quand on court derrière, c'est au moins à sa hauteur qu'il prévoit d'arriver à tenir avant leur retour en Alsace.

Julie le regarde partir par la fenêtre. Elle enfile un pantalon et referme doucement la porte sur son petit qui dort encore. Elle essaie de faire le moins de bruit possible pour préparer la table du petit déjeuner. Il reste un fond de Nutella. Elle y plonge une petite cuillère pour se délecter de ce plaisir qu'elle ne s'était pas autorisé depuis Noël de l'année dernière. Elle s'achète un pot tous les ans. Elle aurait pu s'en payer un pot par semaine si elle n'avait pas bu ce soir-là, si elle n'avait pas cédé aux yeux doux que lui faisait le gars à l'autre bout de la pièce, dans le garage de sa copine, à l'occasion d'un anniversaire beaucoup trop arrosé, si elle avait pu poursuivre ses études, comme elle l'avait prévu, pour être ingénieur en biologie moléculaire. Son prof de terminale avait remué ciel et terre pour lui permettre d'entrer à la fac, et même trouvé une solution pour les droits d'inscription. Mais pour le reste, tout le reste ? Alors elle s'est arrêtée à son bac scientifique, avec sa mention « bien » en poche. C'est utile, pour être caissière, de savoir compter. Mais tout le monde se fiche de sa mention et de ce qu'elle rêvait d'être.

La mention « bien » ne suffit pas pour acheter du Nutella.

Ça, elle aurait pu s'en payer des palettes entières si elle avait pu continuer ses études.

Mais Lulu ne serait pas là.

Lulu ne serait pas là.

Il est son rêve de biologie moléculaire à lui tout seul.

Alors, hein ?

Jérôme est revenu essoufflé, en nage, mais un peu plus ouvert que les jours précédents. Un shoot d'endorphine pour lui faire voir la vie sous un autre angle, et dérider son visage crispé. Paul est parti chercher du pain avec Ludovic. Une baguette croustillante tous les matins, c'est bon comme du Nutella. On y prend vite goût. Alors les deux ensemble…

Jérôme est parti sous la douche. Julie, assise à la table de la cuisine, parcourt le journal local de la veille. S'attarde sur les faits divers et l'actualité quand le portable du médecin vibre sur la table, avant d'enclencher sa sonnerie. Julie ne répond pas. Elle n'est pas secrétaire, non plus ! « Cabinet » s'affiche à l'écran.

Cette remplaçante est une sangsue !

La sonnerie s'interrompt et reprend quelques secondes après. Même provenance. Julie décroche. C'est peut-être une urgence.

— Allô ?

— Allô, c'est Caroline, j'ai une procidence du cordon, je fais quoi ? JE FAIS QUOI ? crie une voix affolée.

— Je vous passe Jérôme, lui répond Julie en bondissant de sa chaise en direction de la salle de bains.

L'homme vient de couper l'eau de la douche. Julie se fiche de savoir s'il sera nu ou pas. Elle entre dans la salle de bains sans autre forme de précaution, sentant l'urgence de la situation. Elle ne connaît pas le terme utilisé par la remplaçante, mais elle sait reconnaître une voix effrayée.

— C'est Caroline, elle a une providence du cordon…, précise Julie en lui tendant le téléphone.

Jérôme le saisit en prenant sa serviette d'une main, pour s'essuyer le visage et les cheveux et ne pas dégouliner dans le téléphone. Le reste a moins d'importance.

— C'est qui ? Comment c'est arrivé ?

— Madame Humbert. Elle est venue pour un épisode de contractions la veille au soir. Je l'ai examinée, j'avais un col ouvert, avec une poche bombante et un bébé très haut, en siège. Je l'ai à peine effleurée, elle s'est rompue, et j'avais du cordon dans la main.

En se retournant, il aperçoit Julie qui lui tend le peignoir de son père, en le fixant droit dans les yeux pour ne pas regarder ailleurs. Il plonge sa main dans la manche, change le téléphone de main et finit de l'enfiler avant d'aller à la cuisine pour se poster devant la fenêtre qui donne sur la mer. Laisser ses yeux partir dans le vague pour une concentration maximale.

— Et vous avez fait quoi ?

— Je n'ai pas bougé mes doigts. Je repousse les fesses le plus haut possible, et je viens d'appeler le SAMU. Ils arrivent.

— C'est bien, continuez. Une chance que ce soit un siège.

Jérôme sent deux mains faire le tour de sa taille et lui nouer le peignoir à l'avant. Un vague frisson parcourt sa colonne vertébrale. Il fait signe de la main en guise de remerciement.

— Ils vont mettre des plombes à arriver jusque-là, s'inquiète la jeune femme, des hoquets dans la voix.

— Ils seront vite là. Vous sentez battre le cordon ?

— Oui.

— Quel rythme ?

— Cent trente – cent quarante.

— Parfait. Dites au mari de préparer une affiche et de la scotcher sur la porte. « Urgence médicale, je serai de retour dans l'après-midi ».

Caroline éloigne un instant le téléphone de son oreille pour donner les consignes au mari.

— Je fais quoi d'autre ?

— Vous lui dites d'emmener votre sac, parce que vous n'allez pas décoller vos doigts de la dame.

— Je peux faire autre chose ? dit-elle, toujours très anxieuse.

— Mettez le poing entier, vous aurez plus de force. Sans écraser le cordon, évidemment. Et priez. Maintenant, vous allez raccrocher, parce que ces gens ont besoin de vous. Et arrêtez de paniquer. La panique est contagieuse et délétère, iatrogène et tout ce que vous voulez d'autre, mais elle n'apporte rien de bon. Vous allez être rassurante, leur dire que, pour l'instant, ça va, que vous faites le nécessaire, que vous allez devoir rester dans cette position tout le temps du voyage, jusqu'à la salle de césarienne, que le mari devra suivre derrière en voiture, comme il peut. Il n'a qu'à prendre la vôtre, comme ça vous pourrez rentrer après. Vous lui dites bien dans quelle maternité vous allez. Vous vous préparez surtout à avoir très mal à la main, au bras.

— C'est déjà le cas.

— Ça va être pire. Vous n'allez bientôt plus les sentir. Et pourtant, il faudra tenir, parce que vous avez une vie au bout de vos doigts. Alors, ce n'est pas le moment de lâcher. Vous allez tenir, physiquement, et moralement, parce que ces gens, ils n'ont que vous pour s'accrocher à l'espoir de fêter leur premier Noël à trois. Maintenant, vous allez raccrocher, et vous les rassurez. Des contractions ?

— Non. Rien depuis hier soir.

— Il risque d'y en avoir, maintenant que la poche est rompue. Le SAMU va les arrêter. Le cœur bat encore bien ?

— Oui, le bébé semble assez haut. Si le rythme diminue ?

— Vous appuyez plus fort avec vos doigts sur la tête, pour la refouler. Mettez-la en Trendelenburg. Ou au moins placez-lui un gros coussin sous les fesses.

— Mais si je ne sens plus mes doigts ?

— Je ne veux pas le savoir. Vous appuyez, c'est tout. Rappelez-moi dès que vous pouvez.

Puis Jérôme raccroche, soucieux.

— Elle aurait mieux fait d'avoir une embolie pulmonaire, dit-il à Julie qui le regarde, interrogative.

— C'est quoi une providence ?

— Une procidence. C'est la poche des eaux qui se

rompt alors qu'il y a un bout du cordon sous l'enfant. Le cordon s'engage dans le col, et le bébé le comprime, ça coupe les flux sanguins qui l'alimentent.

— Il va mourir ?

— Ça dépend de la force de Caroline. C'est quitte ou double. Elle y arrive, et ils auront le temps de faire la route et de césariser en urgence. Sinon, il risque de mourir, oui. Le siège lui laisse plus de chance.

— Putain, vaut mieux être caissière, s'exclame Julie.

— Ça dépend pour quoi.

— Et maintenant ?

— Maintenant ?

— Maintenant, vous allez faire quoi ?

— Je vais attendre qu'elle me rappelle. Et prier.

— Pfff, foutaise.

— De prier ?

— Oui.

— Je n'ai pas dit que j'allais égrener un chapelet en récitant des « Je vous salue Marie » et des « Notre Père ».

— Alors vous priez comment ?

— Comme vous, je pense.

— Je ne prie jamais.

— Alors on va dire « croire ».

— Croire en quoi ?

— En la force qu'on a tous au fond de nous quand il est question d'une autre vie que la nôtre. Comme vous pour votre fils. Et j'espère que Caroline l'aura aussi.

— De croire ne suffit pas toujours.

— Non. Mais ça aide.

— Bon, ben, je vais croire avec vous. Et elle nous entend croire à l'autre bout de la France ? s'interroge Julie sans grande conviction.

— J'en sais rien. Tout ce que je sais, c'est que je ne peux rien faire d'autre.

— Je vous avais préparé le petit déjeuner.

— Je n'ai pas très faim. Je me sens impuissant. Je ne peux de nouveau rien faire.

— Pourquoi de nouveau ?

— Parce qu'avec Irène, je n'ai rien pu faire.

— De croire ne suffit pas toujours, conclut Julie.

Elle aurait pu lui demander de préciser, poser des questions, essayer de comprendre, mais elle déteste entrer dans l'intimité des gens sans qu'ils puissent se défendre. Elle en sait quelque chose. Elle ne va quand même pas se le permettre avec les autres. S'il a vraiment envie de lui en parler, il le fera bien tout seul, sans qu'elle ait besoin de le cuisiner.

Quarante-cinq minutes plus tard, le téléphone de Jérôme sonne à nouveau. Il décroche instantanément. Julie et Paul, revenu entre-temps, sont accrochés à ses lèvres.

— Bravo, Caroline. Vous êtes géniale. L'APGAR ?

— Trois à une minute, six à cinq minutes, huit à dix minutes. Elle va bien. Une fille. Ils l'ont appelée Victoire. 2 780 grammes. Elle n'était pas bien grosse, ça m'a aidée.

— C'est quoi l'APGAR ? demande Julie.

— Une cotation pour déterminer le bien-être du bébé, lui répond Jérôme en aparté… Et vous ? Votre APGAR ? reprend-il dans le téléphone, à l'intention de sa remplaçante.

— Trois aussi, mais chez moi, ça ne remonte pas, répond Caroline en s'effondrant. J'ai cru qu'elle allait mourir.

— Mais elle va bien.

— Mais elle aurait pu mourir, sanglote-t-elle.

— Mais elle va bien, répète Jérôme calmement.

— Oui, mais c'était limite, je sentais des ralentissements dans l'ambulance.

— Mais elle va bien.

— Et si elle était morte ? poursuit la jeune femme.

— Comment va ce bébé, maintenant ?

— Elle va bien, finit par admettre Caroline.

— Bon. Et vos doigts ?

— Ils ne vont pas bien du tout. Mon bras non plus. Ça me tire jusque dans le dos. Je n'ai jamais eu aussi mal de ma vie.

— Mais un bébé va bien en échange. C'est honnête comme marché, non ?

— Je sais. De quoi je me plains, hein ?

— Je vais appeler un ami kiné, allez-y directement, il vous prendra entre deux patients.

— Qu'est-ce qu'il pourra y faire ?

— Il vient de finir des travaux dans son cabinet, il doit bien avoir une scie sauteuse qui traîne encore dans un coin. Dans votre état, je ne vois que l'amputation. Mais il travaille proprement. Et puis, c'est un grand amateur de whisky, il a une cave fournie, vous ne devriez rien sentir après une demi-bouteille. L'autre moitié servira à la désinfection du moignon.

— Vous êtes d'un réconfort !

— Il vous massera tellement bien le bras que vous regretterez de ne pas avoir mis les deux.

— Heureusement que la patiente ne vous entend pas, dit-elle en esquissant un sourire.

— Inutile de fantasmer sur lui, il est marié.

— Je ne suis pas en état de fantasmer sur grand-chose, vous savez.

— Même pas sur moi ? J'étais quand même nu en vous répondant tout à l'heure.

— …

— Allô ? reprend-il.

— Arrêtez, Jérôme, vous allez me mettre mal à l'aise.

— C'est pour vous faire oublier la douleur.

— Appelez donc votre ami kiné. Il sera plus professionnel.

— Mais moins disponible…

— Vous me faites des avances ?

— Je ne recule devant rien. Vous venez quand même de sauver un bébé d'une mort certaine. C'est assez excitant vu de l'extérieur.

— Vous semblez aller mieux, constate-t-elle.

— Oui. Je fais du ménage dans ma tête. Pire qu'un château hanté où les araignées viendraient de fêter Halloween. Mais j'avance pièce par pièce. Je secoue les draps étendus sur les meubles. Il y a de la poussière, mais on y voit plus clair.

— Je suis contente pour vous. Dites ? Une dernière chose avant de raccrocher.

— Oui ?

— La procidence remplace l'embolie pulmonaire ?

— Je suppose que oui. Sinon, vous portez vraiment la poisse. À demain.

— Mais non, je ne vais plus avoir besoin de vous appeler, puisque j'ai eu la grosse urgence.

— C'est moi qui en ai besoin. Ça me fait du bien d'avoir des nouvelles du cabinet, de mes patients… Et de vous.

— Vous voulez un rapport tous les soirs ?

— Gourmande ! s'amuse Jérôme. Je ne sais pas si j'aurai la forme pour ça.

— Bon, je raccroche, vous avez l'esprit mal tourné. À bientôt.

Jérôme raccroche en souriant. Cela faisait longtemps qu'il n'avait pas pris plaisir à ce genre de provocation. Caroline est une très bonne cliente pour ça. Elle réagit au quart de tour. Ça s'entend dans le téléphone qu'elle pique un fard. De quoi donner envie de poursuivre. En levant les yeux, il constate que Julie et Paul le regardent, amusés.

— Quoi ?

— Rien, répondent-ils en chœur, en quittant la pièce dans un éclat de rire.

Ce bébé sauvé a mis tout le monde de bonne humeur. Il y a de quoi.

Finalement, je ne suis pas si mal dans mon super-marché. Le seul risque que je cours, c'est de casser un bocal, de faire une erreur de caisse, de tomber sur un paquet de farine entr'ouvert, ou d'oublier un antivol. Aucune vie en jeu dans tout ça.

Je n'avais jamais vraiment réfléchi à ces métiers qui ont des cœurs qui battent au bout des doigts. Jérôme a gardé son calme. Je le sentais pourtant inquiet. Il ne l'a pas montré à sa remplaçante, qui, elle, l'était vraiment. Je crois que je me serais décomposée à leur place. Il faut une sacrée force de caractère pour affronter des situations pareilles.

Il est plutôt bien foutu. Physiquement. Le genre d'homme dont je pourrais tomber amoureuse, s'il n'y avait pas ce caractère de cochon. Cela dit, il s'améliore. Je comprends mieux pourquoi Paul voulait qu'il pleure. Ça l'a libéré d'un poids qu'il portait comme le Christ sa croix. Je ne pensais pas qu'un footing puisse changer ainsi la tournure des choses.

Caractère de cochon quand même.

Et misogyne, un peu, sur les bords.

Pfff !

Les oignons

Les sourires se décrispent, les langues se délient, les regards se croisent. Doucement, l'apprivoisement opère. Une certaine méfiance tient encore lieu de paravent pour Jérôme, mais il commence doucement à digérer. Le rumen travaille. Il en serait presque à trouver l'herbe fameuse. Mais pour l'instant, il se contente de se nourrir de leur présence, comme l'homme sans appétit avale des mets sans goût seulement pour tenir debout. Au moins, il tient debout. Peut-être est-ce ce qui lui a le plus manqué après la mort d'Irène. De chaleur humaine. Pas physique. Pas forcément. Un regard, un sourire, de la bonne humeur, un arc-en-ciel de gens de toutes les couleurs, qui viennent se poser autour de vous pour signifier que d'autres cœurs continuent de battre.

Ce matin, au petit déjeuner, Ludovic a sorti la boîte de peinture et le pinceau. Il dessine de grands traits arrondis sur une feuille. Le bout du pinceau trempe régulièrement dans le godet bleu.

— 'ega'de maman, j'ai fait un a'c-en-ciel bleu, lui lance-t-il.

Elle le regarde avec bienveillance. Et puis, il ajoute en saisissant une nouvelle feuille de papier :

— Maintenant, je vais fai'e un a'c-en-ciel jaune.

— Il parle bien, constate Jérôme. C'est dommage que le R ne sorte pas.

— C'est comme les larmes, parfois c'est dommage que ça ne sorte pas, répond Julie. Et puis, un jour, ça finit par venir…

Jérôme lui sourit simplement. Il regarde son père qui s'active à la cuisine. Il a sorti une recette de blanquette de veau qu'il suit à la lettre, pesant même le sel, ce qui fait sourire Julie. Elle qui considère que la cuisine est instinctive. Jérôme la trouve plutôt rébarbative. La cuisine, pas Julie. Plus Julie.

Voilà que Paul pleure à grosses larmes. Les oignons. Il s'acharne en clignant des yeux de plus en plus fort, et finit par lâcher brutalement son plan de travail en se précipitant au-dehors à tâtons pour essayer de les ouvrir à nouveau, au contact de l'air marin. Julie se lève sans un mot et poursuit le travail d'épluchage.

— Ça ne vous fait pas pleurer, vous, les oignons ? demande le jeune homme, après quelques minutes.

— Non, je n'ai pas la larme facile.

— Et vous me faites une remarque sur les miennes qui ne voulaient pas sortir ?!

— Il faut savoir pleurer quand c'est vraiment nécessaire. Pour un oignon, je ne vois pas trop la raison, à moins d'avoir une tendresse particulière pour ce légume et ne pas supporter de le couper en deux. Votre père a une tendresse particulière pour les oignons ?

— C'est juste chimique. Qu'est-ce que vous allez chercher comme explications bancales ?

— Je vous charrie. Je n'ai jamais pleuré avec les oignons. C'est comme ça. Il y a des gens qui ont une hyperlaxité des orteils, ou d'autres la capacité à tirer la langue en tunnel, eh bien moi, les oignons ne me font pas pleurer. Je devrais me faire embaucher dans un restaurant de tartes flambées. Éplucheuse d'oignons. C'est un beau métier, ça.

— Vous épluchez les hommes, c'est déjà pas mal !

— Moi, j'épluche les hommes ? s'étonne Julie.

— Vous enlevez une couche après l'autre, en dévoilant la couche d'en dessous. Et en les épluchant, c'est eux que vous faites pleurer...

— Vraiment ? C'est involontaire.

Paul revient à ce moment-là en s'essuyant les dernières larmes d'un revers de manche, pour ne pas se frotter les yeux avec les doigts encore couverts de substance nocive.

— Là, c'est vraiment les oignons, se défend Julie en le désignant du doigt.

Paul montre un ostensible soulagement en voyant que Julie a terminé cette phase de la recette. Il l'embrasse sur le front, en lui glissant qu'il en faut peu pour être heureux.

Parfois très peu.

— Je peux sortir le bateau aujourd'hui ? demande alors Jérôme à son père.

— Oui, si tu veux. La révision a dû être faite. Demande quand même à Léon sur le port. Emmène Julie ! lui suggère-t-il après avoir laissé passer quelques instants.

— Ah non, non, non, se défend la jeune femme. Je n'ai pas le pied marin. Je veux bien courir dans le sable, mais naviguer sur les flots, non, non, ce n'est pas pour moi.

— La mer est calme, précise le jeune homme.

— Il y a toujours des vagues, renchérit Julie.

— Vous épluchez les oignons sans pleurer, mais moi, j'ai une hyperlaxité des orteils, je sais mettre ma langue en tunnel, regardez ! dit-il en le faisant, pour appuyer son propos, et surtout, je sais naviguer sur l'Atlantique sans paniquer.

— O.K. ! Je viens.

— Il faut vous piquer dans votre orgueil pour que vous changiez d'avis ?

— Et Ludovic ? demande-t-elle.

— Je le garde, répond Paul. Je suis en train de m'améliorer au *Memory*, je ne vais pas m'arrêter en si bon chemin.

— Vous vous entraînerez seul l'après-midi, quand il fait sa sieste.

— Tu pourras réfléchir à l'idée de me tutoyer, sur le bateau ! précise Paul désespéré.

Après avoir couché Ludovic, Julie attrape quelques affaires pour se changer au cas où la mer monte. Elle a la trouille, mais elle y va. C'est vrai, elle n'aime pas perdre la face. Avec un gilet de sauvetage, elle ne devrait pas prendre trop de risques. Et puis, ils ne traversent pas l'Atlantique. Ils vont certainement longer la côte. Une ou deux heures et elle lui aura prouvé qu'elle épluche les oignons sans pleurer ET qu'elle ne panique pas en mer.

Pour la langue en tunnel, ça fait trois ans qu'elle essaie. Il paraît que c'est génétique. Qu'elle n'y arrivera jamais.

Il ne faut jamais dire jamais. Alors elle y croit. Et elle s'entraîne devant sa glace. L'inclinaison des bords commence à prendre forme.

Quand elle monte dans le 4×4 garé devant la maison, Jérôme l'accueille en souriant.

— Détends-toi.

— On se tutoie maintenant ?

— Nous allons vivre d'intenses moments, autant se tutoyer.

— C'est censé me rassurer ?

— Non, te détendre.

— Ça ne marche pas non plus.

— Qu'est-ce que tu risques ?

— Ce que je risque à aller en mer ? Une attaque de requin !

— Nous sommes en Bretagne, pas sur l'île de la Réunion.

— Un naufrage !

— Pas d'iceberg par ici…

— Un kidnapping avec demande de rançon !

— Mon père a de quoi payer.

— Ah, c'est malin, ça !

— C'est surtout vrai !

— D'être avalée par une baleine ? poursuit-elle avec un peu moins de conviction.

— Tu lis trop la Bible ou tu regardes trop les Walt Disney avec ton fils ? se moque-t-il.

— De ne pas retrouver notre chemin vers la terre ferme ?

— Nous irons à l'opposé du soleil couchant, ça nous ramènera vers la côte…

À court d'argument, Julie finit par se taire. Elle déteste avoir tort, elle déteste montrer ses faiblesses et ses peurs. Elle déteste montrer qu'elle est frêle. Elle déteste aller en mer. Parce que c'est nouveau pour elle. Elle déteste ce qui est nouveau.

Quand ils se garent sur le petit parking du port, Julie scrute les bateaux arrimés là, à chaque corps-mort, en cherchant à sentir lequel lui fera quitter la terre ferme. « L'étoile filante » se démarque des autres. Un bateau simple, coloré, sans fioritures, mais bien entretenu. Elle espère un peu celui-là. Le nom lui plaît.

Jérôme, qui était allé se renseigner auprès de Léon, revient le sourire aux lèvres, et tire la langue à Julie en passant à sa hauteur. En tunnel, évidemment. Elle lui répond par une grimace. Elle y arrivera un jour.

— Révisé il y a une semaine. Il n'attendait que nous, lui lance Jérôme, qui délie la corde de l'annexe en lui suggérant de monter dedans.

— C'est ça, le bateau ?

— Non, c'est le moyen d'atteindre l'étoile filante. Julie sourit. C'est « L'étoile filante ».

— Il y a des gilets de sauvetage ? reprend-elle.

— Et même des fusées de détresse. Mais nous n'en aurons pas besoin. La mer est calme, ne t'inquiète pas.

— Je ne m'inquiète pas.

— Menteuse.

Arrivé à hauteur du bateau, Jérôme arrime l'annexe et tient Julie par la main pour la faire monter à bord. La barque tangue. Elle se tient comme elle peut, en se demandant pourquoi elle s'est mise dans cette galère. Juste pour une question d'orgueil, voilà un comportement profondément ridicule. Elle y est, c'est trop tard. *Assume, ma belle ! Ça t'apprendra l'humilité !*

Jérôme la rejoint dans la petite cabine où il enclenche le moteur et manœuvre pour sortir le bateau du port. Elle le regarde faire, intriguée par son aisance. L'explication ne tarde pas à venir. Il lui raconte les sorties en bateau avec son père, après la mort de sa mère. Ces moments de complicité durant lesquels la solitude de l'océan leur faisait du bien, loin des autres, loin de ceux qui n'avaient pas idée de la déchirure qu'ils devaient gérer au quotidien. Ceux qui, donc, n'en tenaient pas compte. Marche ou crève ! Du haut de ses quelques années, il a vu plus d'une fois dans les yeux de son père cette envie de crever pour la rejoindre. Un père qui a pourtant choisi de marcher, pour son fils…

À lui aussi, depuis quelques mois, l'envie de crever lui a traversé les tripes. Parfois en s'y attardant dangereusement. Mais cet après-midi, sur le bateau, il ressent ce sentiment d'apaisement inespéré. Sans savoir si c'est cette fille, son môme attendrissant, son père, dur mais bienveillant, ou l'ensemble qu'ils forment dans cette escapade bretonne. Ou alors le footing sur la plage ? La raclée du siècle qu'il s'est prise dans les dents et qui a servi de détonateur à tout ce qu'il gardait sous le couvercle ? Peu importe. Même s'il sait que ce n'est pas gagné, qu'il faudra encore du temps, la seule chose qui compte, c'est de remonter vers la surface. Quel que soit l'angle ou la vitesse d'ascension. La surface. Rien que de ressentir qu'elle existe encore lui met du baume au cœur.

Ils croisent quelques bateaux qui reviennent au port.

Eux sont sortis tard. À moins de ne faire qu'une minuscule virée, ils rentreront dans la nuit. Mais Jérôme aime l'idée d'être plongé dans cette immensité magique, accentuée par la pénombre. Il se plaît à s'imaginer au large, moteur du bateau coupé, faisant face au phare, le voyant s'illuminer régulièrement, un petit point à peine luisant tant il est loin, et sentant derrière soi l'épaisseur de la nuit. S'approcher ainsi de ce que ressentent peut-être les papillons de nuit.

Mais ils n'y sont pas encore. La fin d'après-midi est belle, le ciel lumineux.

Ils longent la côte sauvage, magnifique, contournent Quiberon et se dirigent droit vers l'entrée du golfe du Morbihan. Jérôme lui indique la statue de Notre-Dame de Kerdro, qui veille sur les bateaux qui empruntent ce goulet, sur la pointe de Kerpenhir, en lui contant sa légende. Cette zone est délicate à franchir, les courants y sont extrêmement forts. Depuis un moment la marée est haute dans la baie, elle devrait bientôt l'être dans tout le golfe.

Julie découvre un paysage incroyable. Elle aime la montagne mais la mer commence à gagner son cœur. Il y a eu les vagues, d'abord, il y a désormais le golfe du Morbihan. Jérôme semble connaître parfaitement les lieux. Forcément, si ça fait trente ans qu'il y vient.

Après quelques heures à naviguer entre les îles, à observer la faune et la flore locale, les petites criques accueillantes, les maisons en bord d'île, en bord d'eau, les champs cultivés au milieu de nulle part, le bateau reprend la direction de Quiberon.

Quelques nuances orangées commencent à colorer l'horizon juste au-dessus de la mer, tandis qu'au zénith, le ciel est encore bleu. Une première étoile s'illumine. Annonçant les autres, comme l'éclaireur son armée. Une belle armée scintillante prévue pour ce soir, d'après la météo.

Il fait froid. Jérôme a emporté des pulls en laine, une grande couverture, pour plus tard. Octobre est sans pitié, même quand il a laissé le soleil briller une grande partie de la journée.

— C'est pour quoi la couverture ? demande Julie, suspicieuse.

— Pour si on doit recueillir un dauphin blessé.

— Tu te fous de moi ?

— Oui, pourquoi ?

— T'as prévu des choses avec moi ?

— Un tas.

— Du genre ?

— Te faire croire que j'aime jouer au docteur.

— Méfie-toi, je pourrais demander une consultation privée…, répond-elle, provocante.

— Je demande à voir, répond Jérôme d'un petit sourire.

— Bon, on arrête de jouer avec la ligne rouge ?

— C'est mieux, oui, confirme l'homme.

— Et donc, la couverture ?

— Quand le ciel est dégagé, on peut observer les étoiles, mais la fraîcheur est plus piquante.

— Pourquoi tu me parles d'étoiles, on ne devait pas faire un petit tour de deux heures et rentrer ensuite ?

— J'ai dit ça, moi ?

— Et Lulu ?

— Lulu apprend à mon père à éprouver la dignité de ne pas perdre systématiquement les parties face à un môme de trois ans. Il lui faudra bien la soirée pour ça. Ensuite, ils s'endormiront, sans même se rendre compte que nous ne sommes pas rentrés.

— Et si je veux rentrer quand même avant la nuit ?

— Tu sais nager ?

— Non.

— Tu ne sais pas nager ? reprend Jérôme, sérieusement étonné.

— Non, je te dis.

— Alors tu es à ma merci, ajoute-t-il tout sourires.

— J'adore, répond Julie, ironique.

— Tu connais les étoiles ?

— Je connais la Grande Ourse.

— C'est un bon début.

— Et si je suis malade sur le bateau ?

— Tu nourriras les poissons.

— Chouette ! poursuit Julie, tout aussi ironique.

La balade s'avère finalement agréable pour Julie. Ils parcourent la côte, Jérôme lui explique la géographie de la presqu'île, la baie de Quiberon, qu'ils frôlent Belle-Île-en-Mer. Puis Jérôme se concentre sur la navigation. Peut-être aussi est-il intimidé. Même s'il n'a pas prévu de jouer au docteur avec Julie. Trop jeune. Trop vulgaire. Pas son genre. Cela dit, ses petits seins ronds moulés dans son col roulé ne le laissent pas indifférent.

— Arrête de les regarder tout le temps, le surprend la jeune femme.

— Regarder quoi ?

— Mes seins.

— Je ne regarde pas tes seins !

— Menteur.

— Bon, allez, c'est vrai. Mais, je ne fais rien de mal, ou bien ?

— Ben si, justement… La couverture, la nuit étoilée, à la merci d'un docteur qui dit aimer y jouer… et maintenant, tu reluques mes seins. J'ai quand même de quoi m'inquiéter.

— Je suis bien élevé. Je ne te toucherai pas. Maintenant, si tu insistes vraiment, je peux faire un effort.

— Même pas en rêve ! lui rétorque Julie. Toi, tu sais parler aux filles, c'est indéniable, ajoute-t-elle. Faire un effort, si je te supplie ! J'y crois pas. Pourtant, les hommes n'ont généralement pas beaucoup d'effort à fournir pour toucher une fille.

— Ce n'est pas comme ça que je conçois l'amour.

— Moi non plus.

— Alors nous sommes d'accord, conclut l'homme.

— Donc, tu peux arrêter de regarder mes seins !

— Je pourrais, oui. Mais je ne fais rien de mal. Et ça me ressource.

— Tu veux les toucher aussi ? lui propose-t-elle sur un ton moqueur.

— Non, trop dangereux !

— C'est pas des grenades !

— N'empêche.

— T'es en manque ou quoi ?

— Y a des chances oui, constate-t-il amèrement.

— Mais Irène, ça ne fait pas si longtemps.

— Ça faisait longtemps que nous ne couchions plus ensemble.

— C'est pas la base d'un couple ?

— Si, quand il est équilibré. Elle était malade. Profondément dépressive. Elle ne supportait pas qu'on la touche. Un rapport au corps pathologique. Je lui disais pourtant qu'elle était belle, qu'elle me plaisait. Elle ne se supportait pas.

— Et toi, tu supportais ça ?

— Avais-je le choix ? Je l'aimais. On supporte beaucoup de choses par amour.

— Pourquoi tu l'aimais ?

— Ça s'explique, l'amour ? Première nouvelle !

— Non, mais tu aurais pu te lasser de cette vie de couple qui n'en était pas une.

— Ça allait. Je ne pouvais pas la laisser tomber pour ça.

— Mais aujourd'hui, ça te manque.

— Je ne sais même pas.

— Moi, je le sais, sinon, tu ne regarderais pas mes seins comme un lion bave devant un morceau de viande.

Jérôme passe ostensiblement le revers de sa main sur son menton, pour vérifier.

— Je ne bave pas !

— Mais si, regarde ! dit-elle en montrant du doigt le coin de sa lèvre.

— Ne prends pas non plus tous les hommes pour des mâles surexcités. C'est loin d'être le cas.

— T'es sûr ? J'ai un sombre doute. Pourquoi ta femme allait si mal ?

— Je l'ai toujours connue mal dans sa peau. C'est peut-être pour ça que je l'ai aimée. Elle me permettait de jouer le rôle du sauveur.

— Ça a marché…, lui fait remarquer Julie sur un ton neutre.

— Pourquoi crois-tu que je vais mal, que j'ai besoin de prendre le large, d'essayer d'oublier tout ça ? Je me sens coupable de ne pas avoir été plus présent pour elle.

— Tu n'es pas responsable de sa mort. « Aide-toi, le ciel t'aidera. » Tu peux tendre la main à quelqu'un, mais tu ne peux pas le sortir du trou dans lequel il s'enfonce s'il ne prend pas la main que tu lui tends. À moins d'y tomber avec lui, ce qui ne résout pas les choses. On est à deux au fond du trou, mais on est quand même au fond du trou.

Jérôme reste silencieux un long moment. Il pense à ce que vient de lui dire cette gamine qu'il prenait pour une adolescente attardée dans son jean usé. C'est exactement l'image qu'il a trouvée pour rassurer sa remplaçante, et il fait semblant de croire que ce n'était pas valable pour Irène et lui. Et pourquoi ça ne serait pas valable pour eux ?

La nuit a fini de s'installer. Il a allumé les projecteurs à l'avant du bateau. On ne voit plus les lumières de la côte. Seulement le phare qui scintille au loin. Jérôme s'éloigne un peu plus encore, pour ne pas être gêné par sa lumière puissante, coupe le moteur, et les projecteurs. Julie tressaille. Cette obscurité soudaine, et ce silence à peine brisé par le clapotis des vagues sur la coque lui glacent le sang.

— Tu es sûr qu'on ne risque rien ? demande-t-elle d'une toute petite voix, en s'approchant de lui.

— Moins qu'en voiture sur une autoroute. Que veux-tu qu'il nous arrive ? Que Moby Dick soulève le bateau ?

— Je ne sais pas. J'ai peur, c'est tout.

— Viens là, lui dit-il en la prenant dans ses bras. Ça va mieux comme ça ?

S'ensuit une longue étreinte, sans qu'aucun ne sache vraiment qui réconforte l'autre. Jérôme se sent enveloppé par une sorte de chaleur qui l'irradie en profondeur. Il a peu d'expérience de ce genre d'émotion intense. En lui remonte une sensation lointaine, probablement celle qu'il éprouvait dans les bras de sa mère. Jérôme se met à pleurer doucement.

— T'as emmené des oignons sur le bateau ? lui demande Julie sur un ton sérieux.

— T'en es un sacré, d'oignon, lui répond-il en riant au milieu des larmes. Tu vois, j'avais raison ! Tu fais pleurer les hommes.

— Je te fais pleurer toi, arrête de faire des généralités. Et puis d'abord, je n'y suis pour rien. J'ai peur, tu me prends dans les bras, et tu pleures. Tu peux m'expliquer en quoi je suis responsable ?

— Tu n'es pas responsable. Et je suis un con.

— C'est pour ça que tu pleures ? Tu en as soudainement conscience ? C'est sûr, ça doit faire mal quand on s'en aperçoit.

— Tu aurais au moins pu répondre : « Mais non, t'es pas un con », ça m'aurait rassuré.

— Je n'aime pas tricher. J'ai bien senti que tu me prenais pour une mauvaise fille quand je suis montée dans la voiture, et pendant tout le trajet, et les premiers jours. Alors oui, t'es un con d'avoir pu le penser.

— C'est vrai, je suis impardonnable. La repentance est envisageable à tes yeux ?

— Toujours. Mais sous certaines conditions.

— Je peux te faire une surprise ?

— Essaie toujours.

Jérôme part dans la cabine en laissant Julie plantée sur le pont. Dans le noir quasi complet. Elle tressaille à nouveau. Moby Dick ! Il ressort avec un matelas sous chaque bras, en essayant de se faufiler ainsi dans l'entrebâillement de la porte. Il les jette au sol et repart chercher la couverture.

— Aïe ! s'exclame Julie. Nous voilà donc arrivés au fameux moment de la couverture.

— J'espère que tu seras plus réceptive qu'Irène. Il est temps que je libère cette terrible frustration qui m'habite depuis des années.

— J'ai peur là… tu parles de quoi ?

— Des étoiles !

— Quelles étoiles ?!…

— Couche-toi là, commande-t-il, en désignant les matelas.

Julie s'exécute sans trop savoir ce qui l'attend. De toute façon, elle ne peut pas fuir. Même si elle savait nager, l'obscurité est effrayante. Allongée sur le dos, elle le voit repartir dans la cabine et rapporter les gros pulls, ainsi que deux coussins qui sentent l'humidité et l'iode. Il lui tend le plus petit des pulls, en lui suggérant de l'enfiler, puis il s'allonge à ses côtés et ramène la couverture sur eux.

— Maintenant, on va fermer les yeux un bon quart d'heure, commence Jérôme.

— C'est ça la surprise ?

— C'est juste après. Il faut faire le noir dans notre cerveau.

— Tu me fais rire, il fait déjà plus noir que noir. J'ai l'impression d'être un suppositoire dans un derrière.

— Tu es d'une élégance, Julie !

— J'essaie de me mettre à la hauteur de ton univers.

— Traite-moi de trou du cul aussi !

— Je parle de ta spécialité, l'univers de la médecine.

— Bon, tais-toi et savoure l'instant. Et garde les yeux fermés.

Ils restent ainsi une bonne demi-heure. Plusieurs fois, Julie a demandé si elle pouvait ouvrir les yeux, impatiente comme une gamine au pied du sapin du Noël. Plusieurs fois, Jérôme lui a répondu qu'il n'y avait aucune urgence, se délectant de la faire mariner un peu.

Soit.

Et puis, elle obtient enfin l'autorisation de les ouvrir, à condition de ne regarder que le ciel, et nulle part ailleurs. Elle fait remarquer qu'ailleurs, il fait noir, mais Jérôme lui soutient que les yeux s'habituent et que la seule chance de se laisser happer par la profondeur de l'univers est de regarder droit dans les étoiles.

En écartant les paupières doucement, c'est comme si elle ouvrait le rideau d'un théâtre tandis que l'obscurité est totale dans la salle. Elle entre alors dans la troisième dimension. La quatrième, peut-être. Longueur, largeur, profondeur, et paix du cœur.

Le spectacle est magnifique, la multitude d'étoiles, fascinante. C'est la première fois qu'elle en voit autant. Des petites, des grosses, plus ou moins scintillantes et colorées. Julie distingue celles qui sont plus éloignées de celles qui sont plus proches. Elle n'est plus sur le pont d'un bateau à flotter sur l'Atlantique, elle est au milieu de l'univers. Jamais elle n'a eu l'opportunité de les observer dans de telles conditions. Une bien jolie surprise…

— On va partir de ce que tu connais. Trouve-moi la Grande Ourse.

— Facile ! Elle est là, dit Julie en la montrant du doigt.

— Tu sais comment repérer l'étoile polaire à partir de la Grande Ourse ?

— Non.

— Tu prends la base du chariot de la Grande Ourse et tu comptes cinq fois cette distance, tu tombes sur l'étoile Polaire, qui est aussi la tête de la Petite Ourse.

— L'étoile Polaire, c'est l'étoile du Berger ?

— Non, ça n'a rien à voir. L'étoile Polaire est une étoile parfaitement alignée avec l'axe de rotation de la terre, ce qui en fait une étoile immobile pour l'observateur, du moins dans l'hémisphère Nord. Toutes les étoiles tournent autour de l'étoile Polaire. C'est un repère pour les astronomes.

— Et l'étoile du Berger ?

— Ce n'est pas une étoile. C'est la planète Vénus. Elle brille particulièrement parce qu'elle est très proche du soleil. Parfois, on la voit même en plein jour.

— C'est elle qui a guidé les rois mages ?

— Même pas ! On l'appelle comme ça, parce qu'elle

apparaît un peu avant le coucher et disparaît un peu après le lever du soleil, c'est-à-dire à l'heure où les bergers devaient rentrer ou sortir leur troupeau. Pour les rois mages, c'était une comète.

— De toute façon, je ne crois pas à tout ça...

— Ne pas croire n'empêche pas de s'intéresser aux mythes et aux légendes, et d'en tirer des enseignements... Vénus est l'étoile des femmes...

— Comment ça ?

— Elle doit son nom à la déesse de l'amour et de la beauté dans la mythologie romaine, l'équivalent d'Aphrodite dans la mythologie grecque. Ce nom évoque une très belle femme, et de nombreux termes sont construits à partir de cette racine pour signifier l'amour et le plaisir charnel. Son signe astrologique est le même que le signe biologique pour désigner la femme. Un cercle avec une croix vers le bas, symbole du miroir à main de la déesse Vénus.

— Les hommes viennent de Mars et les femmes de Vénus.

— C'est un peu réducteur, mais si tu veux. En dessous de l'étoile Polaire, là, maintenant, tu as Cassiopée, c'est un W, une constellation qui brille intensément.

— C'est quoi une constellation ?

— C'est un amas d'étoiles, comme la Grande Ourse, ou la Petite Ourse. Elles sont représentées dans le ciel pour permettre à l'astronome de se repérer.

Jérôme poursuit son exposé, lui montre Uranus, Neptune, et lui annonce que Saturne devrait bientôt apparaître. Julie admire l'ampleur de ses connaissances. Ce monde lui semblait tellement impénétrable. Elle commence à avoir froid. Se rapproche sensiblement de lui, qui semble désormais s'être perdu dans les étoiles, les yeux dans le vague.

Julie sait à qui il pense...

Ma vie est devenue surréaliste. Je viens de laisser la garde de mon fils à quelqu'un que je ne connais que depuis deux bonnes semaines, et je suis allongée sur le pont d'un petit bateau, au beau milieu de nulle part, à côté d'un homme, sous une couverture, dans un hôtel à dix milliards d'étoiles. Quel luxe ! Tout ça, sans savoir si l'homme en question a prévu de me sauter dessus sans autre forme de procès ou s'il se contentera simplement, comme il le dit, de partager sa passion des étoiles avec moi.

Je demande à voir. Ça pourrait bien me réconcilier avec l'espèce humaine. Surtout sa part masculine. Ça existe, sur cette pauvre terre, des hommes capables d'une telle réserve ?

Pour l'instant, je suis simplement dans ses bras. Il semble endormi. Il a encore un peu pleuré. Les hommes sont pires que des oignons pour le nombre d'épaisseurs. Ou alors, il avait un sacré stock à décharger du camion. Quelques gouttes salées de plus ou de moins dans l'océan, ça ne changera pas la face du monde. La sienne, sûrement que si, demain matin, parce qu'il aura les yeux franchement gonflés, et puis les autres jours, dans l'autre sens, parce qu'avec la pression qui sort maintenant, il aura moins les traits tirés. Je crois de plus en plus que c'était ma mission en venant ici. L'éplucher jusqu'au cœur. Je sers au moins à quelque chose.

Et dire que ça ne changera rien à ma vie. J'ai la tête dans les étoiles, la main dans un portefeuille plein d'argent, je vis un rêve éveillé pendant quelques semaines, oui, mais après ?

Après, je vais retrouver le train-train d'une vie programmée, ma caisse, mes collègues, ceux que j'aime bien, et les autres, ce connard de Chasson, les rythmes de travail délirants que je ne supporte plus, la peur au ventre à chaque fois que je démarre ma voiture. Et qui s'en souciera ?

Réviser sa géographie

Julie se réveille à l'aube. Les premières lueurs du jour colorent le ciel d'un peu de bleu. Quelques étoiles résiduelles ravivent le souvenir du spectacle de cette nuit. Vénus est là. La mer est particulièrement calme. Le bateau ne bouge quasiment pas. À peine un léger roulis auquel elle s'est finalement habituée.

Jérôme est collé contre elle. Il respire calmement. Ils sont imbriqués l'un dans l'autre. Leurs deux corps dégagent probablement une chaleur comparable à celle du chien roulé en boule. La même odeur, elle n'espère pas. Quoique, cette odeur, quand le chien s'étire au matin, compte parmi celles qu'elle préfère, plus même que certains parfums légers de fleurs. Elle n'en a jamais parlé à personne, de peur qu'on la prenne pour une folle. Mais elle l'aime, cette odeur de chien chaud. Pas mouillé ! Chaud !

Il doit y avoir une belle odeur aussi dans leur chaleur à eux, sous cette couverture tricotée de laine, et auparavant d'étoiles.

Il y a eu une main, quelques heures plus tôt, dans l'obscurité de la nuit, cherchant à tâtons un passage au travers du pull. Cette main qui est remontée doucement vers le sein droit avant d'en palper la forme, d'une caresse ferme. Et puis, cette même main est redescendue, s'est aventurée sous le pantalon, sous son slip en coton, pour aller se poser délicatement sur le Mont de Vénus et y rester un long moment. Une heure peut-être. Comme pour décalquer l'empreinte sur sa paume, s'imprégner de sa chaleur particulière, s'imbiber de son humidité.

Julie n'a rien dit. Il n'y avait dans ce geste rien d'autre que de la tendresse. Et sûrement un besoin profond de renouer avec le corps féminin. Redessiner mentalement la galaxie des femmes, pour ne pas être trop perdu lors de sa prochaine mission intergalactique, même s'il n'a aucune date arrêtée. Elle a laissé faire, vivant pour la première fois une telle douceur. De quel droit aurait-elle repoussé cette main qui venait la frôler comme on caresse un pétale de coquelicot en veillant à ne pas le froisser plus qu'il n'est déjà ? Comment aurait-elle pu interrompre ce moment précieux d'une quête hasardeuse qu'elle devinait sincère ? Peut-être même salvatrice…

Elle a laissé faire et elle a aimé cette main posée sur elle, avec délicatesse.

Une grande délicatesse.

Jérôme commence à s'agiter. Julie n'a pas bougé. Elle médite, sans penser à rien d'autre qu'à ce bateau, ces vagues, ces étoiles qui disparaissent progressivement du ciel, et qui pourtant sont toujours là. Lulu aussi est toujours là. Il doit l'attendre. Il va s'inquiéter. Elle demande à Jérôme de rentrer. Il se lève et rejoint la cabine, en s'étirant longuement, les bras vers le ciel. Avant de démarrer le moteur, il revient embrasser Julie sur le front, en lui glissant à l'oreille, comme son père a fait la veille, qu'il en faut peu pour être heureux.

144

Elle le remercie pour les étoiles. Elle regardera le ciel différemment, désormais.

Le retour est silencieux. Ils émergent de leur nuit trop courte. De leur mélange de chaleur. De cette grande douceur qui les a ressourcés, l'un et l'autre, dans leur besoin réciproque. Pour lui de toucher une femme. Pour elle qu'un homme l'approche avec douceur.

Quand Julie entre dans la petite maison en bord de mer, Ludovic ne remarque pas tout de suite son arrivée. Il court dans le petit couloir en poussant une brouette en plastique et crie « Attends-moi, attends-moi ! » Il disparaît dans le salon. Julie demande à Paul à qui il crie de l'attendre.

— À sa brouette…, répond-il en lui faisant un clin d'œil.

L'enfant revient alors du salon et aperçoit sa maman, qu'il préfère nettement à la brouette, jetée sans égard au sol pour aller sauter dans ses bras et la serrer fort de ses petites mains potelées.

— T'étais où ? demande l'enfant.

— Dans les étoiles, répond Julie.

— Pou' de v'ai ?

— Pour de vrai ! Je t'ai ramené un souvenir. Regarde dans ma main, il y a encore un peu de poussière d'une de ces étoiles. Tu la vois ? lui demande-t-elle en ouvrant sa main.

— Oui.

— Et toi, ça va ?

— Paul, il a gagné une fois hie' soi'.

— Ah ? C'est toi qui l'as laissé gagner ?

— Oui, répond l'enfant.

— Eh ! proteste Paul, qui repartait vers la cuisine.

145

Même pas vrai. Je ne suis pas encore gâteux ! J'ai fait des progrès !

— Il a p'is aussi une ta'tine de Nutella.

— Mais t'as fini oui ? Tu m'avais promis que tu ne leur dirais pas.

— Et il a fait quoi d'autre qu'on ne devrait pas savoir ? poursuit Jérôme amusé.

L'enfant quitte alors la pièce en lançant qu'il va chercher un livre à raconter, sans même regarder Jérôme.

— Ah ben d'accord ! Vive le vent ! s'exclame Jérôme, vexé.

— Mon fils, il faut le mériter, déclare Julie.

— Telle mère, tel fils, lui répond-il.

— Parce que ça ne te suffit pas ce que nous avons fait hier soir ?

— Vous avez fait quoi ? demande Paul intrigué.

— On a regardé les étoiles, s'empresse de répondre son fils.

— Et c'était bien ? poursuit Paul, suspicieux.

— Splendide. Une belle nuit pour observer… une nouvelle étoile que je ne connaissais pas.

— Laquelle ?

— Je ne connais pas son nom. Mais elle brillait fort, poursuit Jérôme en regardant Julie avec complicité.

Elle lui rend son sourire. Paul regarde Julie, puis Jérôme, puis Julie.

— Vous me cachez quelque chose ou quoi ?…

— On te fait marcher, lui répond Jérôme. Et tu cours comme un lapin, malgré ta bedaine et tes genoux chancelants…

Paul se met en position de boxeur et lui assène quelques coups sur l'épaule, en lui lançant un « tu vas voir ce que tu vas voir ». Jérôme riposte en attrapant son père par le cou et en l'entraînant sur le grand lit dans la chambre à coucher, juste à côté, pour l'y faire basculer. Ils se battent en riant, avant que Ludovic ne vienne se jeter sur les deux hommes en boxant comme il peut alternativement sur l'un et sur l'autre. Julie les regarde, amusée. Et finit par se joindre à ce tas de bonne humeur qui gigote comme un entrelacement de vers de terre. Elle tente de protéger comme elle peut Lulu qui met toute son énergie à batailler contre les deux adultes, sans même se soucier d'éviter les éventuels coups. Elle prend soudainement conscience du manque de père dont son fils doit souffrir, d'une présence masculine à laquelle il aurait parfois besoin de se confronter. Ils ont bientôt tous mal au ventre, sans qu'aucun coup n'ait été porté. Contractures abdominales après fou rire généralisé. Paul finit par s'extraire du groupe pour aller préparer le repas de midi. C'était pourtant le tour de son fils. Mais il y prend goût. Trente ans sans toucher une casserole et voilà une révélation culinaire au détour d'un séjour à la mer, après une bête réclamation de la part d'une féministe sans carte bancaire. Jérôme s'allonge sur le dos et soupire bruyamment. Lulu lui saute dessus une dernière fois, ce qui a pour effet de lui couper le souffle. Julie rejoint Paul à la cuisine, en laissant son petit Lulu tirer son aîné vers le haut. Vers la surface.

— Je peux t'aider ?

Paul la regarde, étonné. Il serait tenté de se pincer, voire de se couper avec le couteau tranchant qu'il tient dans la main pour vérifier qu'il est bien réveillé.

— Si je pleure, ce n'est pas à cause des oignons… tu me tutoies enfin.

— Tout arrive à point à qui sait attendre.

— Ce sont les étoiles qui te l'ont suggéré ?

147

— Les étoiles et un ensemble d'autres choses.

— C'est bien.

Paul laisse passer quelques instants, silencieux. Il s'échine à éplucher les oignons en essayant de ne pas trop ouvrir les yeux. Il les défie comme un cow-boy en plein duel, les paupières plissées par le soleil et la poussière. Non, il ne pleurera pas. Pas cette fois. Elle pourrait croire que c'est vraiment à cause du tutoiement.

Il pleure.

Putain d'oignons !

Julie se saisit du couteau et termine le travail. Elle le regarde s'éloigner prendre l'air en attrapant au passage le torchon de vaisselle mouillé sur la poignée de la cuisinière.

Elle sourit.

Paul revient quelques instants plus tard. Il vient de croiser Jérôme qui tient Ludovic sur ses épaules, une pelle dans la main droite et un seau dans l'autre, en route pour la plage. Le soleil est encore au rendez-vous aujourd'hui. De quoi rendre ces vacances idylliques.

— Vous avez couché ensemble ? demande Paul sans détour en revenant dans la pièce, les yeux rouges.

— Pourquoi tu veux savoir ?

— Comme ça. J'ai besoin de savoir.

— Non.

— Vous semblez pourtant bien complices.

— On a vécu un joli moment.

— Et il ne t'a pas touchée ?

— Si.

— Mais vous n'avez pas couché.

— Non.

— Vous avez fait quoi, alors ?

— Je lui ai fait réviser sa géographie.

— Tu peux préciser ?

— Non.

— O.K. !

— Je crois qu'il avait simplement besoin de renouer avec la tendresse. Pour le reste, ça ne regarde que lui. Il t'en parlera s'il le veut. À moi, il m'a parlé des étoiles, et c'était magique.

— Ça, c'est sûr que, passionné comme il est, il a dû t'en boucher un coin.

— On repart quand ? demande alors Julie, la voix étranglée.

— Fin de semaine. J'ai des obligations professionnelles. Je ne suis pas tout à fait à la retraite. Jérôme aussi doit reprendre.

— Fin du rêve, lâche-t-elle avec une pointe de mélancolie.

— Pourquoi donc ? On reviendra, non ?...

— Si ! Mais chacun va retourner dans son coin, dans sa petite vie, et ça redeviendra comme avant.

— Pas pour moi. Pas depuis toi. On se verra. Nous ne sommes pas loin.

— Si tu le dis. C'est pour quoi les oignons ?

— Une tarte. Il y a un kilo à éplucher.

— T'es maso ?

— Je comptais sur toi, lui répond-il dans un grand sourire.

Je suis triste de devoir repartir...

Départ

Les quatre jours qui les séparent du retour passent à une vitesse effrayante, vertigineuse, indécente. Mais avec beaucoup de naturel. Presque une vie de famille, sans notion de couple, seulement des affinités de plus en plus profondes.

Jérôme passe encore des moments assis dans le sable, face à la mer. Il médite, se débat, remonte peu à peu à la surface, elle est encore loin, mais redevenue accessible. Le rythme des vagues l'apaise. Il s'identifie aux coquillages, balancés sans ménagement par le ressac. Ces coquillages qui se retrouvent parfois enfouis, ou cassés, retournés, en morceaux. Mais il y en a d'autres qu'on retrouve presque intacts, posés là sur la plage comme si rien ne leur était arrivé. Un bel objectif à atteindre. À la surface, indemnes. Julie est venue passer quelques moments avec lui, pour lui prendre la main, ou le bras, ou s'immiscer entre ses deux jambes pliées, et essayer de retrouver cette chaleur canine qu'elle a aimée sur le bateau.

Et puis, d'autres fois, Jérôme est joyeux, il participe aux jeux avec Lulu, à la cuisine avec son père. Il n'en est pas encore au point de danser comme Balou, mais s'en approche. Son rumen est vide, envolés, les a priori qu'il avait en embarquant cette fille. Il attend encore le moment où son père va s'approcher de lui pour lui dire : « Alors, qui avait raison ? »

Mais Paul ne le fera pas. Il sait pertinemment que Jérôme s'en passera volontiers et qu'il n'a besoin que d'aller mieux, pas de remarques inutiles et orgueilleuses.

Paul se surprend à observer Julie, régulièrement dans la journée, à se demander comment elle s'y prend pour lui faire tant de bien. Elle n'a pourtant rien d'exceptionnel. Pas plus qu'une autre. En dehors de cette lumière qui s'échappe d'elle comme le soleil du matin à travers l'interstice d'un volet. C'est donc une étoile qu'ils ont trouvée, son fils et lui. Il est heureux de sa première impression. Heureux de sa pizza et de son pack de bières qui ont transité par ses mains. Heureux de l'avoir invitée au restaurant, puis en Bretagne. Heureux qu'elle ait aidé Jérôme à se délester de ce boulet qui le maintenait au fond du lac. Heureux de s'être amélioré au *Memory* et à l'art culinaire.

Heureux.

Il en remercierait presque Marlène d'avoir eu la bonne idée de le quitter. Le presque est de trop. Il la remercie.

Julie et Ludovic passent leur temps au bord de l'eau, en pull, mais sous le soleil. S'ils pouvaient emporter la plage dans la voiture, ils le feraient. Mais les vagues n'auront que leur mémoire pour valise. Alors ils font le plein d'odeurs marines, de clapotis de l'eau, de cris de mouettes, de lumières du soleil couchant.

Et puis, les bagages se préparent. Paul a acheté une grosse valise rouge vernie à Julie pour qu'elle y range ses anciennes affaires, et les nouvelles, plus adaptées à son récent tour de cuisses.

151

Julie est amère de devoir la remplir. Elle resterait bien en vacances pour toujours. Lulu en apprendrait plus ici qu'à l'école. Mais ce n'est pas comme ça, la vie. Il faut travailler, pour payer ses charges, ses repas, ses loisirs quand il reste quelque chose à la fin du mois. Elle a plus que jamais le sentiment d'être née sous une mauvaise étoile. Qui ne brillait pas fort. Un destin qu'on ne choisit pas. Des galères qui s'enchaînent et le sentiment qu'on court après le bonheur comme derrière un bus qui vient de fermer ses portes. Elle pleure sur sa valise.

Paul arrive dans la chambre, en sentant bizarrement une baisse d'intensité du rayonnement. Il la retourne par les épaules et la prend dans les bras.

— Tu vas arrêter de pleurer parce que ça n'a pas lieu d'être.

— Je n'ai pas très envie de retourner dans ma vie d'avant.

— Eh bien, n'y retourne pas. Considère que c'est une vie d'après. Pour moi, c'est le cas. Il y avait avant toi, et il y aura peut-être un après, un jour. Mais en ce moment, il y a toi, et c'est ça qui compte.

— Tu me parles comme si tu me faisais une déclaration d'amour.

— Mais je te fais une déclaration ! D'amour, non, je suis au-delà de ça.

— Il y a quelque chose au-delà de l'amour ?

— Il y a toi !

— Les grands mots !

— Les grands remèdes !

— Je n'ai guéri personne.

— Non, mais tu as mis du baume sur notre vie, comme on en met sur la peau pour l'aider à cicatriser.

— Et vous en voudrez encore, du baume, une fois que ce sera guéri, pour Jérôme et toi ?

— Ça ne guérit jamais vraiment. Et quand c'est guéri, il y a d'autres plaies à soigner. C'est ça, la vie. Des coupures, des écorchures, des entorses, et des baumes.

— Et dire que je suis garantie sans paraben. La chance que vous avez !

Paul la regarde et lui sourit, puis la serre un peu plus fort encore.

— Euh, là, tu écrases le tube, tout le baume va se répandre !

— Allez, finis ta valise au lieu de dire des bêtises, reprend-il en la secouant par les épaules. On doit encore passer à la boulangerie. Annette nous a préparé un petit colis pour la route, et pour continuer à t'engraisser quelques jours en Alsace, avec du bon beurre breton !

Je suis vraiment triste de devoir remonter dans cette voiture tout à l'heure. Nous roulerons de nuit, ça me permettra de ne pas sentir passer les kilomètres. J'espère dormir. Dormir pour ne pas avoir conscience.

Je veux rester là.
Je veux être un château dans le sable.
Je veux être le sable.
Les mouettes.
La mer.
Les vagues.
Je veux être une vague qui court sur la plage.
Ou alors la plage, et attendre la délicatesse des vagues qui viennent me caresser doucement.

En quelques secondes

Il est quatre heures du matin. Ils sont partis la veille, en fin d'après-midi, le ventre serré d'avoir fermé les volets en se disant qu'il en sera ainsi pendant quelques mois, un pincement au cœur de tourner la clé dans la serrure et de la cacher dans la petite mangeoire derrière la maison. Paul s'était reposé quelques heures pour affronter la route. Jérôme a roulé en début de nuit, mais il a maintenant laissé le volant à son père, pour s'endormir, comme Ludovic et Julie, à l'arrière. L'enfant serre son doudou contre lui, le visage serein. Il est loin, dans les songes de la nuit, bercé par le bruit du moteur. Julie s'est assoupie après quelques sanglots étouffés qu'elle ne voulait pas montrer. Que les deux hommes ont entendu cependant. Paul se sent bien. Il n'est pas triste. Il sait que ce retour de Bretagne ne signe pas la fin mais le début d'une histoire.

Il aime rouler la nuit, quand tout est calme dans la voiture, et à l'extérieur. La météo est parfaite. Quelques étoiles dans le ciel laissent à supposer qu'une gelée blanche se sera déposée dans les champs au petit matin. La circulation n'est pas trop dense sur l'autoroute. À peine quelques feux rouges au loin, quelques phares que l'on croise. Il a hâte d'être arrivé. Après avoir passé Sarre-Union, il sait qu'on n'est plus très loin.

Et puis, et puis, il y a cette voiture loin devant qui fait un écart soudain. Des feux de croisement qui arrivent droit devant lui, zigzaguent dangereusement, s'approchent à une vitesse vertigineuse. Paul comprend que cette voiture n'est pas de l'autre côté de la glissière de sécurité, mais bien face à lui. Son 4×4 est lancé à pleine vitesse, il ne peut qu'essayer de l'éviter en donnant un coup de volant. C'est une camionnette blanche, elle vient s'encastrer sur le flanc arrière droit du véhicule.

Un choc d'une grande violence.

Je me sens légère. J'ai l'impression d'être une poupée de chiffon remplie de coton. Tout est clair autour de moi. Je suis comme sur un nuage. Il fait beau. Je vole au-dessus de la mer, les vagues s'enroulent sur la plage. J'aperçois la petite maison en Bretagne, les côtes où nous sommes allés courir avec Jérôme. Lulu est là dans le sable, à remplir des seaux et des seaux et à les renverser inlassablement. Paul est en face de moi, il me fait un grand sourire. Il semble triste. Mais il me sourit quand même. Ses yeux sont rouges. Il a encore dû faire une tarte à l'oignon. Et puis, la nuit tombe subitement, je ne suis plus une poupée en coton, je suis lourde comme du plomb, je ne vole plus, je tombe, et j'entends Paul hurler « C'est quoi ce fou ? »

Je sursaute.

Je me réveille.

Tout est blanc autour de moi. Je suis allongée dans un lit. Je ne suis ni en coton, ni en plomb, je suis une

155

enveloppe de chair perforée par une simple perfusion dans le bras. Mais Paul est bien en face de moi, le sourire triste et les yeux rouges.

Je crains de comprendre.

Deux secondes avant le miracle

Julie se redresse violemment sur le lit métallique et froid, ce qui lui vaut un soudain vertige. Paul lui prend la main et lui demande de se calmer.

— Qu'est-ce qui se passe ? demande-t-elle, agitée.

— Nous avons eu un accident de voiture, répond Paul calmement.

— Où est Lulu ? poursuit-elle, tourmentée.

— Il est en salle d'opération.

— Où ça ?

— En pédiatrie.

— Je veux y aller.

— Il faut demander aux infirmières si elles peuvent t'enlever ce truc du bras.

Julie s'assoit alors sur le bord du lit et arrache sans hésitation, d'un geste brusque, le cathéter en plastique enfoncé dans sa veine. Le sang coule instantanément. Elle attrape un sachet de compresses sur la paillasse dans la chambre, l'ouvre avec les dents et les colle sur son poignet pour stopper le flux de sang.

— C'est par où ?

— Tu ne peux pas partir comme ça, Julie, tu es encore faible.

— Je vais bien. Il est où ? demande-t-elle, déterminée.

157

Paul la soutient par les épaules et l'emmène vers la porte de sortie. Ils croisent une infirmière à qui il explique qu'il l'emmène voir son fils, qu'ils reviendront un peu plus tard. Celle-ci n'a même pas le temps de protester, les portes battantes se referment sur elle.

Quand ils arrivent en chirurgie pédiatrique, on leur indique une salle d'attente, à l'entrée du bloc opératoire. Ils ne peuvent pas aller plus loin. Il faudra attendre ici. Pas le choix.

Julie lui demande le récit des événements de la nuit. Elle n'a aucun souvenir. C'est angoissant. Il lui manque un bout d'existence au compteur. Une voiture qui roule mais n'affiche plus le kilométrage. Alors Paul explique que les urgentistes l'ont sédatée, qu'elle était trop agitée après l'accident. Il lui parle de cette camionnette qui roulait dans le mauvais sens. Les gendarmes lui ont confirmé il y a une demi-heure à peine que le chauffeur était mort sur le coup, que les prélèvements étaient positifs à l'alcool. Fortement positifs : 3,54 grammes. Un crime. Paul parle du choc, sur le flanc du 4×4, l'épargnant lui, ainsi que Julie, du bon côté. Jérôme a été sérieusement blessé mais ses jours ne sont pas en danger. C'est le petit qui a été le plus touché, malgré le siège à deux cents euros. Paul pense alors qu'il serait probablement mort dans l'ancien.

— Comment va Jérôme ?

— Fracture du bassin, et nombreuses autres fractures au niveau de la jambe droite. L'épaule aussi est touchée. Mais ça va, ça va.

— Mais Lulu ? demande-t-elle d'une voix minuscule.

— Je ne sais pas, Julie. Il faut attendre.

Le silence s'installe dans la petite pièce où quelques revues sont négligemment posées sur une table basse. Une plante verte végète dans un angle, comme pour donner un peu de vie à l'endroit. Des images apaisantes sont accrochées au mur : l'océan ici, une dune de sable là, les sommets enneigés d'une montagne quelconque. Tant d'immensité dans une si petite pièce ! Et pour Julie, tant d'inquiétude dans un si petit cœur. Elle pleure en silence. Paul s'approche d'elle, la serre un peu plus fort, lui caresse l'épaule, doucement.

Plus de trois heures après le début de l'opération, la porte latérale s'ouvre soudain. Un homme grand, habillé de bleu, apparaît. Il a gardé son calot vert et descend son masque sur le cou en s'asseyant sur une chaise à côté d'eux. Il sait que Julie est la mère et s'assure qu'il peut délivrer des informations d'ordre médical en présence de l'homme assis à côté d'elle. Julie approuve, soulagée de ne pas être seule. Grande inspiration…

— Je suis le Dr Mercier, chirurgien. J'ai de bonnes et de mauvaises nouvelles. Votre fils Ludovic a subi un choc violent. Nous avons réussi à enrayer l'hémorragie cérébrale. Par contre, nous avons dû lui enlever la rate.

— C'est grave ?

— C'est un organe important dans la protection immunitaire, mais on peut vivre sans rate en prenant des traitements pour prévenir les infections.

— Ce sont les mauvaises nouvelles, ça ?

— Non. Les mauvaises nouvelles sont plus sombres. Ludovic a subi un traumatisme crânien, et des zones de son cerveau ont été touchées. Il est actuellement dans le coma. Nous ne savons pas s'il se réveillera ni quand il se réveillera. Cela peut être dans deux heures, dans deux jours, dans deux semaines, dans deux mois, peut-être dans deux ans. La médecine n'est pas encore en mesure de prévoir la sortie du coma. Mais l'électroencéphalogramme est assez bon, et s'il se réveille, cela devrait être en pleine possession de ses capacités intellectuelles. Peut-être pas immédiatement bien sûr. Par ailleurs, lors de l'accident, sa colonne vertébrale a été touchée. Pour l'instant, il ne réagit plus au niveau des jambes. Là non plus, nous ne savons pas si c'est irréversible.

Julie a écouté le discours sobre et clair du médecin. Elle reste stupéfaite de ces nouvelles. Après quelques instants de paralysie complète, où elle le revoit jouant dans le sable, la veille, en Bretagne, elle éclate en sanglots, comme prenant subitement conscience de la gravité de la situation. À son tour de vivre le traumatisme violent. Elle pleure en s'agrippant au bras de Paul.

Le temps s'est arrêté dans cette petite pièce, les images d'étendues grandioses sont devenues dérisoires, plus rien n'est grand, plus rien sauf la peur. La photo de la mer nargue Julie, qui prend conscience que Ludovic ne pourra peut-être plus jamais y retourner.

Elle sent la main ferme du docteur Mercier sur son épaule. Un contact qui la touche, l'apaiserait presque. Puis il disparaît derrière la porte, en réajustant son masque.

Le silence est retombé comme une chape de plomb. Paul a beau être terriblement triste, il est soulagé. Il attrape le menton de Julie du bout des doigts, et lui sourit tendrement.

— Julie, Ludovic est vivant. Dans le coma, mais vivant.

— …

160

— J'ai confiance. Sois confiante toi aussi. Je t'en prie, ne baisse pas les bras, O.K. ?

— « *Ne baisse pas les bras, tu risquerais de le faire deux secondes avant le miracle.* » Ce proverbe arabe, je l'applique depuis des années. Mais là, je n'ai plus de bras.

— Ils sont là. Tu ne les sens pas, mais ils sont là.

Julie s'est réfugiée dans ses bras à lui, qui sont bien là, eux aussi. Elle tente de se calmer en se calant sur la respiration de Paul. Il est grand et large. Un peu moelleux. Un immense chêne solide dont le tronc serait creux et couvert de mousse... Et elle, un petit faon blessé qui vient s'y réfugier...

— Et s'il ne se réveille pas ?

— Il se réveillera, Julie, ce n'est pas possible autrement. Accroche-toi à cette idée.

— J'essaie de m'accrocher, mais ça glisse, de partout, j'ai l'impression d'être sur un mur de glace, sans crampons, sans piolet.

— Alors prends appui sur les autres. Prends appui sur moi.

Julie se réfugie un peu plus fort dans ses bras...

La douceur de sa peau

Julie s'est endormie, la tête sur les genoux de Paul, les jambes pliées sur le siège d'à côté. Paul lui caresse doucement les cheveux, les yeux dans le vague.

Elle attend qu'on l'appelle pour aller voir son fils. La dernière image qu'elle a de lui le montrait endormi paisiblement dans son siège auto, avec son doudou dans les bras.

Le service de réanimation pédiatrique est calme, c'est le week-end, et Ludovic est seul.

Il est paisible, malgré toutes les machines auxquelles il est relié. Un respirateur soulève son thorax aussi régulièrement qu'un métronome, dans un bruit de souffle artificiel. En s'approchant de lui, Julie tressaille, il est d'une pâleur glaçante. Si elle n'entendait pas le bip du scope qui enregistre son cœur, elle pourrait croire qu'il est mort. Mais il est bien vivant, probablement très loin, mais bien vivant.

Vivant.

Tout court.

Elle l'embrasse longuement, sur la joue, sur le front, sur les paupières. Elle sent la douceur de sa peau sur ses lèvres et retrouve la sensation qu'elle avait en le prenant contre elle quand il était bébé. Elle lui sourit en lui parlant à l'oreille.

L'infirmière remplit son dossier sur une petite tablette à côté.

— Son papa n'est pas là ?

— Nous vivons sans lui.

La femme se replonge dans son dossier, et Julie dans la chaleur de son fils.

— Si jamais il se réveille quand je ne suis pas là ?

— On vous appelle immédiatement, on a votre numéro de portable.

— Je n'ai pas de portable.

— Le monsieur qui vous accompagne a donné un numéro à l'admission.

— Ah ?

— Ce n'est pas un proche ?

— Si.

— Son grand-père ?

— Non, hésite Julie. Enfin peut-être.

L'infirmière la regarde alors avec un léger sourire interrogateur.

Comment pourrait-elle comprendre ? Comment Julie pourrait-elle lui expliquer la situation ? Par l'attachement, il pourrait être le grand-père. Par l'âge aussi. Mais au bout de trois semaines ?

Et alors ?

Paul a sorti une revue du fond de la pile, l'a vaguement feuilletée, et l'a reposée aussi vite, incapable de se concentrer sur quoi que ce soit. Quelle futilité tous ces articles, au regard de ce qui s'est passé il y a quelques heures ! Entendant des pas rapides dans le couloir, il se doute bien que ce n'est pas Julie, ce n'est pas sa démarche. Il commence à la connaître, même dans ce genre de détail.

— Bonjour, monsieur.

— Ah, Caroline ! Vous êtes venue, c'est bien. Êtes-vous allée voir Jérôme ?

— Oui, j'en viens, il m'a dit pour le petit. Comment va-t-il ?

— Il est en salle de réveil. Ils ont dû l'opérer.

Paul déballe ensuite le diagnostic médical complet.

Les yeux de Caroline prennent l'eau.

— Quel cauchemar. C'est horrible. Et Julie dans tout ça ?

— Secouée. Forte.

Le silence s'installe. Difficile de tenir une conversation dans un moment pareil.

Mais comme ce silence est lourd.

Le doudou de Lulu

En se réveillant, Julie met quelques instants à reprendre pied dans le réel, sans reconnaître les lieux. Allongée dans le grand lit d'une chambre neutre à la décoration moderne, elle n'est pas à l'hôpital, assurément. Elle se lève pour ouvrir les rideaux et regarder par la fenêtre, aperçoit Paul qui revient de la boîte aux lettres avec le journal du matin. Chez lui, donc.

Elle observe les vêtements dans lesquels elle a dormi, sa petite culotte, surmontée d'un large T-shirt d'homme. Elle ne se souvient de rien, pas même du moment où Paul l'a déposée dans ce lit.

En se retournant, Julie aperçoit son image dans le miroir. Effrayante. Ses yeux sont rouges, les paupières gonflées, les cernes accentués. Un hématome sur le front, seul stigmate de l'accident. C'est Lulu qui a tout pris. La grosse valise rouge repose au bout du lit. Elle attrape quelques affaires et file dans la salle de bains attenante à la chambre pour prendre une douche brûlante, espérant y trouver un effet lisseur et décongestionnant.

Espoirs déçus quelques minutes plus tard.

Elle n'essaie même pas le maquillage. Des fois que ça coule à nouveau...

Ça coulera encore.

Julie descend alors dans la cuisine, où elle entend des bruits de couverts. Paul s'affaire autour de la table du petit déjeuner.

— Tu as dormi ? lui demande l'homme en déposant un baiser sur son front.

— C'est toi qui m'as déshabillée ?

— C'est pas le chat, lui répond-il en désignant un gros matou gris aux poils épais qui dort sur un coussin dans un coin de la cuisine. Ne t'inquiète pas, ajoute-t-il en la voyant gênée, je n'ai déposé sur ton corps qu'un regard bienveillant. Tu étais exténuée en quittant l'hôpital.

— J'aimerais y retourner.

— Je vais t'y emmener. Mange quelque chose avant.

— J'ai pas faim.

— Bois au moins un thé sucré. Demain, je passerai t'acheter un téléphone, tu en auras besoin.

— Non, non, je ne peux pas pay…

— Tais-toi. Tout ça, c'est moi qui gère. O.K. ? dit-il, agacé.

— Ne t'énerve pas, Paul, le supplie-t-elle en retenant sa respiration.

Paul se retourne alors et appuie ses deux mains sur l'évier en regardant par la fenêtre. Julie voit quelques soubresauts le secouer. Elle s'approche alors et se faufile entre l'évier et lui. Il la prend dans les bras et se met à pleurer.

— C'est ma faute, si seulement j'avais réagi autrement.

— Tu pouvais ?

— Tout est allé trop vite. J'ai juste eu le temps de comprendre ce qui se passait, et déjà la camionnette nous percutait. Ce salaud n'est même plus là pour voir les dégâts qu'il a causés.

— Pourquoi tu as lavé le doudou de Lulu ? lui demande Julie en apercevant celui-ci sécher sur le radiateur de la cuisine.

— Il était dans un sale état. Ne m'en demande pas plus, Julie, c'est mieux.

Ils restent quelques instants ainsi, puis avalent rapidement un thé chaud, avant de partir pour l'hôpital où Paul laisse Julie à l'entrée du service pédiatrique pour emprunter de son côté un autre escalier et prendre des nouvelles de Jérôme.

Ludovic a été transféré au petit matin en réanimation.

Le décor est agréable. Des couleurs apaisantes, des tableaux aux murs. Malgré le bruit permanent des machines, l'ambiance est calme, presque joyeuse, en tout cas comme si la vie était normale ici aussi. L'une des deux infirmières a le sourire aux lèvres. Son dynamisme étonne Julie dans un premier temps. Travailler dans un service comme celui-ci lui semble tellement difficile. Mais en arrivant dans la chambre, elle se rend compte que cette joie de vivre est presque contagieuse. Elle n'y croit pas du tout, mais veut bien risquer la contamination.

— Je pourrai rencontrer un médecin pour parler un peu de lui ?

— Oui, bien sûr, vous rencontrerez le docteur Lagarde, c'est le chef de service. Il arrive à neuf heures, ils sont en réunion en ce moment.

Après avoir rapidement visité le service, Julie retourne dans la chambre de Ludovic, approche le petit fauteuil tout près du lit, et s'y installe. Elle prend sa main molle, et la serre fort, en lui caressant les cheveux. Une grosse suture traverse ses sourcils. D'autres petites plaies ont été soignées.

Julie regarde tous les fils qui convergent vers son petit.

L'infirmière entre dans la chambre avec un plateau dans la main. Elle saisit une des seringues et la remplace par une autre. Elle dégage du bien-être, comme les effluves d'un parfum. On pourrait presque voir des petites fleurs qui tourbillonnent autour d'elle. Elle répond aux questions que Julie lui pose et repart quelques instants plus tard en lui souriant gentiment.

Ça fait du bien !

Quelques minutes plus tard, un médecin frappe à la porte, puis entre dans la chambre. Il lui explique à nouveau la situation. À force de l'entendre, elle commence à comprendre.

— Y a-t-il des signes avant-coureurs, qui nous préviendront quand il sortira du coma ?

— Oui et non. Il peut se réveiller spontanément, sans que l'on s'y attende.

— Et en attendant, on peut faire quelque chose pour l'aider ?

— Oui, il faut lui parler, le toucher, le stimuler, en lui rappelant des souvenirs. J'encourage les personnes de son entourage qui comptent pour lui à venir le voir, pour qu'il les entende aussi. Même les frères et sœurs...

— Il n'en a pas...

— Alors les grands-parents, la nounou, etc.

— Et ses jambes ?

— Là aussi, nous ne pouvons pas encore nous prononcer. Le type de lésion qui a touché la moelle épinière de Ludovic est généralement réversible. Tout dépend du temps qu'il passe dans le coma, et de sa volonté. Nous préférons être assez pessimistes, pour que vous vous attendiez au pire, mais nous ferons tout pour qu'il lui arrive le meilleur.

— Le meilleur nous ramènera à la situation avant l'accident ?

— Quand on s'attend au pire, le moins pire a une saveur toute particulière, que vous dégusterez avec plaisir, même si ce n'est pas le meilleur. Par contre, nous ne savons pas combien de temps il va rester ici. Il est important que vous vous préserviez, et en particulier que vous ne perdiez pas votre travail. Je crois que vous êtes seule pour l'élever. L'assistante sociale du service viendra vous voir, mais les allocations que vous recevrez ne sont pas suffisantes pour vivre. Et puis, il faut voir autre chose, vous aérer, vous changer les idées, sinon vous ne tiendrez pas. D'autres personnes pourront venir le voir ?

— Oui, je pense.

— C'est bien. Appuyez-vous sur elles.

Julie passe le reste de la matinée auprès de Ludovic. Elle dépose son doudou encore un peu humide sous l'une de ses mains. Elle lui parle de ses copains d'école, de la maison, de ses jouets, du temps qu'il fait dehors, de ce qu'elle voit par la fenêtre. Elle fait des pauses.

Elle fouille dans son sac pour y chercher la petite boule en bois de santal que son professeur d'arts plastiques lui avait offerte quand elle était au collège, alors qu'elle s'était particulièrement impliquée dans un projet sur le travail du bois. Une petite boule de deux ou trois centimètres de diamètre, aux contours irréguliers, mais d'une douceur incroyable, à force d'être palpée, manipulée, serrée. Elle ne l'a pas quittée depuis.

Elle la saisit et la serre fort dans sa main. Il faut bien se raccrocher à quelque chose.

En fin de matinée, le besoin d'air frais se fait sentir. Julie sort prendre une bouffée d'oxygène.

Le temps est magnifique dehors. Froid, sec et lumineux. Un été indien.

Les pompiers viennent de se garer devant l'accueil des urgences pédiatriques. Julie tressaille.

Après quelques minutes, elle préfère retourner auprès de son fils. Elle passe devant le kiosque à journaux de l'hôpital. Le quotidien local a fait un gros titre de l'accident. Julie l'achète.

Un terrible accident de voiture dans la nuit d'hier, impliquant une camionnette et un 4×4 à bord duquel une famille revenait de vacances. Encore une fois, l'alcool semble responsable de la collision. Le chauffeur de la camionnette, mort sur le coup, était ivre avec 3,54 gr d'alcool dans le sang. Il a emprunté l'autoroute à contresens et le chauffeur du 4×4 n'a pu l'éviter. Si deux adultes en sont sortis indemnes, le bilan est plus sombre pour le troisième passager, un médecin de 33 ans, souffrant de nombreuses fractures à la jambe, mais surtout pour l'enfant de trois ans qui voyageait avec eux, plongé dans le coma ; les médecins sont réservés sur son pronostic vital.

Julie chiffonne violemment le journal et le jette dans une poubelle, comme si cela allait effacer cette lecture insoutenable.

C'est mal connaître Lulu, il n'est pas du genre à baisser les bras ! Il montrera au journaliste qu'il n'a pas le droit d'écrire ce genre de phrase assassine.

Julie en lit pourtant régulièrement, des rubriques

170

de faits divers. Oui, mais voilà, cette fois, c'est elle qui est au-devant de l'affiche. Et c'est insupportable.

L'infirmière est dans la chambre, elle vient de changer encore une fois la perfusion. Du sang, cette fois-ci.

— Demain ou après-demain, lui annonce l'infirmière, nous pourrons vous montrer la toilette, si vous souhaitez la faire vous-même.

— Avec tous ces branchements ?

— Ne vous inquiétez pas, ce n'est pas si compliqué, nous vous aiderons le temps qu'il faudra. Et puis personne n'est obligé.

— Si si, j'aimerais bien, ça me permettrait de m'occuper un peu de lui, comme à la maison.

— C'est important en effet, surtout pour Ludovic. Et puis pour vous, bien sûr. Vous travaillez ?

— Oui, je suis caissière. J'ai encore une semaine de vacances.

— Vous avez des horaires aménageables ?

— J'ai des horaires inqualifiables. J'aimerais pourtant être là quand il se réveillera.

— C'est tellement imprévisible, mais vous savez, ça fait vingt-trois ans que je travaille ici, et j'en ai vu passer quand même un certain nombre. Je les soupçonne de choisir le bon moment. Et la bonne personne !

— Ils se sont tous réveillés ?

— Non, bien sûr, ce serait vous mentir que d'affirmer le contraire. Mais les enfants sont d'une énergie incroyable pour trouver la force de revenir. Donnez-lui cette envie-là.

— Je ne sais pas comment.

— La joie de vivre est un bon traitement.

— J'aimerais la retrouver.

— Si vous étiez déjà un bon réservoir avant, vous verrez, elle reviendra vite.

Le monte-charge

Caroline passe voir Jérôme tous les soirs, après les consultations. Elle lui fait un rapport détaillé des patients, lui pose les questions qui la taraudent, lui masse le dos, lui sert à boire, lui apporte des journaux, lui tient compagnie, lui sourit.

— Vous savez déjà quand vous sortez ?

— On pourrait peut-être se tutoyer, non ?

— Oui, pourquoi pas, approuve-t-elle. Et donc, la sortie ?

— D'ici deux semaines, quand les pansements seront moins importants.

— Et pour remarcher ?

— Houla, c'est une autre histoire. C'est de la bouillie là-dedans. Il faut laisser aux os le temps de se consolider. Je vais sonner aux aéroports quelques mois encore. Je suis une vraie boîte à outils. Tu aimes les puzzles ? Regarde mes radios, c'est un 250 pièces, en noir et blanc. De l'art moderne. Ça va faire fureur sur les murs de mon cabinet !

— Et justement, les consultations au cabinet ?

— Tu as des projets dans ta vie ?

— Pas spécialement, dit-elle en baissant les yeux, n'osant espérer la suite.

— Alors tu restes ! J'ai besoin de toi. Je pourrai t'assister dans les décisions, mais pour les examens cliniques, tu seras mes mains, mes yeux, mes oreilles.

— Tu es satisfait de moi ?

— Non, ça craint. Tu attires la poisse, tu sautes presque dans les fosses avec les gens qui s'y enfoncent, tu encombres le service d'IRM, et en plus tu es désagréable.

Caroline vient de s'arrêter de respirer en le regardant, les yeux ronds.

— Évidemment que je suis satisfait, reprend-il, sinon, je ne te proposerais pas de rester. Il faut juste que tu arrêtes de prescrire des trucs à tout bout de champ. La Sécu va t'épingler. Développe ton sens clinique, ton approche globale, ton écoute, et tu verras qu'on n'a parfois besoin de rien de plus.

— J'ai encore à apprendre.

— Encore heureux ! Ça s'appelle l'expérience. Tu ne vas quand même pas être meilleure que moi ! Alors, tu restes ?

— Oui, répond-elle en lui souriant. Et pour le logement ?

— Tu peux garder la petite chambre, je ne l'utiliserai pas.

— Et tu feras comment pour monter à l'étage ?

— Bonne question. Eh bien, euh… Bonne question ! dit-il, embarrassé.

— Nous n'avons qu'à faire installer un monte-charge.

— Merci du compliment.

— Mais non, je pense à ces petits sièges qui montent le long de l'escalier, le truc pour les vieux, dans les pubs.

— Toutes ces fleurs, Caroline, vraiment, j'en suis ému.

— C'est pas une bonne idée ?

— Si, répond Jérôme sur le ton de la résignation. Tu t'en occupes ?

— Si tu veux.

— Et le petit, comment va-t-il ? demande Jérôme.

— Il a été transféré en réa. C'est mon père, le chef de service.

— Ah bon ? s'étonne Jérôme.

— Oui. Pourquoi ?

— Pour rien, tu es à bonne école, alors.

— Oui.

— Pourquoi me l'avoir caché ?

— Je ne t'ai rien caché. Mais tu ne m'as rien demandé. Ce n'est pas ce que j'avance en premier. Parce que j'existe par moi-même. Je n'ai pas envie d'être étiquetée « fille du Pr Lagarde ».

— Et donc, que dit-il de Lulu ?

— Il ne veut pas trop se prononcer. Le petit est stable, mais le tableau est sérieux. C'est lui qui a tout pris. Ils attendent. Ils ne peuvent pas faire mieux.

— Et Julie ? Comment va-t-elle ?

— Ça va.

— Elle dort où ?

— Chez Paul pour l'instant. Mais elle parle de rentrer chez elle. Ça va vraiment faire loin de rester chez Paul, quand elle reprendra le travail.

— Prends-la chez moi. Il y a encore une chambre, au fond du couloir. Il ne faut pas qu'elle reste seule.

— Encore faut-il qu'elle accepte. Elle ne me connaît pas.

— Elle ne connaît pas grand monde. À toi de jouer. Sors tes atouts.

— Quels atouts ?

174

— Pas ceux-là, lui dit-il en regardant ses seins. C'est une fille.

— Je suis morte de rire ! lui lance Caroline en grimaçant.

— Je ne sais pas, moi, débrouille-toi. Tu peux me gratter là ? supplie alors Jérôme en lui montrant l'entrée du plâtre à la base de la jambe.

Caroline s'exécute en se mettant accroupie au pied du fauteuil. Jérôme se détend. Il soupire de plaisir. La sensation est jouissive. La position compromettante. Les joues de Caroline écarlates.

Elle se relève soudain, alors qu'il a les yeux fermés, et lui dépose un baiser sur la joue.

— Je file, j'ai un monte-charge à faire installer.

— Déjà ? Et mes gratouilles ?

— Débrouille-toi avec l'infirmière.

— C'est un infirmier, cette nuit.

— Ça marche aussi.

Elle a déjà disparu dans le couloir.

Non, ça ne marche pas pareil !

Jérôme sonne pour que l'infirmier l'aide à s'installer dans son lit pour la nuit. Il ne lui parle pas de grattage. Quand même pas. Une aiguille à tricoter suffira…

Il a attrapé le dernier numéro de *Prescrire* que lui a déposé Caroline et se plonge dans les articles, quand on frappe discrètement à la porte. Julie passe sa tête doucement, pour vérifier qu'il ne dort pas.

— Entre, Julie. Ça me fait plaisir de te voir. Viens !

Julie entre et referme la porte derrière elle, en restant à proximité de la sortie. Elle est timide comme une petite fille qui arrive à l'école pour la première fois, n'ose pas le regarder. Elle ne l'a pas revu depuis l'accident.

— Viens, approche-toi, lui suggère Jérôme en lui montrant le bord du lit.

Julie s'approche doucement en regardant le sol. Ça coule de nouveau.

— Allez, viens dans mes bras. Chacun son tour, pour le réconfort. Pleure un bon coup, va ! C'est pas toi qui va me dire qu'il ne faut pas. Pour les oignons, je dis pas, mais là, t'as le droit !

Julie se vide un long moment. Il y a un air de plage bretonne qui plane dans l'atmosphère. Les vagues sont respiratoires. Il finit par la bercer doucement, en protégeant sa jambe-puzzle du mouvement, et en veillant à ne pas tomber avec elle dans la fosse. Elle n'a pas besoin de ça. Julie finit par se dégager des bras de Jérôme et lui sourit simplement, en essuyant ses yeux.

— Ça ne te gratte pas trop sous le plâtre ?

— Si. C'est proche de l'insupportable.

— Tu veux que je te gratte ?

— Non, ça va aller, c'est gentil. J'ai une gratteuse attitrée. Je ne vais pas t'embêter avec ça. Je ne te demande pas comment il va. Caroline m'a donné des nouvelles. Son père est le chef de service.

— Ah ? répond Julie étonnée. Il est gentil.

— Elle l'est aussi.

— C'est elle ta gratteuse ?

— Oui. Elle gratte très bien.

— Moi, j'aime bien qu'on me gratte le dos.

— Tourne-toi ! la somme Jérôme.

— Ici ?

— Pourquoi pas ?! On ne fait rien de mal ! ajoute-t-il en passant ses deux mains sous son T-shirt. On a fait pire sur un bateau…

— On était seuls, argumente Julie.

— Moby Dick était quand même susceptible de faire irruption sans prévenir. Comme ça ?

— Un peu plus haut.

— Là ?

— Plus à droite. Si l'infirmière vient ?

— C'est un infirmier.

— Raison de plus. Un autre genre de Moby Dick !

— Je te gratte le dos, rien de mal à cela. Tu peux aller habiter chez moi, avec Caroline, tu sais ?

— Non, je ne veux pas déranger. Je vais reprendre le travail, j'ai des horaires bizarres.

— Elle travaille toute la journée, et ne se rendra même pas compte de tes allées et venues. Mais au moins, vous ne serez pas seules le soir. Tu sais, elle est vraiment gentille. Ça te fera du bien.

— Je sais pas, je vais réfléchir.

— C'est tout réfléchi, c'est à mi-chemin entre ton boulot et l'hôpital. Tu gagneras du temps et de l'énergie. Change d'endroit, et laisse-toi accompagner.

— Mais toi, tu vas bientôt rentrer !

— On verra d'ici là. Je suis encore dans cette chambre pour un bon moment. Et après, je passe probablement par le centre de réadaptation.

— Le même que Lulu ?

— Je ne sais pas. Peut-être. J'espère. Alors c'est oui pour aller lui tenir compagnie ?

— Je vais essayer. On verra comment ça se passe.

— Je lui ai demandé de sortir ses atouts pour te convaincre. Fais-lui croire que c'est grâce à elle. Cette fille manque totalement de confiance en elle. Ça lui fera du bien.

— Quels atouts ?

— Justement, tu me diras ceux qu'elle a mis en avant, lui propose-t-il en souriant. Allez, file te reposer, suggère Jérôme en rebaissant son T-shirt.

La machine à café

Quelques jours plus tard.

Il est vingt heures.

Julie se rend à la cafétéria, fermée à cette heure, mais dont le distributeur automatique lui délivrera un thé citron sucré. La seule chose en ce moment qui puisse se faufiler entre les boules froides et dures qu'elle a dans le ventre.

Sa pièce reste coincée. Première pensée : pourquoi la vie s'acharne ainsi sur elle ? Comme si elle n'arrivait plus à relativiser, à distinguer les choses bêtes et banales des plus graves.

Elle commence à tapoter la machine, autour de la fente à pièce.

Rien.

Elle tape un peu plus fort, sur le côté.

Rien.

Après avoir jeté un œil aux alentours pour s'assurer qu'elle est seule, Julie donne un grand coup de pied en y mettant tout son cœur. Elle souffle de douleur et se tient le pied un instant, en jurant comme le capitaine Haddock, mais sa pièce est tombée au fond de la caisse et la machine crache enfin un gobelet. Elle s'en remettra, mais la machine gardera une trace de leur rencontre.

Julie aurait pu déverser sa colère et se défouler sur autre chose, c'est tombé sur la machine à café. Elle se sent mieux, sans savoir si c'est le thé citron ou le coup de pied.

Les deux, mon capitaine !

Sa madeleine de Proust

— Tu veux que je te gratte ? demande Julie en entrant dans le chambre de Jérôme.

— T'es là, toi ?

— Lulu s'est endormi, je vais rentrer chez moi.

— Il n'est pas dans le coma ? Tu ne retrouverais pas un semblant d'ironie...

— Faut bien, non ? dit-elle sans grande conviction.

— Caroline m'a dit que tu t'étais installée avec elle hier.

— Oui. J'aime bien ta maison. Elle est plus grande que mon petit 30 m². Et puis, je n'ai pas la chambre de Lulu juste à côté, ça me change un peu les idées...

— Alors, les atouts qu'elle a mis en avant ?

— Qu'entre filles on se comprendra...

— Mouais. Je ne suis pas sûre que vous soyez le même genre de filles.

— Qu'elle pourra me prêter son maquillage, et me dépanner sur les serviettes hygiéniques.

— Elle t'a dit ça ???

— Non, je réaffûte mon sens de l'humour, et j'essaie de te faire marcher, ce qui, avoue-le, dans ta situation, est plutôt comique.

— Ça me fait plaisir que tu retrouves un semblant

de malice, même si c'est à mon détriment. Bon, sérieusement.

— Tu lui demanderas !

— Elle ne me le dira jamais.

— Elle m'a dit qu'elle avait besoin de compagnie, parce qu'elle se sentait seule.

— C'est pas un atout ça ! constate Jérôme.

— Non, mais c'est une raison valable.

— Comment tu vas, Julie ?

— Bof. Je dois reprendre le travail dans deux jours.

— Tu y arriveras. Et puis, moi, je peux passer du temps avec lui, Paul aussi. Tu as prévenu tes parents ?

— Oui. J'ai laissé un message sur leur répondeur. Maman m'a rappelée, annonce-t-elle sans en dire plus.

— Elle a dit quoi ? reprend le jeune homme, après un moment de silence.

— Pas grand chose. Elle est triste. Elle ne peut pas venir le voir, elle ne va pas bien elle-même.

— Et ton père ?

— Silence radio.

— Putain ! s'énerve Jérôme.

— C'est pas grave. Pas besoin de lui.

— Lui qui ne jure que par la religion, il lui faudra un argumentaire aussi épais que la Bible pour réussir son entretien d'admission chez saint Pierre.

— Tiens, je t'ai ramené quelque chose pour te tenir compagnie…

— C'est quoi ?

— Ta madeleine de Proust, dit Julie, en sortant un petit sachet de son sac. Je les ai trouvées dans un tiroir de la commode de la chambre où tu m'héberges, au fond du couloir.

— Des chatounes ! Comment tu sais ça, toi ?

— À ton avis ?

— Mon père a osé te parler de ça ?

— Même de la chatoune géante.

— Et toi ? Tes chatounes à toi, c'est quoi ?

— Moi ? J'avais une peluche de Popi. Je l'emmenais partout. À sept ans, mon père a considéré que j'étais trop grande pour ce genre d'enfantillage. Il me l'a arrachée des mains, un soir, et l'a jetée dans le feu.

— Tu veux quelques-unes de mes chatounes ?

— Ça sera pas pareil.

— Alors viens là. Je vais faire Popi, le temps d'un câlin.

— C'est un singe, Popi !

— Mon derrière doit ressembler à celui d'un macaque à force de rester assis dans ce lit !

— Je n'irai pas vérifier !… répond Julie en souriant simplement.

Le chêne tordu

Julie est sortie prendre l'air. Ce dimanche d'automne est agréable. Demain, elle reprend le travail. Elle ne sait même pas comment elle va faire pour tenir. L'assistante sociale lui a parlé d'un mi-temps pour enfant malade. Elle doit en informer le directeur. C'est un droit non opposable. Elle sait qu'il trouvera quand même le moyen de s'y opposer. Pour la forme. Parce que la méchanceté est son oxygène quotidien.

Elle a pris le tram pour rejoindre le centre-ville et changer de quartier, se promener un peu dans la verdure d'un parc. Julie s'est assise sur un banc au pied d'un chêne. Elle observe ce vieil arbre, qui s'est enroulé autour d'une sangle, devenue trop serrée un jour, et que tout le monde a oublié d'enlever. Le chêne a bien dû faire avec, lui. Il a poussé autour, par des excroissances biscornues. Il est un peu moins harmonieux que ses voisins, mais il est monté aussi haut. De loin on ne voit pas la différence. Il ne ferait peut-être pas de belles planches, à la coupe, mais il fait de l'ombre, autant que les autres. Et puis sa particularité le rend singulier, il est même devenu un lieu de rendez-vous, on le reconnaît. C'est une référence. Les autres sont anonymes, sans intérêt.

Julie pense à Ludovic, à cette sangle qui l'enveloppe désormais, et dans laquelle il se sentira peut-être un jour à l'étroit, aux blessures de son accident que personne ne pourra effacer. Lui aussi deviendra un grand chêne, solide et singulier.

Tant pis pour les planches.

Des broutilles urgentes

Lundi. Reprise du travail.

Julie profite de sa pause pour appeler Paul avec son nouveau téléphone. Elle essaye d'en comprendre le fonctionnement comme un enfant de trois ans devant le tableau de commandes d'un airbus A350. Paul, pragmatique et bienveillant, a entré son numéro en touche raccourcie. Elle appuie longuement sur le 2 et le numéro de son ami apparaît miraculeusement. Trois pour le service de Lulu, quatre pour Jérôme, cinq pour Caroline, et six pour Manon. Il lui a aussi montré comment revenir au menu d'une simple touche quand elle ne sait plus où elle en est.

Paul répond systématiquement, qu'il soit en réunion ou non. Le privilège des hauts cadres proches de la retraite et que l'on essaie de garder à tout prix. Il a prévenu ses collègues « si je décroche, c'est que c'est urgent », en décrétant d'emblée que les appels de Julie seraient toujours urgents, même si c'est pour une brou-tille. Certaines broutilles sont malgré tout urgentes.

Elle lui raconte son retour au travail, ce directeur qui a dû oublier la part d'humanité héritée de ses parents dans le placenta qui l'accompagnait au moment de naître. Dire que ce petit bout de philanthropie a fini à la poubelle, et que place était faite à la vacherie systématique.

— Il ne t'a quand même pas refusé le temps partiel ?

— Non, il n'a pas le droit, mais il m'a dit que ce n'était pas une raison valable et qu'il me pourrirait mes horaires. J'avais envie de le coller au mur.

— Tu ne l'as pas fait ?

— Tu m'as bien regardée ? Tu m'as engraissée en Bretagne, mais je ne fais pas le poids quand même.

— Julie, on va le faire tomber un jour. Pas maintenant, tu as autre chose à penser, mais nourris ta vengeance pour qu'elle soit éclatante le jour venu ! Ton temps partiel te laissera quand même du temps. Et tiens bon. C'est pour le petit.

Il y a aussi le bruit, le courant d'air de la caisse 12 à laquelle elle est assignée pour la journée, les clients maussades comme le temps, qui ne disent pas bonjour, la regardent à peine, soupirent quand elle ne trouve pas un code barre, s'impatientent quand le client précédent lui a confié sept bons de réduction qu'elle doit saisir à la main. Il y a ces « bons cadeaux » à distribuer avec chaque ticket de caisse, qui vont aller encombrer les étagères des clients, mais que les enfants ne veulent manquer pour rien au monde, à se rouler par terre si la caissière n'en a plus dans son stock. Encore du temps perdu, d'autres clients qui râlent, mille choses à penser, rester concentrée pour ne pas faire l'erreur qui l'enverrait dans le bureau du directeur. Il y a surtout cette lassitude de gérer les petits riens matériels ridicules alors qu'un enfant dort d'un sommeil trop profond à quelques dizaines de kilomètres de là, après qu'un alcoolique irresponsable a décidé de tourner la clef de contact, sans penser qu'il allait foutre en l'air quelques vies ce soir-là. La sienne, Julie s'en fiche, mais celle de Lulu...

Alors, les bons de réduction et les tickets gagnants, ils peuvent se les mettre où elle pense, Julie. Surtout le directeur !

— Je t'ai déjà dit que tu pouvais quitter ton travail et que je subviendrais à tes besoins, lui répète Paul inlassablement.

— Non, je ne veux dépendre de personne.

— Tu es têtue !

— Pragmatique...

— Fière !

— Réaliste...

— Obstinée !

— Déterminée...

— O.K. ! j'abandonne. Je suis là, tu le sais.

Elle le sait.

Un proverbe

Julie vient d'achever la toilette de Ludovic. Déjà treize jours qu'il est là. Le médecin repart à l'instant de la chambre. Les suites opératoires ont été plutôt bonnes, et ce moment si difficile relève quasiment du passé. Ses urines sont redevenues claires, les cicatrices se sont estompées, son équilibre sanguin s'est rétabli. Sa respiration est redevenue autonome et il a pu être extubé. La phase aiguë s'achève, laissant amèrement la place à la phase chronique, expression qui effraie Julie.

Chronique : adj. – qui dure longtemps, se développe lentement.

Elle s'y prépare, dans son emploi du temps, dans son état d'esprit. Ils ont déjà trouvé un rythme de routine dans l'organisation de leur présence à son chevet. Julie vient le matin, relayée par Jérôme, qui reste à côté de lui, à lui raconter des histoires, dans son fauteuil roulant, le temps que sa jambe broyée se reconstruise, puis elle y retourne en sortant du supermarché. Parfois, Paul vient passer un bout de soirée, pour qu'elle puisse prendre un peu de temps pour elle, pour récupérer. Elle ne peut pas se résigner à laisser Ludovic seul en journée. Elle a trop l'impression de l'abandonner, de le trahir, le décevoir, d'être indigne.

La porte s'ouvre, après quelques coups discrets d'un revers de doigt.

— Bonjour ! Vous êtes la maman de Ludovic ? Romain Forestier, je suis le kiné attaché au service. Enchanté.

La poignée de main est ferme et sûre. Le regard perçant, d'une longueur à la limite de la provocation, comme pour vérifier si la personne en face arrive à le soutenir, sans faillir. Julie ne cède pas. Sûrement pas elle. Déjà qu'elle ne baisse pas les bras, elle ne va pas baisser les yeux, quand même. Le regard survit à la poignée de main. L'instant ne dure que quelques secondes, il semble pourtant interminable.

— Je travaille au centre de rééducation fonctionnelle, à l'autre bout de la ville, vous connaissez peut-être ?

— Oui, j'en ai entendu parler.

— J'ai pour habitude de venir m'occuper des enfants que je vais probablement retrouver là-bas, à leur sortie d'hôpital. On m'a transmis le dossier de Ludovic il y a quelques jours...

Il se tourne vers Ludovic, se penche au-dessus de lui, serre sa main entre les siennes et le regarde longuement, de la même façon qu'il vient de le faire avec sa maman, comme pour voir à travers ses paupières fermées.

— Bonjour, Ludovic, tu peux m'appeler Romain, on risque de passer un bon bout de temps ensemble. Je suis venu te faire des massages, faire bouger ton corps, en attendant que tu te réveilles. Pour la suite, on en reparlera le moment venu.

Il lui parle sur le même ton qu'à un adulte, sans signe d'apitoiement. Avec le même respect, et la même simplicité.

L'homme ouvre sa petite fiole d'huile de massage. Il en fait couler quelques millilitres dans le creux de sa main, et la répartit sur l'autre, pour la faire chauffer. Jamais de sensation désagréable pour commencer un massage, la crispation qu'elle induit n'a rien d'apaisant. Il approche avec une extrême lenteur ses mains de la peau, pour un contact imperceptible. Il commence par les jambes, en s'asseyant au bord du lit, le pied de Ludovic repose sur sa cuisse. Julie l'observe discrètement. Ses bras sont parcourus de longues veines saillantes.

Ses mains brillantes montent et descendent le long de la jambe dans un mouvement souple mais ferme. Elles sont larges, et paraissent très douces. Les cheveux châtains, à peine ondulés, suivent doucement le mouvement de la tête. Autour de la bouche, un petit bouc. Rasage ordonné, minutieux. Coquetterie masculine, touchante.

Romain travaille en silence. Julie respecte l'instant. Un petit bruit discret retient son attention. Un petit cliquetis accompagne ses mouvements, il semble venir de sous son T-shirt. Il a une petite chaîne autour du cou, ce doit être un pendentif qui chante ainsi...

Un quart d'heure qu'un ange passe et repasse.

Julie s'en amuse, elle sourit. Il ne passe pas, il est là, son ange, il glisse sous les doigts de cet homme qui est en train de le prendre par la main pour l'accompagner un bout du chemin.

— Et vous ? Comment ça va ? finit-il par demander.

— Ça va. Comme ça peut aller dans pareil cas. Je tiens le coup. Le monde s'est écroulé, mais je tiens le coup.

— ...

— …

L'ange observe en coulisse, prêt à intervenir…

— C'est dur ce qui vous arrive, mais quoi qu'il advienne, vous vous en sortirez, parce que vous n'avez pas le choix. La vie continue, inlassablement.

Julie ne dit rien, elle a bien conscience de ce qu'il dit. Puis, il reprend.

— Un proverbe arabe dit « Ne baisse pas les bras, tu risquerais de le faire…

— Deux secondes avant le miracle… ».

Romain ne la regarde pas, mais Julie le voit sourire pour la première fois. Le sourire s'efface discrètement de ses lèvres, comme un dégradé de couleurs, imperceptiblement.

L'ange reprend sa place…

— Je passerai tous les jours de la semaine, sauf le week-end. La mobilisation de Ludovic est importante, vous pouvez vous aussi le masser.

— Je le fais déjà un peu.

Il repart.

Quel personnage mystérieux. Un premier abord plutôt froid, mais finalement rassurant. Il semble si sûr de lui face à l'adversité. Sûrement une grande expérience de ce genre de situation, avec ses petits patients. Il n'est pourtant pas très âgé. À peine la trentaine.

Et puis ce proverbe. Cinq ans que Julie se le repasse en boucle. Peut-être est-ce la première fois qu'il n'a pas le temps de finir sa phrase.

C'est la première fois.

Et ce petit cliquetis…

Les petites rides autour des yeux

Quelques jours plus tard…

Julie a terminé la toilette de Ludovic depuis long-temps. Le kiné n'est toujours pas là. Sensation de creux, comme un vide qui s'insinue au fond d'elle, saupoudré d'une pointe d'impatience. Elle l'attend.

Il arrive une demi-heure plus tard. Pas d'explication. Il a dû avoir un empêchement, un autre petit patient à voir ?

Romain Forestier parle très peu. Il reste concentré sur son travail, ne sourit pas souvent, regarde à peine Julie. Cet homme a quelque chose d'apaisant dans la voix, dans le regard, dans son attitude. Une part de mystère aussi. Toujours ce petit cliquetis qui chante sous son T-shirt quand il masse Ludovic, quand il fait faire quelques mouvements à ses membres endormis et lourds.

Une ride profonde prend naissance à la base du front, entre les deux sourcils. Elle s'élève, droite, ver-ticale, sur quelques centimètres. Cela lui donne un air concentré et sérieux. Quelques petites ridules rayonnent autour des yeux. Enfin, deux grands sillons, en arc de cercle de part et d'autre de la bouche, gardiens de son sourire probablement généreux. Julie essaie de l'imaginer en dehors du travail. Quelle vie a-t-il ? Est-il marié ? A-t-il des enfants ? Va-t-il au cinéma, sort-il avec ses amis ? Quel est son caractère ? Toujours sérieux comme dans cette chambre, ou jovial dès qu'il s'extirpe de sa tenue blanche ?

L'intimité des gens n'est pas inscrite sur leur visage. Parfois on pense deviner, et puis on se trompe, complètement.

Il n'a pas d'alliance à l'annulaire gauche. L'enlève-t-il durant ses heures de travail, pour l'hygiène, et le confort des massages ?

Julie se lève alors brusquement, se campe devant la fenêtre, observe la vie au-dehors. Comment peut-elle être en train de se poser de telles questions, alors que Ludovic est là, dans le coma, avec de lourdes séquelles d'un accident qui s'est produit il y a quelques jours à peine ? Julie a honte, honte d'oser penser à autre chose qu'à son petit garçon, honte de penser à cet homme.

Dans le reflet de la vitre, elle voit le regard de Romain qui l'observe tout en poursuivant ses gestes, calmement. Puis il tourne la tête en direction de Ludovic.

— Vous savez, quand je prends en charge un enfant, j'essaie d'en savoir un peu plus sur lui.

— …

— Pourriez-vous m'écrire un petit compte rendu sur votre fils ?

— C'est-à-dire ?

Julie s'est retournée, elle est adossée à la fenêtre, elle n'ose plus s'approcher. Garder une distance pour éloigner les pensées de tout à l'heure.

— C'est-à-dire son caractère, ses petites habitudes, ses passions, son comportement physique, mental. Ce que vous voudrez. C'est important que je le connaisse un peu quand il se réveillera, pour qu'il ne soit pas trop perdu.

— Vous allez continuer à le suivre, même s'il change de service ?

— Habituellement, dans un cas comme le sien, quand le coma le libère, il reste encore quelque temps ici, le temps de le laisser émerger, puis, il est transféré pour suivre une rééducation. Nous allons passer un bon bout de temps ensemble... Au moins quelques mois, parfois c'est quelques années, selon l'atteinte, selon la rapidité des progrès.

— ...

— Je suis désolé de vous apprendre cela, mais vous allez m'avoir sur le dos un moment.

Julie sourit et s'avance discrètement vers le fauteuil près du lit.

— Peut-être que c'est vous qui allez devoir nous supporter.

— Je suis solide, ne vous inquiétez pas.

Sourires.

— On saura quand, s'il pourra remarcher ?

— Une chose après l'autre. Il faut lui laisser du temps. D'abord celui de se réveiller.

— Je m'inquiète pour la suite.

— Je vous l'ai déjà dit, quoi qu'il arrive, on s'en sort. Parfois un peu abîmé par la vie, mais on s'en sort. Et les enfants ont une force de vie incroyable. Ils s'adaptent très rapidement à de nouvelles conditions de vie. À son âge, la dynamique d'apprentissage est quasiment à son comble, vous verrez.

Julie le regarde réinstaller Ludovic confortablement. Une caresse légère sur sa joue termine la séance, comme la dernière fois.

— Je compte sur vous pour ce petit compte rendu. Vous pourrez le faire pour lundi ?

— Je vais le faire ici, je devrais trouver un peu de temps, dit-elle avec ironie, en souriant au kiné.

Romain regarde Julie profondément, comme à son habitude. Un sourire accentue les deux sillons, les petites ridules des yeux s'allument.

Ce regard est resté imprimé encore un instant, quand il est sorti de la chambre, comme l'empreinte d'un pas dans le sable mouillé, avant que la vague ne vienne l'effacer.

Le compte rendu

Le lundi suivant.

Julie lui a tendu l'enveloppe avant même qu'il n'ait eu le temps de s'approcher du lit de Ludovic. Il la soupèse, surpris par son épaisseur. En général, les parents laissent quelques mots sur un morceau de papier. Julie a écrit « Ludovic », en courbes manuscrites, en prenant soin de changer de couleur pour chaque lettre. Elle a dessiné quelques papillons, un grand soleil, de petites fleurs dans de l'herbe...

On peut bien rêver, non ?!

Le regard étonné de Romain croise le sourire de Julie, fière et émue. Elle lui délivre là un petit bout de son fils. Elle lui a redonné vie, une vie couchée sur le papier, mais qui lui a offert de se promener dans ses souvenirs.

Romain n'ose pas la plier pour la mettre dans sa poche, il la pose sur la tablette, à côté du lit :

— Je la lirai à tête reposée, merci.

— C'est moi qui vous remercie, ça m'a fait du bien.

Le reste de la séance se déroule silencieusement. Julie garde ce sourire aux lèvres. Les sillons de Romain sont discrètement saillants. Et des anges qui passent dans tous les sens. Un festival, un ballet aérien, un encombrement de chérubins...

Plus tard dans la soirée, Romain attend que Charlotte se soit endormie pour s'installer dans le canapé. La petite lampe du salon est faible, mais suffisante. Trop de lumière éblouirait les mots.

Il ouvre le rabat de l'enveloppe, que Julie n'a pas collé.

En dépliant la feuille de papier à lettres, une photo glisse sur ses genoux. Ludovic et sa maman, au bord de la mer. Ça ressemble à la Bretagne. Un large sourire éclaire le visage de l'enfant. Julie le regarde.

« Ludovic est né il y a un peu plus de trois ans, quelques étages en dessous de là où il est maintenant. La fenêtre était entr'ouverte et les premiers oiseaux chantaient.

Pas de papa. Il n'était déjà plus là quand Ludovic était un amas de cellules à peine organisées.

Quelques milliards de cellules plus tard, il a ouvert des yeux déterminés sur ma peau encore humide de son liquide. Son regard était profond, à s'y noyer...

Aujourd'hui, ses yeux absents font couler les miens à pic. Mon amie d'enfance m'accompagnait pour ce moment magnifique. Deux fées penchées sur son berceau, à lui souhaiter une vie heureuse et paisible. Nous devrions sérieusement songer à reprendre quelques cours de baguette magique... N'est-ce pas ?! Ou alors, il en manquait une, de fée, pour être efficace, à moins que « Maléfique » ne soit passée par là sans que je la voie, pour jeter un sort à mon Lulu au bois dormant.

Ludovic a toujours eu une détermination fantastique. Dès sa première tétée, il savait ce qu'il voulait : vivre, grandir, découvrir le monde, ça se voyait dans ses petits yeux ronds.

Quand j'ai trouvé un travail – il fallait bien vivre – je

l'ai confié à une nounou. C'est à elle qu'il a fait ses premiers sourires, avec elle qu'il a saisi ses premiers objets dans sa main, qu'il a fait ses premiers pas, dit ses premières syllabes. Mais elle me racontait tout. Une mère célibataire se doit de faire des choix dans la vie. J'ai choisi de garder Ludovic quand il était encore temps de l'extraire de mon ventre. Le regard sur lui me confirme tous les jours que j'ai fait le bon choix.

Il a toujours été très sensible. Une porte claque, il en est effrayé.

Quand il est entré à la maternelle, il y a quelques semaines, il a longuement pleuré. Moi aussi. La séparation était douloureuse. Les groupes d'enfants dynamiques et turbulents égratignaient sa sensibilité.

Ludovic est fasciné par les arcs-en-ciel, surtout quand ils s'étendent de part et d'autre de l'horizon... D'ailleurs, il y a deux mois, il m'a dit cela :

— Maman, tu sais qu'il y a un trésor au pied des arcs-en-ciel ?

— Oui, je sais.

— On pourra aller le chercher un jour ?

— Oui, on pourra, mais tu sais, c'est difficile, les arcs-en-ciel, plus on s'approche d'eux, plus ils s'éloignent...

— Alors, on n'aura qu'à courir vite !!!

Et Ludovic court vite, tout le temps.

Ludovic est farceur. Il cache des objets que je cherche parfois pendant un long moment, jusqu'à ce qu'il ne résiste plus à l'envie de m'avouer leur cachette. Malheureusement pour moi, il est très persévérant pour ce genre de tours...

Ludovic comprend vite en classe, il a une très bonne mémoire, mais c'est un grand rêveur. Il peut passer des minutes entières les yeux dans le vague.

Il commence à s'inventer des amis imaginaires. Il y a Croquette, Arthur, Étoile, Flocon. Parfois, il prépare la table pour eux, leur garde un morceau de son petit pain. Ils en passent des après-midi, tous ensemble, à jouer dans le salon ou dans sa chambre.

Les autres enfants l'aiment bien. Il n'est pas violent, il est discret, gentil.

Il aime que je lui lise des histoires. Il en connaît certaines par cœur, et gare à moi si je change les phrases.

Il adore voir fleurir les décors de Noël dans les vitrines, il se réjouit de celles que nous accrocherons alors dans le salon. Il dit encore « Nouël », et garde toujours les « r » pour lui.

Ludovic est un peu susceptible, parfois grognon. Il a peur du noir, il aime les flammes des bougies qui dansent quand il souffle dessus, son doudou préféré s'appelle « Lapin », il aime la simplicité, le calme, les petits ruisseaux creux où on peut faire des barrages, il rit parfois en dormant. Avant d'aller à l'école, il oublie souvent d'essuyer sa moustache de chocolat. Il garde toujours le plus gros amas de céréales agglomérées pour la fin du petit déjeuner, il aime la glace à la vanille, il n'aime pas les courgettes, ni les épinards, ni les morceaux de fruits dans les yaourts, et le pire de tout : le brocoli. Il en a même fait une injure ! Méfiez-vous s'il vous traite un jour de brocoli. Il lèche le plat quand on fait un gâteau, il a peur de la foule, il me prend la main quand nous regardons un dessin animé. Il fait semblant de siffler en mettant ses doigts près de sa bouche et pousse un petit cri strident pour faire comme si... Il me sourit quand il m'aperçoit à la sortie de l'école, il aime bien Camille, qui est dans sa classe, parce qu'elle a tout plein de taches de rousseur, et parce qu'elle joue au foot. Il vient parfois dans mon lit en pleurant parce qu'il a fait un cauchemar. Il va s'entraîner au fond du jardin pour faire pipi le plus loin possible. Il ramasse des petits bouts de bois bien secs, ce sont ceux qui flottent le mieux sur le petit canal derrière chez nous. Il transvase le contenu d'un nouveau paquet de céréales dans un saladier pour trouver le cadeau qui est toujours au fond. Il ramasse les jolis cailloux et les met dans sa poche, en les y oubliant, toujours, au grand désarroi de la machine à laver. Il aime la tranquillité. Il range ses billes par couleur, dans de petites boîtes. Il prend son pouce et tournicote ses cheveux, mais il préfère les miens.

Ludovic est sensible, généreux, câlin, fort, courageux, joyeux. J'aime son rire, j'aime son regard, j'aime sa vitalité, sa douceur.

Je l'aime...

Julie. »

Romain replie les trois feuilles, il regarde longuement la photo.

Longuement...

L'attente

Un mois. Un mois que Ludovic est là. Il dort toujours, il dort longtemps. Julie repart parfois un peu plus tôt le soir. Non qu'elle s'éloigne de son fils, mais elle a besoin de se ressourcer. L'attente est longue, l'attente est lourde. Il lui arrive de désespérer, d'avoir envie d'abandonner, de lâcher prise, de couper le dernier fil d'espoir qui la relie à lui, de baisser les bras. Mais ces moments sont rares, et brefs. Ils surviennent quand Julie prend du recul pour évaluer la situation, avoir une vue d'ensemble, et qu'elle prend soudain conscience de la gravité de la situation. Elle retourne vite dans sa bulle d'incertitude, un peu floue, un peu machinale. On devient fou quand on regarde en face ce genre de vérité. Il vaut mieux occulter ce qui est trop dur, ne pas y penser, mettre le quotidien au premier plan, vivre les choses sans penser aux conséquences, se nourrir des souvenirs pour ne pas subir le présent, et encore moins ce qui risque d'advenir. Julie prend les choses comme elles viennent, vit chaque instant, reprend doucement goût à la vie. Le désespoir et la tristesse n'ont jamais aidé personne à combattre les épreuves. Alors Julie sort avec sa copine, dîne avec Paul, régulièrement. Elle soigne sa sociabilité et profite ainsi de quelques rayons de soleil à travers ses nuages.

Le petit grain de sucre

Julie s'est endormie la tête posée sur le lit, à côté de la main de Ludovic, qu'elle tient entre les siennes.

Quand Romain Forestier entre dans la chambre, aussi discrètement qu'à son habitude, Julie est trop loin dans ses songes pour entendre.

Il lui caresse la joue du revers de la main, pour la laisser revenir en douceur, comme il caresse celle de Ludovic, geste qu'aime tant Julie. Elle bouge imperceptiblement les paupières, mais replonge aussitôt.

Alors il s'assoit sur la chaise, de l'autre côté du lit, et les observe. Il se remémore cette photo prise sur la plage, cette photo si vivante, comparée à l'instant présent où tous deux sont absents. Si le visage de Ludovic reste inexpressif, comme cela est le cas depuis plus d'un mois, en revanche, le visage de Julie parle. Il est serein, presque joyeux. Ses lèvres semblent légèrement incurvées en direction du sourire. Romain essaie d'imaginer ce qu'elle vit, là où elle se trouve à l'instant présent.

Quelques minutes encore, où il est partagé entre le plaisir d'admirer ce tableau et le regret de devoir la réveiller car il doit s'occuper de Ludovic.

Il caresse à nouveau la joue de Julie, de ses mains

douces et chaudes. Julie l'aura-t-elle senti, de là d'où elle revient ? Elle ouvre les yeux, sursaute presque en voyant le kiné qui l'observe avec un petit sourire discret et gêné, comme un enfant que l'on prend en flagrant délit.

— Excusez-moi, j'aurais aimé vous laisser dormir encore, mais le devoir m'appelle, et je dois voir un autre enfant avant midi.

Julie s'excuse, confuse, désolée.

— Vous avez bien fait, ces petits moments de détente font du bien. Vous en avez sûrement besoin.

Julie se redresse, encore engourdie, elle passe sa main dans ses cheveux courts, un peu en bataille. Sur sa joue gauche se dessine la marque des plis du drap. Détail attendrissant.

Mais Romain sent que Julie n'est pas bien. Elle s'agite anormalement dans le fauteuil, regarde un peu partout autour d'elle, ses yeux commencent à briller.

— Ça ne va pas ?

— Si, si !… Enfin, non, pas trop, ça m'arrive quand je suis réveillée en sursaut. Et puis, je suis un peu à fleur de peau en ce moment.

Elle essuie immédiatement une petite larme. Son geste n'a pas échappé à Romain.

— Je peux vous offrir un café tout à l'heure, après mon autre consultation, pour me faire pardonner ?

— Oh, vous n'avez rien à vous faire pardonner, vous faites votre travail…

— Alors juste pour le plaisir ?

Julie hésite quelques instants, toujours contrariée par son réveil douloureux. Mais accepte cependant.

— Je passerai vous prendre, dit Romain.

— Je vais profiter que vous êtes là pour aller me passer un peu d'eau fraîche sur le visage.

À son retour, Julie aperçoit Romain, qui tient la main de Ludovic, il lui parle à voix basse, tout près de l'oreille. C'est la première fois qu'il est seul avec lui, sans une maman pour entendre ce qu'il lui dit. Julie est touchée par cette attention, cette proximité dans sa relation avec Ludovic, et probablement avec tous les enfants dont il a la charge. Cela n'a pas l'air d'être une charge. Elle tousse discrètement, pour annoncer sa présence, pour ne pas le prendre au dépourvu dans cet instant d'intimité. Romain caresse la joue de Ludovic, sourit à Julie et sort de la chambre.

— À plus tard alors, d'ici une heure, je pense.

Elle a eu le temps d'apercevoir la petite chaîne autour de son cou, pour une fois passée au-dessus de son T-shirt. Son cliquetis caractéristique est un peu moins étouffé qu'habituellement. Deux anneaux s'entrechoquent à chacun de ses mouvements. Deux petites bagues…

Ils ont trouvé une petite table libre à la cafétéria. Romain s'approche avec le plateau et les deux cafés. De loin, il lui a demandé par un signe de la main si elle prenait du sucre, elle a acquiescé. Il s'assoit, lui tend le gobelet, le sucre, le petit bâtonnet en plastique pour touiller.

— Ça va mieux ?

— Oui, oui, l'eau fraîche m'a fait du bien. Je dois un peu manquer de sommeil. Je suis allée au cinéma hier soir.

— C'est bien, ça !!! Certains parents ne comprennent pas qu'il faut se préserver, retrouver une vie presque normale. Et vous verrez, il y a un moment où vous allez rire de bon cœur et où vous culpabiliserez de le faire. Quand on vit un grand malheur dans sa vie, on a l'impression que le regard des autres ne nous autorise pas à être joyeux, alors que tout au fond de soi, on sent que c'est cela qui permet de se maintenir en vie. Un proverbe japonais dit « Le bonheur va vers ceux qui savent rire. »

— Je vois que les Japonais rivalisent avec les Arabes.

Romain sourit.

— On dirait que vous êtes passé par là. Ce que vous dites est tellement vrai.

Romain baisse les yeux en gardant le silence.

— Pardon, ça ne me regarde pas, s'excuse Julie.

— Je préfère ne pas en parler. C'est tellement ridicule au regard de ce que vous vivez.

— C'est vrai, c'est ridicule, un homme qui se confie. C'est pour ça qu'ils ne le font pas. Les femmes ont juste compris que le ridicule ne tue pas. Et que parfois même, ça fait du bien. Pas d'être ridicule, de dire ce qu'on a sur le cœur. Les hommes en ont un aussi, non ?

— Si. Et des fois, il se brise. Ma femme est partie.

— Partie ? demande Julie, inquiète. Elle nous a quittés ?

— Non, non, elle m'a juste quitté moi. Mais c'est comme si.

— ...

— Elle est partie avec un avocat. C'est mieux, un avocat, ça présente bien, ça gagne bien. Elle a fait une croix sur sa vie d'avant sans aucun état d'âme. Moi encore, j'arrive à cicatriser, mais c'est pour Charlotte que je ne comprends pas.

— Charlotte ?

— Ma fille. Enfin, notre fille. Vous voyez, j'en arrive à considérer qu'elle n'a plus de mère.

— Elle n'a pas la garde partagée ?

— Elle n'en a pas voulu. Son cher avocat trouvait cela un peu encombrant.

— Elle la voit quand même ?

— Rarement. Ils sont partis à Paris.

— Vous l'aimiez vraiment ?

— Vraiment.

Julie ne sait plus quoi dire. C'est possible, ça ? Une mère qui laisse tomber sa fille pour partir avec un autre ? C'est tellement inconcevable pour elle. Tellement inconcevable.

Romain a machinalement porté sa main à son cou, pour prendre les deux petites bagues entre ses doigts. D'un petit mouvement circulaire de l'autre main, il fait tourner son café.

Julie serre le petit gobelet en carton, pour chercher un peu de chaleur.

— Toutes les plaies cicatrisent, plus ou moins vite, plus ou moins bien, mais la peau se referme. On garde une trace, mais la vie est plus forte.

Un long silence s'installe. Quelques gorgées de café le ponctuent, timidement. Décidément, leur relation attire beaucoup d'anges...

Julie continue à touiller son café avec le petit bâton en plastique, d'un geste lent, sans réfléchir.

— Je pense que le sucre doit être fondu, depuis le temps.

— Oui, dit Julie en éclatant de rire.

Ils se regardent par à-coups, dans une complicité qu'ils avaient peut-être soupçonnée dès la première rencontre, mais qui vient de prendre forme, à cette petite table carrée, dans le brouhaha d'une cafétéria anonyme.

— Et le papa de Ludovic ?

— Vous n'êtes pas au courant ?

— Si, justement, c'est écrit dans le dossier. Il n'a jamais réclamé sa paternité ?

— Jamais.

— Et vous n'avez jamais voulu lui trouver un père adoptif ?

— Tous les matins que Dieu fait, j'espère que je trouverai un papa pour Ludovic. Et accessoirement, un homme pour sa maman.

— Et ?

— Et chaque soir, mon athéisme se confirme un peu plus.

— Vous êtes pourtant très agréable.

Discret sourire sur des lèvres de femme. Celui d'un compliment qui la touche. Et du rose aux joues. Comme deux pétales qui seraient venus se poser là…

Elle bénit cependant ce fameux petit bâtonnet en plastique qui donne l'excuse à son regard de ne pas croiser celui de Romain. Elle est sûre qu'il reste encore un petit grain de sucre au fond de son gobelet et se remet à tourner son bâtonnet, frénétiquement.

— Merci…

— Je suis sincère…

— J'ai du mal à trouver l'homme idéal pour Ludovic et pour moi !

— Personne ne vous a prévenue ? Les contes de fées n'existent que dans les livres !

Et si elle a envie d'y croire, Julie, aux contes de fées ? Hein ? Ça embête quelqu'un ?

Elle s'apprête à répondre quand il ajoute :

— Si vous mettez la barre trop haut, aucun homme ne sera assez grand pour la franchir. Ils passeront tous en dessous.

— Vous mesurez combien ?

Romain sourit sans répondre.

— Je sais, l'homme idéal n'existe pas, reprend Julie, mais je prends un peu de temps pour choisir, je me suis déjà trompée une fois, j'aimerais préserver Ludovic d'une nouvelle erreur.

— On ne se trompe jamais quand on aime.

Son bip choisit ce moment-là pour sonner. On l'attend au service. C'est aussi bien ainsi.

L'ascenseur

En attendant la fermeture des portes coulissantes métalliques, Paul ne se doutait pas que la main qui surgirait de nulle part pour retenir l'une d'elles serait celle de Manon.

En sautant littéralement sur l'ascenseur, parce qu'elle est comme ça, à toujours courir après le temps et à vivre à 200 à l'heure, Manon ne se doutait pas qu'elle y trouverait Paul, le doigt pointé vers les boutons d'étages pour sélectionner le bon, surpris d'être interrompu dans son élan.

— J'ai failli avoir droit à un horrible spectacle de doigts écrasés ! s'exclame-t-il.

— Et moi, j'ai failli vous manquer !

— Vous me manquez déjà un peu.

Manon rougit. Surtout dans cet espace clos.

— Nous allons au même endroit ? demande-t-elle pour changer de sujet.

— Eh bien, je suppose que oui. Vous êtes nerveuse, ou bien ?

— Ou bien je n'aime pas les ascenseurs, mais huit étages à pied !

— Pourquoi n'aimez-vous pas ?

— Je suis claustrophobe.

L'ascenseur s'immobilise alors subitement entre deux étages, en plongeant le lieu dans une obscurité soudaine.

— C'est vous qui l'avez arrêté ? demande Manon, inquiète.

— Non, pas du tout, je ne vous infligerais pas ça, alors que vous venez de me dire que vous êtes claustrophobe.

— Et là, on fait quoi ?

— Oh, j'aurais toute une panoplie de choses à vous proposer dans pareille situation.

— Même pas drôle, je déteste ça.

— Vous détestez ma panoplie sans même en connaître le contenu ?

— Je déteste les ascenseurs, surtout quand ils tombent en panne.

La lumière, dans celui-ci, ne tient plus qu'à une minuscule veilleuse qui ne donne de chacun que l'image d'un vague profil en noir et blanc. Manon est nerveuse, elle appuie sur tous les boutons en même temps.

— Et si l'ascenseur lâche ?

— Nous nous écraserons ensemble. Cela dit, nous ne sommes pas très haut, nous devrions nous en tirer avec quelques contusions seulement. Je peux vous prendre dans les bras, mon corps amortira le choc.

— Arrêtez, ce n'est vraiment pas drôle. J'ai peur, là.

— Peur de quoi ? De moi ?

— Non, évidemment, pas de vous. Peur que nous ne sortions pas d'ici.

— Pourquoi n'en sortirions-nous pas ?

— On pourrait mourir de faim, ou de soif, on pourrait nous oublier.

— La soif nous laisse cinq jours de répit. Soit dit en passant, il vaut de toute façon mieux ne pas trop boire dans une situation pareille, le résultat deviendrait vite ingérable. Quant à la faim, il faut plutôt compter cinq à six semaines avant que cela provoque un effet mortel. Ça nous laisse de la marge. Surtout à moi, si l'on compare nos réserves.

— J'aurais mieux fait de prendre les escaliers. Je n'en serais pas là.

— Mais vous m'auriez manqué.

— Bon, sérieusement, on fait quoi ?

— On va téléphoner au technicien, propose Paul en appuyant sur le bouton d'appel.

La sonnerie retentit sans qu'aucun interlocuteur ne décroche. Elle résonne dans l'ascenseur comme un cri de détresse dans la nuit.

— Et maintenant, on fait quoi ? s'inquiète Manon.

— Je pourrais vous proposer de vous prendre dans les bras pour de bon en attendant qu'on vienne à notre secours, je me dis que ça pourrait vous faire du bien.

Manon s'approche instantanément de l'homme, et se colle contre lui.

— Vous n'avez pas hésité longtemps.

— Julie m'a parlé de vous. De votre côté rassurant. Là, j'en ai vraiment besoin.

— Nous sommes dans un hôpital, Manon, ils ne peuvent pas se permettre de nous oublier, ne vous inquiétez pas…

— Julie avait raison. Vos bras sont rassurants.

— Commencez-vous à espérer que la panne se prolonge ?

— Je n'irais pas jusque-là.

L'ascenseur s'ébranle alors, en même temps qu'il

rétablit la lumière dans l'espace réduit, leur faisant subitement prendre conscience de la proximité dans laquelle ils sont. Manon recule d'un pas et lui lance un sourire gêné, avant de se recoiffer discrètement.

Comme s'ils s'étaient décoiffés…

Un jour sans

Julie n'a pas entendu le réveil. Elle arrive très tard à l'hôpital, après avoir pesté dans les bouchons, pendant près de trois quarts d'heure.

Elle n'aime pas arriver en retard, même si elle sait qu'elle trouvera Ludovic dans la même position, inlassablement, le corps sans mouvement et les yeux fermés, mais elle s'en voudrait qu'il soit seul s'il se réveillait. Alors elle repense à ce que disait cette infirmière, et se gare, sereine, en sachant tout au fond d'elle que Ludovic l'attendra bien pour sortir de son coma.

Elle marche d'un pas rapide vers l'entrée principale, une voiture arrive en face. Une voiture ancienne, comme on en voit dans les rallyes, parfois, sur la route des vins. Ce n'est qu'au dernier moment que Julie reconnaît Romain, qui lui fait un signe de la main, un sourire à peine visible, masqué par le reflet des arbres sur le pare-brise. Zut, elle l'a manqué de peu. C'est vrai que le mardi, il passe tôt, pour se rendre rapidement au centre de réadaptation où la réunion hebdomadaire se tient à dix heures.

Julie répond à son signe. Romain l'aperçoit dans le rétroviseur. Elle reste immobile quelques instants, déçue de ne pas échanger quelques mots avec lui

213

aujourd'hui. Son rituel avec Ludovic en est devenu un pour elle. Le manque, engendré par ce retard, lui fait prendre conscience qu'elle se sent bien en sa présence, qu'elle y trouve des ressources pour continuer, tenir le coup, persévérer.

Mais Julie, dans un bref instant de désespoir, se dit qu'il y en aura bien d'autres, des matins comme celui-là, alors un de plus, un de moins...

En arrivant dans la chambre, elle retrouve Ludovic. Toujours la même position. Le même visage impassible. Les mêmes machines autour de lui. Le même lit, la même chambre, le même coma...

Décidément, il y a eu des matins plus joyeux...

Mais après avoir embrassé Ludovic, Julie aperçoit le petit morceau de papier, déposé sur le bord du lit.

« Maman de Ludovic »

Elle le déplie.

« Apparemment, vous avez eu un empêchement...
Je voulais vous proposer de visiter le centre, pour vous faire une idée des lieux et du fonctionnement. En ce moment, il n'y a pas trop d'enfants, alors peut-être serait-ce l'occasion ?
J'aurai un petit créneau cet après-midi, vers quatorze heures, pour vous y emmener... je repasse à l'hôpital pour un autre enfant... je vous laisse mon numéro de portable, dites-moi si cela vous dit et si vous pouvez...
À bientôt.
Romain Forestier. »

Bien sûr que Julie souhaite visiter le centre où Ludovic va passer une partie de son enfance à venir.

L'inconnu fait toujours un peu peur, autant y remédier quand cela est possible.

Julie saisit son portable et ajoute le numéro de téléphone de Romain dans son répertoire. Elle a bien progressé dans les cours de pilotage de mobile. Elle hésite entre « kiné » et « Mr Forestier ». Ce sera « Romain ».

Elle lui envoie un message pour lui confirmer son intérêt pour la visite et sa disponibilité pour cet après-midi.

Julie tient la main de Ludovic dans la sienne, parcourt chacun de ses doigts avec son index, dessine un escargot dans la paume de sa main, puis la presse contre sa joue. Elle regarde son fils, et pleure en silence.

Quelques larmes, pour laisser s'écouler le trop-plein d'un cœur trop gros. Trop de chagrin. Aujourd'hui est un jour sans. Elle ne peut pas voir le soleil chaque matin. Le ciel est parfois sombre, et donne une autre lumière à la vie, un peu plus terne, un peu plus grise, moins réjouissante.

Julie accepte ces moments de faiblesse, ils sont inévitables. Elle regarde au-dehors, le ciel est gris dans la vraie vie aussi. Une averse commence à couvrir la ville. Les gouttes frappent la vitre, en rafales, au gré du vent. L'eau ruisselle, d'abord une grosse goutte qui coule le long du carreau, et puis au fur et à mesure qu'elle en rencontre d'autres, la descente s'accélère, venant gonfler un peu plus le petit ruissellement. Et cette valse aquatique recommence inlassablement. Dehors, le paysage est voilé, un peu flou, on en distingue les formes, mais plus vraiment les détails, comme l'avenir qui se dessine devant elle, incertain. L'esquisse d'un tableau qu'elle espère pouvoir achever avec le temps, en y mettant beaucoup de couleurs.

Son portable vibre.

« Salut Balou. J'ai hâte que tu aies de nouveau envie de danser, l'arbre s'ennuie. Je suis là, je pense fort à toi… Paul. »

Une petite éclaircie qui perce à travers les nuages…

Julie lui répond que ça reviendra. Que l'arbre sera encore là quand Balou sortira d'hibernation. Les vieux chênes vivent longtemps.

Paul la fait rire, l'écoute, se confie à elle, la fait réfléchir, partage avec elle des passions communes. Paul est présent quand elle a besoin de lui. Il pourrait être son meilleur ami si leur histoire n'était si récente. Faut-il du temps pour valider ce genre de chose ? Elle se confie à lui sans se poser de question, comme une évidence. Il la protège. Il est son premier de cordée, pour gravir la montagne, et la pente est raide en ce moment. Mais il est un peu au-dessus d'elle, l'encourage, lui indique les meilleures prises, tire un peu sur la corde par moments, quand Julie est sur le point de lâcher, mais pas trop, pour qu'elle garde la satisfaction, une fois en haut, d'être l'auteur de sa réussite.

Paul est ce que l'on appelle un « meilleur ami ».

Il est un peu plus de quatorze heures. On frappe à la porte. Romain Forestier passe la tête. Sourit en voyant Julie, puis s'approche de Ludovic.

— Comment allez-vous aujourd'hui ?

Julie lui répond honnêtement, évoque son humeur chagrine de ce matin. Avec lui, cela paraît si simple. Romain est une de ces rares personnes qui, après avoir dit bonjour, demande comment ça va avec un réel intérêt pour la réponse. On sent dans son regard et dans son attente qu'il est sincèrement à l'écoute des autres.

— Alors, vous êtes prête ?

— Euh, je ne sais pas. On verra bien.

— Vous verrez, l'ambiance y est très chaleureuse, si c'est ce qui vous fait peur...

— Je ne sais pas ce qui me fait peur. Enfin si, justement, je sais.

— Alors vous serez rassurée, là-bas on voit l'avenir en couleur, parce qu'il y a toujours quelque chose à faire, que rien n'est jamais perdu d'avance. On n'y baisse pas les bras.

— Et vous avez beaucoup de miracles ?

— Si le sourire d'un enfant handicapé est un miracle, alors on en a tout le temps. À faire pâlir de jalousie le maire de Lourdes !

— Alors j'ai hâte d'y aller !

— Eh bien, c'est parti. Je vous emmène ?

— Comme vous voulez, mais ça vous oblige à revenir.

— Pas grave, de toute façon, j'ai encore quelques dossiers à consulter.

Julie embrasse Ludovic, lui précise qu'elle reviendra après sa visite.

— On prend les escaliers ou l'ascenseur ? demande Romain.

— Va pour les escaliers...

— C'est bien, vous êtes sportive...

— C'est plus sûr...

Julie n'ose pas avouer qu'elle sera moins gênée de descendre par les escaliers que par l'ascenseur, cet espace clos et sans échappatoire où tout silence fait sens.

Quand Romain déverrouille la portière de la voiture

ancienne garée au milieu des autres, Julie est hésitante, intimidée.

— Allez-y, elle est incassable !

— Elle est surtout très belle !

— Vous irez bien ensemble…

— Vous allez me faire rougir.

— Elle aussi, vous l'intimidez, regardez, elle est toute rouge.

En montant dans la voiture de Romain, Julie déplace les CD posés sur le siège passager. Elle n'en croit pas ses yeux, et une espèce de bonne humeur, probablement perceptible, la gagne.

— Quelque chose de drôle ? s'enquiert Romain.

— Oui, plutôt.

— Dites-moi vite, je brûle d'impatience de savoir ce qu'une vieille voiture comme celle-ci peut cacher comme ressources humoristiques.

— Ce n'est pas la voiture, c'est à cause de ces CD de Tracy Chapman.

— Vous connaissez ?

— Je pense que ses paroles commencent à s'inscrire sur les murs de mon salon tellement je l'écoute.

— À ce point ?

— À ce point.

Deux heures sont passées. Deux heures à arpenter les couloirs et les différentes salles du centre, à parler quelques instants avec des parents, ou avec des enfants, en pleine activité. À découvrir surtout une sorte de joie de vivre qui baigne les lieux, comme pour conjurer le malheur.

Cela a redonné à Julie un semblant de confiance en l'avenir, même s'il est toujours aussi instable qu'une plaque neigeuse en début d'hiver.

Romain reconduit Julie à l'hôpital.

— Je vous dépose, mes dossiers attendront, je dois récupérer Charlotte à seize heures chez la nounou.

— Merci en tout cas pour cette visite.

— Vous y voyez un peu plus clair ?

— Ils n'ont pas l'air malheureux. Mais je ne sais pas si j'arriverai un jour à me redire que la vie est belle.

— Ce n'est pas la vie qui est belle, c'est nous qui la voyons belle ou moins belle. Ne cherchez pas à vouloir atteindre un bonheur parfait, mais contentez-vous des petites choses de la vie, qui, mises bout à bout, permettent de tenir la distance.

— Qu'appelez-vous les petites choses de la vie ?

— Les tout petits riens du quotidien, dont on ne se rend même plus compte mais qui font que, selon la façon dont on les vit, le moment peut être plaisant et donne envie de sourire. Nous avons tous nos petits riens à nous. Il faut juste en prendre conscience. Réfléchissez, je suis sûr que vous en trouverez à la pelle.

— Je vais y réfléchir.

Une petite heure plus tard, alors que Julie est assise dans le fauteuil aux côtés de Ludovic, son portable vibre dans son sac.

« S'asseoir et observer une araignée tisser sa toile, entre les perles de rosée. »

Julie sourit quelques instants. Les yeux dans le vague, elle s'imagine assise dans un jardin, même si elle n'aime pas les araignées, c'est vrai qu'une toile en construction est un joli spectacle. Puis elle tapote sur son clavier.

« Écouter le craquement des pas dans la neige au

milieu d'une nature assourdie par un épais manteau blanc... »

« Je savais que quelques petits bonheurs se cachaient au fond de vous... Laissez-les refaire surface... Et si vous voulez partager... »

Dans les pas de son destin

La vie routinière et quotidienne reprend ses droits, inévitablement. Heureusement, peut-être. Elle a un côté rassurant, parfois.

Jérôme est rentré à la maison, sans passer par le centre de rééducation fonctionnelle. C'est trop tôt. Il ne peut pas encore poser la jambe au sol, le puzzle est long à reconstituer. Mais il a fait des mains et un pied – l'autre n'étant pas disponible – pour rentrer au plus vite, tournant dans sa chambre d'hôpital comme un lion en cage. Si Caroline a fait installer un monte-charge, Jérôme n'en constitue pas une pour la jeune femme qui a eu peine à dissimuler son plaisir de le voir revenir. Julie, témoin de la scène, n'a pas su si cet engouement était lié au plaisir de le revoir lui, ou à celui de ne plus être seule pour consulter. Comme il le prévoyait, il prend les décisions, après qu'elle a réalisé l'examen clinique. Quand celui-ci n'est pas nécessaire, elle se met en retrait, laisse faire le médecin, observe, apprend, résiste pour ne pas tomber dans la fosse, et chasse de plus en plus rapidement les idées d'IRM ou de bilan sanguin.

Julie aussi était contente de le voir revenir. Elle n'a jamais trop su pourquoi mais la présence d'un homme dans la maison où elle dort a un effet réconfortant sur elle. Un sentiment de protection, ou la garantie d'être comprise dans son comportement vaguement masculin, qu'elle essaie de dissimuler, mais qui revient inlassablement, comme le naturel, au galop.

S'il porte toujours un énorme plâtre à la jambe, Julie se doute bien que les soupirs qu'elle entend parfois dans la chambre, quand Caroline s'y trouve, ne sont pas uniquement liés à un grattage en profondeur des zones cutanées cachées sous la carapace blanche et abrasive. Elle s'en réjouit. Jérôme avait besoin de tourner la page, de remonter de la fosse dans laquelle il s'était jeté aveuglément, sans vouloir le reconnaître. Et c'est Caroline, celle qui saute sans réfléchir, qui lui fait la courte échelle. Un comble.

Mais finalement, ils vont bien ensemble. Totalement différents, mais complémentaires. Là où Caroline panique, Jérôme apaise. Là où il s'énerve, elle calme. Quand elle ignore, il instruit. Quand il a faim, elle cuisine. Là où elle aurait abusé de zèle médical, il se contente d'écouter. Quand elle gratte, il soupire. Quand il est tendre, elle respire.

Paul est là.

Plus que jamais.

Il oscille comme un métronome entre son travail et l'hôpital, heureux de ne plus avoir à gérer la case épouse, se laissant parfois aller comme un vieil adolescent qui vient de quitter le nid familial et qui oublie qu'une maison se range, qu'un linge se lave, qu'un aspirateur aspire, et qu'un torchon essuie. Qu'importe. Il a réaménagé ses priorités en reconsidérant sa vie, avec le sentiment amer de s'être trompé pendant trente ans. Avec l'espoir cependant de redresser la barre et de suivre désormais le bon phare, pas les mauvaises sirènes.

Il cherche activement un appartement dans lequel investir son argent, qu'il pourra ensuite louer à Julie à un loyer plus dérisoire encore qu'un logement social. Le rapport qualité-prix sera tellement indécent qu'elle n'aura d'autre choix que d'accepter.

Paul attend avec beaucoup d'impatience ce jour où Julie acceptera sa générosité sans avoir le sentiment qu'il l'achète. Il sent que ce n'est pas encore gagné. Pas encore. Mais il sait que ce jour viendra. Le tutoiement a bien fini par advenir.

Manon fait tout naturellement partie du tour de garde auprès de Ludovic, dont elle est la marraine. La jeune femme a croisé Paul plusieurs fois à l'hôpital. Des échanges cordiaux et discrets qui se sont imperceptiblement déplacés vers un souci commun de soutenir Julie, et le plaisir de se retrouver à ces occasions-là.

Quant à Julie, elle s'est installée dans cette vie incertaine au rythme des visites à l'hôpital. Le reste est secondaire. Le travail est devenu métronomique, les déplacements en pilote automatique, les loisirs insolites tant ils sont devenus rares.

Il en est ainsi. Rien ne sert de s'opposer, le destin trace le chemin. On le suit ou pas. Mais si on ne marche pas dans ses pas, on finit par se perdre.

Elle marche donc dans les pas de ce destin accidenté, sans opposer de résistance. De toute façon, elle ne fait pas le poids. Ses cuisses charnues de Bretagne ont fondu en même temps que son appétit.

Elle tient debout, c'est déjà ça.

Laissez-moi

Après la toilette de Ludovic, Julie s'est un peu assoupie, en attendant Romain. Elle sent alors quelque chose qui chatouille sa main. En émergeant doucement, elle regarde ce qui a bien pu la frôler, et ne voit que la main de son fils dans la sienne. Et puis, un doigt de Ludovic se met à bouger, à peine. Elle regarde alors son visage, et s'aperçoit qu'il a ouvert les yeux.

Saisie d'une effervescente panique, Julie s'approche de la sonnette, pour appeler, mais se ravise. C'est son Lulu, son moment, leur moment à tous les deux. Si les machines s'emballent, elle sonnera.

Promis !

Il la regarde, esquisse un vague sourire. Julie n'est plus Julie. Elle est un feu d'artifice à elle toute seule, ça fuse, ça éclate, ça brille. Oh, comme c'est bon. Comme ce moment est bon.

Une petite larme commence à couler sur le bord de l'œil de Ludovic. Cela fait si longtemps qu'il n'a pas ouvert les yeux. Du côté de Julie, c'est à flots que les joues ruissellent. Elle le rassure, lui dit que ça va aller, qu'ils vont s'occuper de lui, que tout ira bien.

Pleine de cette joie indescriptible, elle n'a pas remarqué l'arrivée de Romain. Il observe la scène de loin. Surtout ne pas les déranger, à quoi bon ? Les laisser savourer l'instant présent, c'est la seule urgence.

Et puis, Lulu laisse échapper un discret « Laissez-moi » à peine audible avant de refermer les yeux.

C'est à ce moment qu'une machine se met à émettre un son strident. Julie ne comprend pas.

Romain est sorti en trombe de la chambre et revient suivi des infirmières, qui commencent à déballer des plateaux stériles. Julie sent à peine les bras de Romain autour de ses épaules qui l'emmène en direction du couloir. Elle croise le médecin du service, puis un autre, qui manque la bousculer.

Sa poitrine va exploser. Son cœur perd les pédales. Aucun son ne sort de sa bouche. Romain essaie de la maintenir éloignée, mais Julie ressent le besoin oppressant de retourner voir son fils. Elle se dégage du bras solide de Romain et rejoint la chambre. En franchissant le seuil, elle ne le voit quasiment plus, derrière tout ce monde qui s'affaire autour de lui, à préparer des médicaments, des seringues, du matériel à n'en plus finir. Le médecin fait un massage cardiaque, pendant qu'un autre est en train de l'intuber, comme le jour de l'accident.

Ces instants semblent interminables. Il faut qu'il revienne, hein ? Elle n'a pas eu le temps de tout lui dire, Julie.

Il faut qu'il revienne.

Elle est un peu en retrait, au fond de la pièce, à prier de toutes ses forces pour qu'il ouvre les yeux à nouveau. Prier qui ? Elle n'en sait rien, elle ne croit toujours pas en Dieu, elle croit en la vie, et elle veut y croire encore, comme quand il a fallu croire pour Caroline et son fœtus au bout des doigts. Romain se tient juste à côté d'elle, une main ferme sur son épaule.

Elle échange un regard avec lui. Pour la première fois, il semble inquiet, et cela lui glace le sang.

Dix minutes. Dix minutes qui semblent durer une heure. Dix minutes de panique dans l'équipe, même s'ils essaient de ne pas le montrer. Ça se voit quand même. On ne triche pas dans ces moments-là.

Et puis, enfin, on entend à nouveau le bruit habituel de la machine. Julie est soulagée, même si elle ne comprend pas vraiment ce qui s'est passé, elle est soulagée d'entendre ce bip régulier et rassurant du scope, qu'elle entendait jusqu'à présent.

L'ambiance de la chambre se calme progressivement. Les médecins sont aux aguets, les yeux rivés sur les chiffres des machines, les infirmières rangent petit à petit le matériel éparpillé dans l'urgence. La chemise du petit est tachée de sang, témoignant là de la violence des gestes de réanimation. Le lit de Ludovic ressemble au champ d'une bataille, qu'ils ont gagnée, pour l'instant. Mais la guerre ? Et Julie n'a d'autre arme qu'une petite fleur au bout du fusil.

Dérisoire.

Pitoyable.

Insignifiante.

Une fleur de rien du tout.

Elle s'est approchée et tient la main de son fils. Le docteur Lagarde lui lance un regard, sans un mot. Pas besoin. Les yeux suffisent.

Et puis ils partent, les uns après les autres, ce qui tend plutôt à rassurer Julie. S'ils s'en vont, c'est qu'il n'y a plus lieu de s'inquiéter. Le docteur pose une main ferme sur son épaule. Il repassera la voir un peu plus tard.

Pourquoi toutes ces mains fermes sur son épaule ?

Seule une infirmière se tient dans un coin et remplit un dossier. Romain s'est approché.

— Qu'est-ce qui s'est passé, Romain ?

— Je ne sais pas, le médecin vous expliquera.

— Vous pensez que c'est grave ?

— Je ne sais pas, Julie, je ne sais pas. Gardez confiance, vous n'avez pas le choix. Je dois vous laisser, mais tenez-moi au courant dès que vous avez du nouveau. Je prendrai des nouvelles aussi, de mon côté. Courage !

Romain s'éloigne dans le couloir. Sans trop en connaître la raison, il est pessimiste. Et il déteste ça.

Dans ses bras

Le médecin vient de lui annoncer le verdict. Un arrêt cardiaque, un cerveau qui souffre. L'incertitude complète quant à l'avenir.

Julie pleure en silence. Une nouvelle fois, l'espoir s'écroule et elle glisse à nouveau dans ce tourbillon qui l'aspire vers le fond. Ses ongles raclent les bords pour tomber un peu moins vite. Ça fait mal.

Ce qui la trouble le plus, c'est ce sentiment qu'elle a eu en le voyant lui sourire, comme s'il était venu lui dire au revoir. Et puis ces deux mots : « Laissez-moi. » Mais Julie ne peut pas se résoudre à cette option. Une mère ne peut pas laisser partir son enfant ! Ce n'est pas dans l'ordre des choses. C'est contre nature. On n'est plus dans les pas du destin, là, on est dans l'insoutenable égarement, dans le hors-piste avec l'avalanche et l'enfouissement assuré.

On n'est nulle part, d'ailleurs.

Dans l'indéfinissable.

Dans l'impensable.

Dans l'insurmontable.

Quand elle revient vers son fils, ce maudit respirateur sonne encore. Il a du mal à garder un bon taux d'oxygénation, et l'infirmière doit sans arrêt modifier les réglages de l'appareil.

— Voulez-vous le prendre un peu dans vos bras ?

— C'est possible ? Enfin, je veux dire avec tous ces tuyaux, ce n'est pas trop compliqué ?

— Ça n'est pas simple, mais je peux chercher de l'aide, et nous nous débrouillerons.

— Alors oui, j'aimerais.

Quelques instants plus tard, Julie est assise dans le fauteuil, Lulu dans ses bras. En effet, ça a été plutôt compliqué. Déplacer ce petit corps inerte, qui semble peser deux fois plus que son poids, et réussir à faire suivre les tuyaux, tous les fils, sans rien débrancher, sans que rien ne tire. Mais Julie est heureuse de l'avoir contre elle. Tout contre. Ça faisait longtemps.

Mais Lulu n'est plus un petit bébé de quelques kilos. Au bout d'une heure, les bras ankylosés de Julie s'affaissent imperceptiblement. Mais elle tient, l'infirmière a rajouté quelques coussins sous les coudes, elle savoure cet instant, elle peut bien avoir mal, ce n'est pas grave. Elle serait même bien prête à prendre toute la douleur de son fils ! Son coma et sa colonne en miettes, tout !

L'infirmière qui était venue pour lui demander si tout se passait bien s'apprête à repartir.

— Monsieur Forestier a téléphoné pour prendre des nouvelles, précise-t-elle. Il a dit qu'il ferait un saut d'ici peu, il n'avait pas beaucoup de travail cet après-midi.

— C'est gentil de sa part.

— Je crois qu'il s'est attaché à Ludovic, il a un lien particulier avec les enfants, mais à ce point, c'est rare. Allez, je vous laisse un peu, sonnez si ça ne va pas…

Julie se remet doucement de ses émotions. Elle observe son fils, là, dans ses bras, en se remémorant ces longs moments qu'il avait passés ainsi, quand il était tout bébé, repu, après la tétée, ou ivre de fatigue.

Elle n'a encore prévenu personne de ce qui s'est passé, tout est allé si vite. Elle le fera ce soir.

Julie est étonnamment sereine, malgré l'incertitude qui plane sur l'avenir.

L'instant présent.

Elle est bien, là, avec lui.

Elle est bien.

Julie a téléphoné à Paul en sortant du service, à Manon en rejoignant sa voiture. Elle a longuement expliqué la situation en arrivant chez Jérôme.

La même réaction à chaque fois. Stupéfaction, dépit, encouragements.

Si seulement tout cela pouvait changer le destin de Ludovic.

Julie s'isole rapidement dans sa chambre. Elle n'a plus la force de rien, s'allonge tout habillée sur le lit, attrape son coussin et y plonge son visage pour étouffer son cri puissant et profond.

La haine pour ce chauffard sans conscience.

La haine.

Une heure plus tard, elle est dans sa voiture, sur la route, vers l'hôpital. Ils lui ont dit un jour qu'elle pouvait venir quand elle voulait.

Elle veut.

Elle ne peut pas faire autrement. Une force invisible lui dit d'aller passer la nuit là-bas, avec lui, contre lui.

Tout contre.

De pauvres petites vagues

En fin de nuit, alors qu'elle s'est endormie sur le bord du lit, Julie sent soudain la petite main de son fils bouger violemment, par saccades, dans un mouvement désordonné. Ce n'est pas seulement sa main qui bouge, mais tout son bras. Et l'autre aussi, et puis les jambes.

Elle sonne…

Elle se doute bien que ce sont des convulsions, ce que confirme l'infirmière qui vient répondre, et qui réapparaît quelques instants plus tard avec un double traitement pour tenter de les arrêter.

Julie le sait, les convulsions sont le signe d'un cerveau en souffrance, premier organe touché par un arrêt cardiaque, comme le disait le médecin. Ses derniers petits morceaux d'espoir se détachent les uns après les autres, comme une banquise qui se morcelle et qui part fondre dans la mer devenue trop chaude. Inéluctable éparpillement de ce qu'elle pensait solide.

De croire peut déplacer des montagnes, mais parfois, cela ne suffit pas. Les montagnes s'écroulent et on est dessous.

Quelques heures plus tard, quand Julie revient de sa minuscule pause, où elle est allée se rafraîchir, prendre un peu l'air, essayer de respirer, Ludovic est bardé de fils qui partent de sa tête et convergent vers une machine dont les aiguilles sont censées imprimer le reflet de son activité cérébrale. La femme qui fait le test l'appelle très fort, par son prénom, fait des bruits violents. Et Julie scrute ces aiguilles qui bougent à peine ! Elle aimerait un tremblement de terre, un volcan en éruption, un tsunami sur le papier, pas de pauvres petites vagues qui viennent s'échouer là comme sur la plage déserte d'une mer calme.

C'est pourtant le cas.

C'est fini.

C'est fini, Julie le sait, elle ne retrouvera plus jamais son Lulu. Le miracle ne s'est pas produit. Elle a eu beau lever les bras très haut. D'ailleurs, quels bras ? Elle n'a même plus de bras, plus de jambes, plus de cœur, plus rien, Julie est un trou noir.

Elle donnerait sa vie pour sauver celle de son fils et elle ne peut pas, personne n'en veut. Au contraire, elle l'entend d'ici, on va même lui demander de s'y raccrocher. Il va quand même falloir revenir du front, en malheureuse survivante, et se construire une autre vie. Si elle y arrive.

Si elle y arrive...

L'échange de regards silencieux avec le docteur Lagarde suffit à confirmer que c'est la fin. Elle sait qu'il n'y a pas lieu de s'acharner.

Elle sait surtout qu'il s'est réveillé pour lui sourire, en guise d'au revoir, et qu'il n'a pas envie d'être retenu ici.

« Laissez-moi. »

Romain a attendu que le médecin et l'infirmière s'éloignent pour rejoindre Ludovic et sa maman.

Il s'approche d'elle et la prend simplement dans les bras, sans un mot, puis la regarde longuement, les yeux un peu plus brillants que d'habitude.

Le silence a cette vertu de laisser parler le regard, miroir de l'âme. On entend mieux les profondeurs quand on se tait.

Julie a entendu. Elle laisse éclater tout le chagrin. Celui qui a remplacé les bras, les jambes, le cœur et tout le reste. Elle pleure pendant plus d'un quart d'heure. L'averse d'orage qui tombe, qui inonde, et dont on se demande si elle va finir un jour.

Romain ne dit rien. Dire quoi ? Il la maintient, la contient. Elle pleure tellement qu'elle peine à respirer, son nez plein n'y arrive plus, c'est la bouche qui inspire, dans des hoquets incontrôlables. Et puis ses jambes ne la portent plus. Le chagrin ne porte rien. Romain l'a senti, il l'allonge sur le lit adjacent et lui caresse les cheveux.

Les infirmières à leur bureau détestent ce moment. Celui où les parents prennent conscience que c'est fini, même quand le cœur de leur enfant bat encore. Le moment où ils laissent éclater leur détresse sans retenue, parce qu'elle est insurmontable. Elles savent que ce moment ne dure jamais trop longtemps, le corps finit par se calmer, même si le cœur est toujours à vif, coupé en deux. Non, ce moment où les cris s'entendent dans tout le service, elles ne s'y habitueront jamais.

Jamais.

Émilie, l'infirmière, est venue apporter un petit gant de toilette avec un peu d'eau fraîche et le passe sur le visage de Julie, dont les cris ont laissé place au silence encore ponctué de quelques spasmes. Elle a la tête qui tourne. L'infirmière revient avec une tisane sucrée. Depuis hier Julie n'a rien mangé, peut-être même rien bu. Elle n'a pensé qu'à Lulu.

C'est le médecin qui la réveille, en entrant dans la chambre, un peu plus tard.

Elle ne sait pas combien de temps elle a dormi. Romain n'est plus là, le soleil est moins fort dehors.

Il lui tient l'avant-bras.

— Vous étiez là, vous avez vu que l'électro-encéphalogramme n'est pas bon, madame Lemaire. Il n'est pas totalement plat, mais il n'est pas bon. Si l'on considère l'état clinique de Ludovic avant cet arrêt cardiaque, il ne nous reste plus beaucoup d'espoir.

— Je veux que vous le laissiez partir.

— ...

— Il me l'a dit quand il s'est réveillé pour me sourire. Il l'a dit, « Laissez-moi » !

— Nous ne savons pas le temps que cela prendra. Sous respirateur, il est stable, il peut s'en aller en quelques heures ou en quelques jours. Peut-être plus.

— Et si nous débranchons le respirateur ? Il se passera quoi ?

— Il partira rapidement, il est dépendant de cette machine.

— Il en souffrirait ?

— Non, son cœur s'arrêterait de battre, simplement. Mais c'est délicat, ce serait un arrêt de soins volontaire.

— La réanimation aussi était volontaire et ça ne l'a pas sauvé, vous n'auriez pas fait ce massage cardiaque et cette intubation, il ne serait déjà plus là.

— C'est vrai, mais c'est délicat pour nous.

— Et pour moi, vous croyez que ce n'est pas délicat ? Vous croyez que j'ai envie de le débrancher, ce respirateur ?

Le médecin ne dit rien. Elle n'a pas tort, il sait qu'il ne sert à rien de s'acharner, mais cela est tellement difficile. Ludovic est relié à la vie comme un astronaute dans l'espace, relié à son vaisseau par une simple corde. On coupe la corde, et il s'en va dans l'apesanteur.

Difficile de couper la corde.

Difficile.

— Je vais aller prévenir ma famille, conclut Julie.

— Prenez le temps qu'il faut...

Le temps d'un au revoir

Jérôme est resté toute la journée dans la salle d'attente à l'entrée du service. Il est venu le voir le matin, est ressorti avant de prendre le risque de s'écrouler de son fauteuil. En l'observant inerte sur ce lit d'hôpital, il se passait en boucle ce petit moment sur la plage.

— *Pou'quoi tu'igoles jamais ?*
— *Parce que je suis triste.*
— *Pou'quoi tu es t'iste ?*
— *Parce que ma femme est morte.*
— *Pou'quoi elle est mo'te ?*
— *Euh, parce qu'elle était triste.*
— *Alo's tu vas mou'i' aussi ?*
— *Je... non, pas forcément !*
— *Alo's pou'quoi tu sou'is jamais si tu vas pas mou'i' ?*

Lulu souriait pourtant. Pourquoi c'est lui qui meurt ?
Caroline l'a rejoint après sa journée de consultation.
Elle est dans la fosse. Tombée dedans sans résistance. Elle va mettre du temps à en sortir.
Manon est venue. Elle a quitté les cours, a expliqué à ses professeurs. Rien n'aurait pu la retenir.

Paul, en déplacement à l'autre bout de la France, a longuement appelé Julie au téléphone, quand elle est sortie pour prendre l'air qu'elle peine à trouver. Ils ne se sont presque rien dit. Quelques bribes de phrases qui interrompaient les longs silences. Ils ont pleuré ensemble et Paul a promis d'être là au plus vite.

Romain aussi est passé. Il a laissé Charlotte chez ses beaux-parents, pour prendre le temps d'un au revoir.

Julie est touchée de le voir ainsi au chevet de son fils, lui chuchotant quelques mots à l'oreille, dans une émotion simple.

— Je veux que vous sachiez que je suis là, Julie.

— Je le sais. J'aimerais que vous restiez encore un peu. Je ne sais pas si c'est possible vis-à-vis de Charlotte.

— C'est possible. Ses grands-parents la gardent toujours avec plaisir, elle dormira là-bas.

En fin d'après-midi, tout le monde est reparti. Julie voulait être seule. Romain lui a dit qu'il resterait dans le bureau du service, qu'il la ramènerait, quand elle le souhaiterait, peu importe le temps qu'il faudrait.

Quand le docteur Lagarde entre dans la chambre, elle peut désormais lui dire que le moment est venu. Qu'elle ne veut pas le retenir plus longtemps. À quoi bon ? Il est déjà un peu parti, avant-hier, avec le sourire, quand son cœur s'est arrêté. Elle veut le laisser s'en aller maintenant, elle est prête. C'était important, en effet, de venir le veiller. Mais elle sent désormais que le moment est venu.

Le docteur Lagarde lui demande quelques instants et s'absente.

Quand il revient, sans un mot, il passe derrière Julie, en déposant une main sur son épaule, comme il sait si bien le faire, pour qu'elle ne se sente pas seule. Puis il s'approche du respirateur artificiel et baisse progressivement le débit d'oxygène.

Romain entre discrètement dans la pièce et s'approche de Julie.

Un autre ange dans leur relation. Gardien, peut-être.

Julie est assise tout à côté de Ludovic, une main sur son cœur, l'autre sur son front, elle le caresse, lui parle, lui dit que ça va aller, qu'elle l'aime, qu'il ne va pas souffrir, elle lui demande de l'attendre, de veiller sur elle, de s'en aller sereinement, que ça ira aussi pour elle, promis, elle va se relever. Elle lui dit qu'elle l'aime, qu'elle l'aime. Le temps n'a jamais été aussi précieux. Jamais. Chaque poussière de seconde compte.

Et puis au bout d'une demi-heure, la fréquence cardiaque se met à diminuer progressivement, elle passe à cinquante battements par minute, puis à quarante-cinq… À quarante… À trente-cinq. Le cœur de son fils est en train de s'arrêter sous sa main, elle lui parle encore… Il est devenu tellement lent qu'elle hésite à attendre encore le battement suivant.

— Je t'aime, chuchote-t-elle.

Dernier battement…

Heure du décès : 21 h 34.

Dans les fleurs et les nuages

Paul arrive le lendemain, en fin de matinée.

Julie l'aperçoit en sortant de chez Jérôme. Paul a les traits tirés. Pas autant que Julie, mais elle devine une nuit difficile, et un chagrin qu'il n'a pu contenir. Ils s'embrassent, se serrent. Lui est resté le grand chêne, mais au fond d'elle, Balou est dans un sale état. Elle se demande même s'il respire encore.

— Oh Julie, Julie, je ne sais pas quoi dire…

— Ne dis rien.

L'étreinte est longue, tendre et silencieuse.

— J'allais justement le voir, ils l'ont transféré ce matin.

— Veux-tu que je t'emmène ?

Oh que oui, elle veut.

Le responsable du funérarium est un homme charmant, d'une douceur et d'une discrétion bienveillantes. Sans fantaisie. Sans apitoiement non plus.

Il leur demande quelques instants, pour lui laisser le temps de préparer le petit.

Quand Julie entre dans la pièce, elle revoit son fils pour la première fois depuis qu'elle l'a laissé, sur son lit d'hôpital, le corps encore tiède.

En s'approchant de lui, elle le trouve pâle, malgré

le semblant de maquillage sous lequel on essaie de dissimuler la mort. Le rose aux joues est artificiel, mais il adoucit l'image. C'est important de tricher, parfois, avec la réalité.

Julie s'approche et tressaille en touchant Ludovic, froid. Si froid. Elle essaye de lui prendre la main. Mais elle est beaucoup trop raide.

Elle met quelques instants à s'habituer à cette terrible sensation. Ce petit être chaud et humide que la sage-femme avait posé sur son ventre quelques années plus tôt est devenu glacial et inerte.

Et puis elle finit par apprivoiser ce corps empli d'absence, cette enveloppe immobile, comme un papillon qui a quitté sa chrysalide. Son petit papillon s'est envolé et ne laisse derrière lui que cet amas de chair qui lui servait de demeure. Elle se persuade que la profondeur de Ludovic, ce qui lui donnait la vie, ce qu'il avait déjà en lui à la naissance n'est pas mort, mais s'en est allé, elle ne sait trop où, mais peut-être bien un peu partout, autour d'elle, avec elle, avec les gens qu'il aimait, dans les fleurs et les nuages, une poudre d'étoile qui a quitté son petit réceptacle corporel. Alors elle lui parle, en lui disant encore et encore tout ce qu'elle lui a chuchoté quand il est parti. Il l'entend, forcément. Il est là, quelque part, autour d'elle, ou au fond d'elle...

Julie dépose délicatement les affaires préférées de son fils, un livre d'histoire qu'il aimait un peu plus que les autres, son gogo tout déchiré, son épée en bois. Comme on enterre un pharaon, avec toutes ses richesses.

Elle embrasse Ludovic sur le front, ne s'en lasse pas, il va tellement lui manquer. Elle sait que ce sont les dernières fois où ses lèvres se posent sur sa peau. Alors, même froide, hein ?!

Paul est planté là, dans un coin de la pièce, statufié. Il s'approche alors de Ludovic, lui fait un simple signe de croix sur le front, du bout de son pouce, et rejoint rapidement Julie, qui est déjà dehors.

Il tente de ravaler ses larmes. Tentative qui échoue lamentablement et transforme Paul Moissac, habituellement droit, fier et solide, en un grand bonhomme courbé, secoué de soubresauts, à sangloter comme un gamin. Parce qu'il en retient trop là-dedans, alors quand ça déborde, ça déborde franchement, brutalement, et de façon désordonnée. Une crue séculaire qui arrache tout sur son passage et laisse un paysage de désolation. Julie a compris depuis longtemps qu'il faut parfois lâcher les rênes, pour laisser partir la tristesse au galop. Celle-ci finit toujours par se fatiguer et se remettre à marcher au pas. Aujourd'hui le chagrin est un cheval fou, mais elle suppose, elle espère qu'il se fatiguera lui aussi, un jour.

De voir Paul ainsi lui fend le cœur. La réciproque est probable.

On souffre individuellement et collectivement. On souffre d'être triste et de voir les autres tristes. On souffre doublement. Et on n'y peut rien.

La crue s'est calmée, ils sont montés dans la voiture.

— Pourquoi tu ne démarres pas, Paul ?

Il cherche quelque chose dans la poche de sa veste, et tend un chèque à Julie.

— Ne le refuse pas, s'il te plaît.

— Paul !

— S'il te plaît, Julie, s'il te plaît !

— Cinq mille euros ? Mais tu es fou, Paul ?

— J'ai enterré ma mère il y a quelques années, je sais ce que ça coûte. Je ne veux pas que l'argent te pose un problème pour enterrer ton fils, alors prends cet argent, il ne me manquera pas, et offre-lui une belle sépulture.

— Je te rendrai le reste si je n'utilise pas tout.

— Tais-toi ! Et garde tout cela, tu mettras des fleurs au cimetière. Et si vraiment il t'en reste tant, tu pourras te faire plaisir, tu en auras besoin.

— Comment te remercier… ?

— En tenant bon, Julie, en tenant bon, dit-il en tournant la clé de contact, le regard vers l'extérieur, pour qu'elle ne voie pas l'empreinte du chagrin dans ses yeux.

Ô combien est ma peine !

Julie est allée voir Ludovic tous les jours, tantôt avec Paul, tantôt avec Caroline et Jérôme, qui préférait rester dans la voiture. Hier, Manon l'a accompagnée.

En partant, Julie savait qu'ils allaient fermer le cercueil. Définitivement. Qu'elle ne le reverrait plus jamais qu'en pensées et en photos. Le vide insoutenable. Même mort, même froid, il était encore là, sous ses yeux, sous ses mains, petit prolongement de lui vivant. En fermant ce cercueil, c'est l'absence définitive qui prend forme, avec violence. Il faut désormais accepter de ne plus vivre qu'en compagnie de son souvenir. Quelques photos, quelques vêtements gardés, des jouets, et l'empreinte de son existence dans la mémoire. Empreinte qui finira un jour par s'estomper comme la clairière est gagnée par la forêt alentour. Au fil du temps. Inévitablement.

La cérémonie est simple, seuls les premiers bancs sont occupés. Julie n'a pas une vie sociale très riche. Mais les proches sont là. Ceux qui soutiennent fort et qui comprennent. Ceux qui partagent son émotion et qui rassurent d'un regard ou d'une étreinte sincère. Quelques caissières sont venues. Les gentilles.

Et puis, les anciens du village. Ceux qui ont le temps. Ceux qui croient en Dieu. Ceux qui appartiennent au vieux noyau de la communauté d'un village. Qui se connaissent encore les uns les autres et qui ont depuis l'enfance vécu les épreuves ensemble. Et ils savent que cette épreuve est plus forte que toutes les autres. Alors leur présence, peut-être...

C'est le curé du village qui officie. Les vieux hommes d'Église survivent à bien des malheurs, en gardant toujours cette foi intacte. À se demander comment.

Julie a écrit un texte à lire pendant la cérémonie. Elle a demandé à Manon de l'accompagner pour le lire à sa place, en cas de défaillance, et elle a peu d'espoir de trouver la force pour le faire. L'émotion lui noue la gorge.

Mais quelques instants avant le moment où elle doit prendre la parole, Julie sent monter en elle une sorte de paix intérieure qui l'aide à trouver la sérénité nécessaire, à calmer sa respiration, à sécher ses larmes et libérer sa voix. Il y a une petite âme flottant dans l'édifice qui doit y être pour quelque chose.

« Mon petit prince,
Quand un silence s'installe, on dit qu'un ange passe... Toi, tu es passé en jouant une jolie petite mélodie. Il y a donc des anges volubiles.
Ça va me manquer de ne plus te voir prendre ton pouce, le soir, en tournicotant tes cheveux, de ne plus t'entendre décrocher le téléphone en me disant "salut M'man", de ne plus te voir lâcher ta bille en haut du circuit avec l'attente fébrile de sa chute, de ne plus te voir dessiner tes escargots rigolos.
Ça me manquera de ne plus te voir revenir du fond du jardin avec une poignée de framboises à peine mûres, de ne plus t'entendre chanter le générique de ton dessin

animé préféré. Ça va me manquer de ne plus te voir ni te toucher, de ne plus te prendre dans mes bras et t'embrasser.

Je te promets, Ludovic, de retrouver ma joie de vivre d'avant, et d'œuvrer pour qu'elle revienne chez les gens qui t'aiment. J'ai même recommencé à sourire, je crois…
Alors, tu vois…
Veille sur nous, Lulu. Guide-nous, petite étoile filante.
Parce que tu es devenu une étoile, je te lis un extrait du Petit Prince :
"Quand tu regarderas le ciel, la nuit, puisque j'habiterai dans l'une d'elles, puisque je rirai dans l'une d'elles, alors ce sera pour toi comme si riaient toutes les étoiles. Tu auras, toi, des étoiles qui savent rire !"
La nuit, je regarderai le ciel, Lulu, pour te voir briller…
Et le jour, les étoiles sont invisibles mais elles sont là quand même…

Je t'aime… »

Quand Julie rejoint sa place après avoir passé quelques instants, la tête posée sur le cercueil, un silence incroyable s'installe, épais, dense comme un brouillard d'hiver. Un de ces silences que l'on entend vraiment. Pas un bruit de sanglot, de mouchoir ou de raclement de gorge. Rien. Le néant. Un silence de communion, un silence pour dire au revoir…
Et puis, il y a cet autre moment émouvant. Alors qu'on est en plein mois de novembre, un papillon blanc s'approche du cercueil et vient s'y poser. Un papillon de nuit certainement, que le hasard a amené jusque-là.
Quel hasard ?
Le curé salue ce silence, salue le petit insecte, reprend les prières. Puis fait un petit signe de main

à Romain, qui avait demandé à lire quelque chose. Il s'avance, déplie un petit morceau de papier sorti de sa poche, tousse discrètement, hésite un instant.

> Mes chers amis !
> Ô combien est ma peine
> J'ai perdu un ami
> Pas un Roi, pas une Reine
> N'étaient plus grands que lui
> Il portait sur ses ailes
> Le soleil et la pluie
> Les fleurs comme des ombrelles
> Se sont fermées depuis
> Mon ami papillon
> A rejoint un jardin
> Trop loin des horizons
> Et déjà ce matin
> Mes yeux remplis de larmes…
> … contemplent son souvenir
> devant deux petites flammes
> Allumées pour lui dire
> Qu'il a marqué mon âme
> À jamais d'un sourire.

Julie est émue, lui qui le connaissait à peine…

Au cimetière, le monticule de terre est énorme. Et voilà le petit cercueil bleu au-dessus du vide, sur deux planches. C'est tellement inhabituel d'en voir d'aussi petits.

Certains viennent embrasser Julie, d'autres préfèrent rester en retrait. On n'entend que le bruit des pas sur les petits cailloux blancs des allées.

Quand les quatre hommes en noir font glisser doucement cette toute petite boîte au fond du si grand trou, Julie se sent attirée vers le fond, comme au bord d'une falaise. L'appel du vide. Elle s'agenouille, luttant contre l'envie d'y tomber avec lui. Qu'on l'ensevelisse. Vite ! Vite ! Personne ne se rendra compte de rien. Qu'elle le rejoigne et ne le quitte plus. Comme il va se sentir seul et à l'étroit, si profond sous terre, dans l'obscurité, lui qui avait peur du noir.

Julie, il est mort ton fils, il ne ressent plus rien, ce n'est plus qu'un amas de chair sans vie, pas de problème, il s'en moque de là où il est, de l'étroitesse et de l'obscurité…

Mais qui sait d'abord ? Et puis c'est bien trop tôt pour elle… Bien trop tôt pour ne plus avoir ce genre de considération. Comment pourrait-elle faire la part des choses… ?

Paul la saisit par les épaules, la relève et la dirige vers la salle du restaurant où il a organisé une petite réception. Le cortège des proches qui l'accompagne pour un moment de retrouvailles reprend un peu vie. Quelques mots, des sourires.

Julie est sereine, presque souriante, comme si un cap était passé. Immensément douloureux, mais passé. Le plus dur n'est pas fini, elle le sait, mais une chose après l'autre.

Depuis quelques semaines, Julie avait pris le pli de vivre l'instant présent. Avait-elle d'autres choix ? Elle ne l'a pas plus aujourd'hui.

Alors, elle continue, l'instant présent, la vie est si fragile…

Surtout aujourd'hui.

Carpe diem.

Loin du long fleuve tranquille

Paul lui propose de la raccompagner.

Julie a choisi de passer par chez elle.

Elle avance comme un fantôme dans son petit appartement, là où les souvenirs surgissent des moindres objets. Le canapé où il aimait faire des galipettes, sa chaise à la table de la cuisine, les cassettes de dessins animés, il les a tellement regardées que les bandes ont fini par couiner à chaque tour de roue.

Et puis sa chambre...

Julie se laisse tomber sur son petit lit, en attrapant ses doudous, ceux qui ne sont pas partis avec lui.

Elle ferme les yeux, et pleure, en silence, secouée de soubresauts réguliers, sans savoir l'heure qu'il est, ni ce qu'elle va faire le lendemain. De toute façon, le temps s'est arrêté, à quoi bon faire des projets ?

Ce soir, Julie aimerait s'endormir vite, et longtemps. Peut-être pour toujours.

Paul ne dit rien. Un peu plus tard, il la prend par la main et l'accompagne jusqu'à la voiture. Il l'emmène à nouveau dormir chez lui.

Paul gère les moments critiques.

Ce soir, la jeune femme a la force de se déshabiller

seule. Pas celle de résister. Elle s'endort instantanément. C'est mieux.

Le lendemain matin, Julie se réveille au même
endroit, dans la même position, un mouchoir trempé
dans sa main, les yeux gonflés. La solitude la saisit
comme le loup une brebis. Sans lui laisser aucune
chance.

Elle a la gueule de bois, d'avoir bu trop de larmes.
Journée sans objectif.

Se promener un peu. Pleurer. Aider Paul à cuisiner.
Pleurer. Éplucher les oignons. Pleurer. Quand même.
Pour une fois. Aller sur la tombe. Pleurer. Appeler
Manon. Pleurer.

En soirée, un petit message de Romain atterrit dans
son téléphone.

« *Je sais que je ne peux rien faire contre votre
sentiment de solitude, il faut le vivre, l'affronter, l'accepter, et que c'est beaucoup trop tôt pour y arriver.
Vous savez pleurer, cette chance formidable qu'ont
les femmes. Je pense souvent à vous. Pensez à moi,
si vous voulez un peu de compagnie. Je suis là. Je
vous embrasse.* »

En réalité, Romain pense sans arrêt à Julie et à
Ludovic. C'est vrai, l'infirmière avait raison, il s'était
particulièrement attaché à ce petit, et probablement à sa
maman. Finalement, il se dit que c'est peut-être mieux
que Ludovic soit parti, son accident était sérieux, et
les suites incertaines. Il en a vu passer des parents
d'enfants ainsi atteints, physiquement et neurologi-
quement. Ceux qu'on appelle très péjorativement des
« légumes ». Il a tout vu. Les parents qui se sont battus,
qui ont déménagé, changé de boulot pour ne pas être

trop loin du centre spécialisé, les couples qui se sont rapprochés dans cette épreuve, ceux qui ont eu le courage de faire un autre enfant, ceux qui se sont déchirés jusqu'au divorce. Il a vécu des situations à l'opposé les unes des autres, avec parfois de la joie, mais toujours, toujours, de la souffrance, cette souffrance atroce de voir la douleur sur le visage de son enfant.

Alors il comprend Julie. De l'avoir laissé partir, mais aussi d'en souffrir.

Et puis, Romain sait qu'elle retrouvera l'envie de se relever et de reprendre la longue marche, aux côtés des autres, d'autres autres, quelques mêmes et quelques nouveaux, parce qu'il en va ainsi de la vie et de ses rencontres, mouvance permanente, au rythme des événements. Et puis quand on quitte le long fleuve tranquille de l'existence, on découvre des voies parallèles, certes plus difficiles à naviguer, mais plus intéressantes, plus riches que celles du flot commun qu'on emprunte par facilité.

Romain sait que Julie s'est assise au bord du chemin, qu'elle aura envie de faire une pause, qu'elle aimerait que « la terre s'arrête pour descendre », comme dans la chanson, et que ce sera seule qu'elle pourra se relever, mais il aimerait pouvoir l'accompagner un peu, désormais loin du long fleuve tranquille.

Les jours suivant l'enterrement, le sentiment de vide est terrible. Ne plus pouvoir le toucher, le voir, et sentir dans son quotidien le poids de son absence. Aller le voir au cimetière, et voir les fleurs qui se fanent doucement, signe que le temps passe, sans lui, qu'un autre chemin se trace et que c'est à Julie de le baliser. Sans trop savoir où elle va. Mais dans sa route, elle se retourne encore souvent sur sa vie d'avant, comme des gens qui s'aiment et n'arrivent pas à se séparer, se faisant des « coucou » de la main jusqu'au bout de l'horizon.

D'ailleurs, Julie ne sait même pas si elle a envie de poursuivre vers l'horizon. Elle est sur les rails, à regarder le train de la vie redémarrer, avec tous les vivants à son bord, sans être vraiment sûre d'avoir envie d'y remonter. Elle serait bien tentée de rester sur le quai avec Ludovic, encore un peu, juste un petit peu.

Allez-y sans moi, je vous rattraperai.
Peut-être...
Pas sûr...
Pas envie...

En cas de force majeure

Quelques jours plus tard.

— Bonjour, Julie. Je ne vous dérange pas ?
— Je suis dans un fauteuil avec un bon livre.
— Très bonne idée. Je vous appelais pour savoir si vous étiez libre ce soir pour aller manger un petit quelque chose.
— J'ai déjà un rendez-vous. Je suis désolée.
— Ah…

Une pointe de déception dans la voix de Romain, qui n'échappe pas à Julie.

— Je mange avec mon amie d'enfance, comme tous les premiers samedis du mois. Un rendez-vous immuable que l'on ne manque qu'en cas de force majeure.
— Ne vous justifiez pas, ce n'est pas grave.
— Vous n'êtes pas trop déçu ?
— Je suis déçu que vous soyez déjà prise, mais je suis plutôt rassuré de constater que je ne suis pas à vos yeux un « cas de force majeure ».

Julie sourit.

— Et si je vous proposais une balade en montagne tous les premiers dimanches du mois, pour éliminer le repas du premier samedi, ça pourrait devenir un rendez-vous immuable ?

— Pourquoi pas.

— On essaye demain ?

— Euh, oui, allons-y ! répond Julie, surprise.

— Je passe vous prendre à dix heures et je m'occupe du pique-nique, ça vous va ?

— Un pique-nique par ce temps ?

— Ils annoncent un soleil magnifique. Mettez un gros pull, je m'occupe du reste.

— Ça me va !

— Alors à demain, Julie, bonne soirée.

Quelle délicatesse de ne pas avoir demandé comment ça allait. Il se doute bien que ça ne va pas, et que Julie n'a pas forcément envie d'en parler au téléphone.

Romain préfère l'action et le plein de jolies choses pour lui changer les idées. Il sait que la montagne est magique pour cela, et magique pour Julie. Elle l'a évoqué un jour, pendant un massage de Ludovic.

Laisser une chance au barrage

Huit heures. Julie se réveille avec le soleil qui caresse l'oreiller. Comme prévu, le ciel sera clément pour la balade. C'est déjà ça.

Elle s'étire dans son lit, pose le doudou de Lulu, un de ceux qu'elle a gardés, et va manger un petit quelque chose dans la cuisine, il y a bien une petite place au milieu des oursins tapis dans son ventre. Elle ne veut pas traîner trop longtemps au lit, pour laisser le temps à ses traits tirés de se détendre. À ses paupières de dégonfler.

9 h 58. Julie entend une voiture rouler dans les gravillons de la cour. Ça ne peut pas être un patient du cabinet médical. On est dimanche. C'est la Triumph. Romain se gare en face de la maison et sort de sa voiture. Elle frappe au carreau et lui fait un petit signe de la main, en souriant, puis attrape son sac à dos. Elle n'y a pas mis grand chose puisqu'il s'occupe du pique-nique, mais un peu d'eau, un pull, un K-way, des chaussettes de rechange.

Ils s'embrassent.

— Vous êtes impressionnant de ponctualité !

— Juste prévoyant. Je n'aime pas me faire attendre. Et puis, la journée est tellement belle.

— On va où ?

— Surprise ! En montagne. Je ne vous dis rien d'autre. Vous êtes en forme ? Il faudra marcher !

— Ça me fera du bien, au contraire. Il n'y a pas de ceinture de sécurité ? demande Julie en cherchant à s'attacher après s'être installée dans la voiture.

— Dans un cabriolet de cette époque, ça ne sert pas à grand-chose. Si la voiture se retourne, ceinture ou pas ceinture, ce n'est pas bon.

— On peut prendre la mienne ?

— Faites-moi confiance. Je n'ai pas envie de l'abîmer, et vous encore moins...

Julie regarde Romain enclencher une vitesse. Elle s'exécute quand il lui demande de baisser le frein à main, installé côté passager.

Elle a l'impression d'être dans un clip de Johnny Hallyday des années 60.

L'odeur de similicuir est agréable. La voiture est patinée comme un vieux meuble. On y sent l'histoire. Et puis, cette odeur d'huile à moteur.

— Et elle tient la route ? Même dans les virages de montagne ?

— Elle tient toute la route.

— Toute la route ?

— Bon, allez, je peux vous l'avouer. Elle tient relativement bien la route mais elle est à des années-lumière des voitures d'aujourd'hui, qui pardonnent quasiment toutes les fautes. Sauf peut-être l'absolue crétinerie de certains de leurs conducteurs.

— Vous n'en avez pas le profil.

— Merci, Julie.

— Donc, elle ne tient pas bien la route ?

— Disons qu'elle est équipée d'un pont arrière rigide, qui rend solidaires les deux roues arrière. Les voitures modernes ont quatre roues indépendantes. L'une d'elles rencontre une bosse et les trois autres vivent leur vie. Ici, une bosse ou un nid-de-poule et la voiture risque un écart. Alors si en plus on roule un peu vite ou que la route est mouillée…

— Vous ne voulez vraiment pas qu'on prenne la mienne ?

— Ce n'est pas la quiétude et la sécurité d'une voiture moderne, mais ce n'est pas dangereux. Sinon, vous guiderez la direction dans les virages, avec votre main, comme en luge…

— C'est vrai qu'on peut presque toucher le sol.

— On peut. Enfin vous, je ne sais pas, mais moi, j'y arrive.

— Si ! Regardez ! dit Julie après avoir ramassé quelques cailloux dans la cour, en passant simplement son bras au-dessus de la portière.

— Vous pourrez pousser si elle tombe en panne.

— Elle risque de tomber en panne ?

— Mais non ! Je la bichonne depuis des années. Elle est plus fiable que la plupart des modèles actuels où tout est électronique.

— Vous l'avez depuis longtemps ?

— Elle date de 1959. Elle appartenait à mon père. Sa toute première voiture. Il me l'a donnée quand j'ai eu mon diplôme de kiné.

— Elle va jusqu'à combien ?

— 160 ? Mais à 130, l'impression de vitesse est déjà grisante, parce qu'on frôle le sol.

— Vous n'avez pas prévu une démonstration ?!

— Pas aujourd'hui. Aujourd'hui, nous marchons.

— Et les rétros, ils ne sont pas un peu loin sur le capot ? s'étonne Julie.

— Non, au contraire, la visibilité est meilleure.

— Mais vous les réglez comment ?

— J'ai le bras long, répond Romain en souriant.

Le reste du trajet se fait dans le silence, avec un CD de Tracy Chapman. Pratique, les goûts communs. Julie souligne quand même l'anachronisme entre une voiture ancienne et un autoradio CD.

— Je suis bricoleur. C'est ma voiture au quotidien. J'aime bien écouter les infos en partant au boulot. Cela dit, pour la musique, il faut monter le volume quand je dépasse les 50 km/h.

Julie ne connaît pas bien l'endroit où ils se garent. Mais le coin est joli. L'ascension s'annonce longue. Le sac de Romain semble lourd. Mais il a la musculature adaptée et c'est une formalité pour lui. Il passe devant et commence à marcher à son rythme, en se retournant régulièrement pour voir si Julie suit.

Elle suit.

Deux heures qu'ils marchent, deux heures de silence, toujours, juste les montagnes qui parlent, des ruisseaux porte-parole et des bruissements de feuillage en émissaires.

Romain s'est arrêté plusieurs fois quand Julie était un peu distancée pour lui demander si ça allait, faire une pause, boire un peu et repartir.

Ils arrivent à un petit lac de montagne, dans une sorte de cirque. L'endroit est magnifique.

Romain s'est assis sur un rocher pour attendre Julie. Il a sorti deux barres de céréales.

— Nous allons faire une petite pause. Vous voyez le sommet là-haut ? C'est là que nous allons. À notre rythme, je pense qu'il nous faudra encore une heure. Ça vous va si on mange là-haut ?

— Ça me va. Si je fais une hypoglycémie, vous me porterez !

— Pourquoi croyez-vous que je vous tends une barre de céréales ?

Il aura fallu un peu plus d'une heure. Romain n'avait pas compté le petit passage à vide de sa partenaire. Une pause sur un rocher, pour vider son sac de larmes, devenu trop lourd. Ça lui arrive tout le temps à Julie, d'avoir besoin de se vider. Production non-stop d'eau salée, trop-plein atteint, on ouvre les vannes pour laisser une chance au barrage fissuré.

Ces moments s'espacent progressivement. Mais elle ne tient pas encore une journée entière. C'est ainsi.

Romain respecte. Il était un peu devant, il n'est pas redescendu vers elle. Mais un échange de regards a suffi. Elle sait qu'il compatit. Qu'il attend. Qu'il comprend. Qu'il partage. Sans sauter dans le trou avec elle…

En arrivant là-haut, la vue est superbe. Le bonheur simple dans les yeux de Julie ravit son premier de cordée. Mission accomplie.

— Vous avez faim ?

— Je mangerais des vers de terre !

— Rassurez-vous, j'ai mieux.

Julie s'est installée dans l'herbe, assise sur son K-way, et regarde Romain déballer le contenu de son sac à dos.

Il en sort une petite nappe à carreaux et la déplie sur l'herbe. Quelle délicieuse attention ! Il y dépose quelques sandwichs méticuleusement emballés, lance un œuf dur à Julie puis un deuxième dans la foulée. Elle est habile et réactive, attrape les deux avec dextérité.

À son sourire victorieux, Romain lui répond par un clin d'œil.

Le pique-nique est régénérant : jolie vue, agréable compagnie, repos mérité, et estomac rassasié. Ils parlent de choses et d'autres, de Charlotte, du travail de chacun.

Et puis un ange passe. Les yeux humides de Julie scrutent l'horizon.

— Comment vous vous sentez, Julie ?

Autre ange...

— Vide. Je me sens vide et éteinte. J'ai l'impression d'être un peu morte, moi aussi. D'être un champ de bataille. Tout a brûlé, le sol est irrégulier, avec des trous béants, des ruines à perte de vue. Le silence après l'horreur. Mais pas le calme après la tempête, quand on se sent apaisé. Moi, j'ai l'impression d'avoir sauté sur une mine, d'avoir explosé en mille morceaux, et de ne même pas savoir comment je vais faire pour les rassembler, tous ces morceaux, ni si je les retrouverai tous.

Romain laisse passer un court instant. Celui nécessaire à Julie pour chercher un mouchoir dans son sac à dos. Lui aussi regarde l'horizon, les yeux dans le vague.

— Vous savez, dans un jeu de Lego, on peut faire toutes sortes de constructions, même si on a perdu quelques pièces, c'est l'imagination qui fait son travail, dit il finalement.

— À quoi bon imaginer une construction quand on a perdu la pièce principale, celle qui faisait tout le charme de la maison ?

— En bricolant, et en cherchant d'autres pièces ailleurs dans la vie. C'est trop tôt, Julie. Accordez-vous le droit de vivre votre chagrin. Il y a un temps pour tout. Sur un champ de bataille, ou après une catastrophe naturelle, il y a d'abord la stupeur des habitants, qui constatent les dégâts, se lamentent, pleurent, sont révoltés. Et, seulement après, ils peuvent se retrousser les manches et s'atteler à la reconstruction. Seulement après. Ce que vous venez de vivre est probablement la pire des choses qui puisse arriver, alors soyez indulgente avec vos états d'âme. Aucun champ de bataille ne reste stérile. Il faut parfois des années, mais toujours, toujours, la nature reprend le dessus et les fleurs repoussent de sous les cendres. Votre nature profonde reprendra le dessus, un jour ou l'autre.

Romain se tourne vers Julie, dont les yeux n'en finissent pas de déborder. Il lui sourit. Simplement. En caressant sa joue humide du revers de la main. Comme il le faisait avec Ludovic. Julie lui sourit. Puis leurs regards rejoignent à nouveau l'horizon. Le silence et l'immensité sont apaisants.

— Vous avez repris le travail ? demande Romain.

— Non pas encore. J'ai un gentil médecin qui m'a fait un arrêt de travail. Comment ont-ils pu considérer, à la Sécu, que trois jours suffisaient pour la mort d'un enfant ?

Julie cherche un autre mouchoir dans son sac. Romain, lui, sort une petite tablette de chocolat noir, aux pépites de caramel. Il casse quelques morceaux à travers le papier aluminium et pose la tablette au sol, entre eux deux.

— Dépêchez-vous, nous sommes en compétition avec les fourmis ! Et en montagne, elles sont féroces !

— Comment savez-vous que je l'adore, celui-ci ?

— L'intuition n'est pas réservée à la gent féminine !...

Ce n'est pas d'intuition dont est doté Romain, mais

d'attention. Il lui a suffi d'apercevoir un emballage dans la chambre de Ludovic, un jour, pour se souvenir.

— Vous faites de la musique ? poursuit-il.

— Non, j'en ai un peu joué quand j'étais petite, mais aujourd'hui, je n'en fais plus. Et vous ?

— J'ai repris le violon. J'en avais fait petit, et puis on me l'avait volé. Quand ma femme m'a quitté, ça a été le déclic, il fallait bien que j'occupe mes soirées. Alors je m'en suis acheté un et je prends des cours. Quand je joue, je ne pense à rien. Juste au plaisir de jouer.

— Ça doit vider la tête.

— Vous n'avez pas un instrument qui vous attire plus qu'un autre ?

— Si, le piano.

— Alors lancez-vous. Allez au magasin de musique, prenez-en un et trouvez un prof de musique.

— J'y penserai.

Julie n'ose pas lui dire qu'elle n'a absolument pas les moyens de mettre un piano dans son salon. Encore faudrait-il qu'elle ait un salon à elle.

— On redescend ?

— Oui, on redescend. Je voulais vous remercier, Romain. Vous m'aidez beaucoup, vraiment. J'ai quelques lanternes dans mon brouillard, et vous en faites partie.

— Tant que je ne suis pas la lanterne rouge.

— Allez, peut-être juste aujourd'hui, pour fermer la marche.

Joyeux Noël

Voilà quinze jours que Julie se prend de plein fouet toutes les animations de Noël, les vitrines qui scintillent, et les haut-parleurs au coin de chaque rue qui déversent des chants de Noël, en boucle, tous plus niais les uns que les autres, à rendre dingues les riverains.

Depuis quelques années, Julie trouvait déjà qu'il y en avait toujours plus. Plus de guirlandes dans les rues, plus de Pères Noël aux fenêtres, des catalogues de jouets de plus en plus épais et des rayons de supermarché achalandés de plus en plus tôt. Elle en sait quelque chose.

Honteuse surenchère d'une société de consommation malade et boulimique.

Cette année, pour Julie, c'est devenu trop. Elle repense à son arrière-grand-mère qui lui racontait, petite, qu'à son époque, on offrait une orange aux enfants, le soir du réveillon. Une orange, parce que c'était un produit rare et cher.

Une orange !

Aujourd'hui, on en trouve toute l'année à deux euros le kilo !

Et tous ces gens, des paquets plein les mains, se réjouissant de les déposer bientôt au pied du sapin, qui donnent l'impression que Noël est une joie évidente pour tout le monde. C'est jour de fête, il faut être heureux, c'est la tradition. Noël, fête familiale par excellence.

Mais toute cette joie qui dégouline de partout sonne faux aux yeux de Julie. Parce qu'au fond il y a la déchirure. L'idée qu'il n'y aura pas de cadeau au pied du sapin pour Lulu.

Elle lui offrirait ne serait-ce qu'une orange, cette année, si elle le pouvait. Au lieu de cela, elle a trouvé un petit bonhomme de neige en terre cuite, pour le déposer sur la tombe. Formidable !

Elle y tient à ces symboles, si Ludovic les voit, on ne sait jamais. Mais avec le recul, ça fait presque pitié.

Un bonnet pour Popi

Le soir du réveillon, ils font simple. Veillée chez Paul, avec Jérôme et Caroline. Ils essaient de parler d'autre chose. Le moins possible de Lulu. Il manque trop. Les larmes sont si proches qu'il en faudrait peu pour que tout le monde déborde.

Des petits cadeaux, des attentions. Ça fait toujours plaisir un cadeau, surtout de la part des gens qu'on aime.

Jérôme offre une peluche de Popi à Julie. Elle lui sourit. L'attention est touchante. Il lui fait un clin d'œil en lui montrant les chatounes qu'il a dans la poche de son jean.

Juste avant que cette petite cérémonie s'achève, Paul sort un emballage caché derrière le sapin.

— C'est Romain Forestier qui est venu le déposer un jour de la semaine dernière. Il m'a dit de te le donner à Noël.

Julie est surprise. C'est un petit paquet mou. Sur le ruban en raphia, une étiquette du magasin « Artisans du monde ». Venant de Romain, ça ne l'étonne pas.

Elle l'ouvre, un peu fébrile, et en sort un magnifique bonnet péruvien, très coloré, avec deux rabats pour les oreilles et un petit pompon au bout d'un fil de laine, accroché au sommet. Un petit mot en tombe quand elle le déplie.

« Pour mettre tout plein de couleurs nouvelles dans votre vie et affronter les frimas des prochains dimanches du mois. Joyeux Noël, Julie. »

Julie l'essaie, fière comme un paon. Et tout le monde sourit. C'est inhabituel, cette forme et ces couleurs !

— Au moins, il n'y a aucun risque qu'il te perde dans la neige, dit Paul en riant. Et puis tu n'as plus l'excuse du froid pour ne pas y aller !

— Je ne comptais pas me défiler, de toute façon.

Et encore moins ce soir, touchée par le cadeau de Romain.

Joyeux Noël…
Quand même.

La petite fille au grand secret

Quelques semaines plus tard.

« *Bonjour Paul,*

J'espère que tu vas bien. Je mets ton silence sur le compte d'un trop-plein de travail... Ou alors est-ce Manon qui te monte à la tête ?!

Je viens vers toi aujourd'hui pour une demande spécifique. J'ai décidé de me mettre au piano. C'est un ami qui me l'a conseillé. De la musique thérapeutique. Je suis allée au magasin de musique, et j'ai trouvé un piano vraiment très beau. Il est en bois clair, comme j'aime, et d'un joli son. Mais c'est 4 500 euros, et je n'ai pas d'argent d'avance. Alors je voulais voir si tu pourrais me prêter cette somme, que je rembourserai chaque mois un petit peu... J'attends de tes nouvelles, à très bientôt.

Je t'embrasse.

Julie

PS : si c'est un trop-plein de travail, pense à souffler de temps à autre quand même.

PS 2 : si c'est Manon qui te monte à la tête, pense à souffler de temps à autre quand même.

PS 3 : j'espère que c'est la deuxième raison... »

« *Ma chère Julie,*

Je suis désolé pour ce silence. J'ai en effet beaucoup de travail en ce moment, je pars souvent en déplacement. Cependant, je n'ai aucune excuse, j'aurais pu t'appeler, te laisser des petits messages. Je crois que j'ai peur. Peur de te parler de choses futiles, ou carrément de ne pas savoir quoi te dire. Peur de t'embêter ou de tomber au mauvais moment. Je sais que c'est ridicule, mais je ne sais pas comment réagir. Peut-être pourrions-nous manger ensemble la semaine prochaine, qu'on parle de tout cela. Je pars demain à l'étranger, mais je reviens ce week-end. Qu'en dis-tu ?

Je t'embrasse.

Paul.

PS : Pour l'argent, bien sûr qu'on trouvera une solution. Ne t'inquiète pas. On en reparle.

PS 2 : Pour Manon, je souffle de temps en temps... »

Quelques jours plus tard...

Julie est partie au supermarché. Elle a repris le travail. Parce que la Sécurité sociale n'accepte pas indéfiniment les arrêts. Parce qu'elle a besoin de se changer les idées malgré tout, même si un poste de caissière n'a rien de transcendant pour atteindre ce genre d'objectif. Elle a décidé aujourd'hui de comparer les dates de naissance des pièces d'identité avec l'impression qu'elle se faisait de l'âge du client. Il y a de sacrées surprises. Des femmes refaites qui font dix ans de moins, des hommes abîmés par l'alcool et la cigarette qui en font dix de plus.

À son retour, Caroline l'accueille avec un grand sourire. Ça fait plaisir de la voir ainsi, elle qui n'est jamais très volubile, mais c'est surprenant, presque louche. Elle a le comportement d'une petite fille à qui on a confié un grand secret et qui a du mal à le garder pour elle. Elle en serait presque à mettre ses mains devant la bouche pour ne pas que ça sorte. Julie aimerait bien savoir ce qui la rend aussi pétillante.

Caroline s'en va au fond du cabinet médical dans un rire nerveux. C'est insoutenable pour elle. Plus vite Julie aura découvert le secret, plus tôt elle sera libérée.

Quel mystérieux accueil en cette fin de journée !

Julie monte les escaliers et entre dans l'appartement du haut, où elle loge encore, avec Jérôme et Caroline. Machinalement, elle dépose son sac et ses clés sur le petit meuble de l'entrée, se sert un verre d'eau et s'assoit à la table de la cuisine pour feuilleter le journal.

Elle aperçoit alors un trousseau de clés et un Post-it comportant une adresse et un commentaire : « Une surprise t'y attend. Cours-y vite ! » Julie se réjouissait des jeux de piste de fin d'année à l'école primaire. Elle sourit. Le texte est écrit en majuscules. Elle ne sait même pas qui joue ainsi avec elle, mais Caroline doit être de mèche.

Elle repart.

À l'adresse indiquée. Un petit immeuble récent, dans un quartier calme. Il y a son nom sur la sonnette du bas. Elle essaie plusieurs clés avant de trouver celle qui ouvre la porte du hall. Elle monte au premier étage et regarde les noms sur les sonnettes. À nouveau le sien. Deux autres clés. Elle choisit la plus grosse et trouve du premier coup.

En entrant dans l'appartement, Julie ne comprend pas bien où elle arrive. Sa valise rouge, celle que Paul lui a achetée en Bretagne, trône dans l'entrée. Toutes ses affaires sont là. Caroline était bien de mèche.

Tout est neuf. L'appartement, les meubles, dans un

style simple et moderne. La petite cuisine est équipée et fonctionnelle, avec un magnifique four, un robot moderne digne d'un grand chef. Une pyramide d'oignons juste à côté. Clin d'œil.

C'est en entrant dans le salon qu'elle l'aperçoit. Il est là, installé, silencieux, aussi beau que le jour où elle est tombée en admiration devant lui.

Le piano en bois clair, qu'elle a vu dans le magasin, qu'elle a tout de suite aimé. Le tabouret installé devant, dans les mêmes tons. Un petit mot sur le clavier.

« Oublie le prêt, ça me fait plaisir de savoir qu'il te fera du bien. J'aimerais tant pouvoir soulager ta peine, alors c'était une occasion. Je t'embrasse. Paul.

PS : ah oui, au fait, pour l'appartement meublé, il faut que nous parlions du loyer. Je pense que tu ne trouveras pas meilleur rapport qualité-prix sur le marché, sinon, la nana de l'agence ne m'aurait pas traité de dingue... Il manque juste quelques signatures. »

— Paul ? dit Julie d'une toute petite voix, au téléphone.

— Oh bonjour, Julie ! Tu es rentrée ?

— Mais t'es dingue !

— Ah ben toi aussi, tu t'y mets ? Je vais finir par croire que vous avez toutes raison ! Oui, je deviens fou. Comment voulais-tu que je ne saute pas sur l'occasion ?

— Mais c'est un trop gros cadeau, Paul, c'est trop !

— Je ne t'offre pas l'appartement !

— Je parle du piano.

— Mais il y aura des intérêts ! Je compte bien que

tu me joues régulièrement un morceau quand je viendrai te voir.

— Mais comment tu savais que c'était celui-ci ?

— De l'avantage de se balader avec une photo de toi dans mon portefeuille. Le vendeur s'est souvenu de ton visage et de ta mine béate devant ce piano. Voilà ! Il se souvient aussi de l'âpre négociation que tu as engagée et de tes arguments pour faire baisser le prix. Je vais t'embaucher comme commerciale !

— Tu es incroyable. Ça me fait vraiment plaisir, Paul, vraiment, si tu savais comme ça me fait plaisir.

— Fais-en bon usage, Julie, et fais-toi plaisir. Et dans six mois, je veux entendre un prélude de Bach !!!

— Et il t'a fait un prix, le vendeur ?

— Tu sais bien que je prends toujours le plus cher, ce n'est pas pour négocier le prix derrière.

— C'était pas le plus cher.

— Je sais, mais c'était le tien.

Paul soupire de soulagement après avoir raccroché. Elle a arrêté de refuser ses cadeaux en bloc. Il était temps. Il se fiche de leur valeur. Il ne cherche qu'à la rendre heureuse, qu'à essayer de soigner ne serait-ce qu'au cent millième la mort de Lulu. Elle, qui était leur baume sans paraben quand ils sont partis en Bretagne, s'est transformée en plaie béante et Paul n'a pas l'impression d'avoir la même chaleur au fond de lui pour la réchauffer. Paul a surtout le sentiment d'être responsable du drame. Après tout, il aurait pu choisir une autre caisse, ou rester indifférent à la caissière. Surtout, ne pas l'inviter à déjeuner et encore moins partir en Bretagne. Tout cela ne serait pas arrivé. Paul se sent responsable, et il n'a qu'une carte bancaire à faire chauffer pour étaler un peu de baume sur la cicatrice de Julie.

Maigres moyens, parce que ce dont a besoin Julie ne s'achète pas. N'empêche que pour atteindre l'essentiel, le matériel aide. C'est elle-même qui l'a dit. Pouvoir appeler sa copine, manger des bonnes choses et se vêtir ailleurs qu'aux fripes du coin.

Et jouer du piano.

Enfin elle accepte.
Elle avait bien fini par le tutoyer.
Tout vient à point...

Papouilles

Julie s'est déplacée jusqu'à la fontaine, au bout de la rue. Elle lui a transmis sa nouvelle adresse. Il ne connaît pas forcément le quartier.

Romain, peut-être encore un peu endormi, manque passer sans la voir, mais il l'aperçoit au dernier moment et se gare rapidement sur le bas-côté. Il est content de partager cette journée avec elle. Le sentiment est réciproque.

Il lui annonce la destination, pour laisser à Julie le temps de se préparer. L'objectif est ambitieux.

Finalement, après plusieurs heures de marche, ils doivent se rendre à l'évidence. Ils n'atteindront pas le sommet aujourd'hui. Julie n'y arrive pas, elle a mal aux pieds, mal au dos, mal au cœur, mal à la vie. Marcher en pleurant, ça coupe un peu le souffle.

Romain sent bien qu'aujourd'hui est un mauvais jour. Alors il lui promet que dans dix minutes, ils atteindront un sympathique petit lac où ils pourront s'arrêter, faire une longue pause avant de redescendre. Cette journée d'hiver est belle, ils ne devraient pas avoir trop froid, même sans marcher.

Il est onze heures quand ils retrouvent l'étendue d'eau. Un peu tôt pour manger.

Julie s'allonge dans l'herbe et ferme les yeux un instant.

En les rouvrant, elle ne voit plus Romain, le cherche rapidement du regard et l'aperçoit sur l'autre rive. Il lui fait un petit signe de la main, et revient une dizaine de minutes plus tard.

— Il vaut mieux ne pas faire trempette dans ce lac. Il y a de drôles de bestioles partout, constate-t-il, à peine essoufflé.

— De toute façon, l'eau doit être glaciale.

— Sûr. Mais ça aurait été vivifiant. C'est joli par ici, pas vrai ? Le lac n'est pas très haut en ce moment, mais au printemps, c'est vraiment superbe.

Julie reste les yeux dans le vague, écoutant à moitié Romain. Il s'approche alors et s'installe derrière elle, les jambes de part et d'autre. Puis il pose ses mains sur le haut de son dos et commence à la masser doucement.

Julie se met à pleurer quasi instantanément. Elle est à fleur de peau, alors, dès qu'on la touche, les émotions débordent. Elle ôte sa veste polaire. Le massage lui fait du bien, mais l'épaisseur du tissu en étouffe un peu l'efficacité. Avec le soleil, il fait chaud. Elle est bien en T-shirt. Romain reprend le massage plus aisément.

— Je voulais commencer un album photo de lui, mais je n'y arrive pas.

— Ça vous étonne ?

— Non, je sais. Il finit par partir, le chagrin ? Parce que j'ai l'impression de passer mon temps à lutter pour ne pas me faire engloutir. On n'a pas toujours envie de lutter.

— Pourquoi lutter ?

— Parce qu'il faut bien avancer, la vie ne vous attend pas !

— Qui vous le dit, qu'elle ne vous attend pas ? Certes, elle continue, mais elle ne vous oblige pas à suivre le rythme. Vous pouvez bien vous mettre un peu entre parenthèses pour vivre ce deuil. Vous êtes jeune, vous avez toute la vie devant vous, accordez-vous du temps.

— Mon ami Paul, vous vous souvenez ?

— Bien sûr, vous m'en parlez souvent. Il vous a prêté de l'argent pour le piano ?

— Il me l'a offert. Et un appartement autour, à un loyer modique.

— Magnifique !

— Ça me gêne quand même un peu, c'est un cadeau énorme. Je me sens redevable.

— Laissez donc aux autres la liberté de vous faire plaisir. Je ne pense pas qu'il se soit senti obligé de le faire. Au contraire. S'il en a les moyens, c'est une façon comme une autre de vous accompagner. De ce que vous m'avez dit de lui, je ne pense pas qu'il essaye d'acheter votre amitié.

— Non.

— Encore moins vos faveurs ?!

— Non plus.

— Alors c'est un gros cadeau, certes, mais sincère. Prenez-le comme tel.

Julie sourit. Romain, après lui avoir massé le dos, l'a gardée dans les bras, en la berçant doucement, presque imperceptiblement. Pour ça non plus, on ne quitte jamais vraiment le pays de son enfance. Les papouilles font du bien. C'est indéniable, indiscutable, et si souvent oublié…

Romain aussi l'avait oubliée, cette âme d'enfant. Il l'avait perdue, comme la très grande majorité des gens. C'est quand sa femme est partie qu'il l'a retrouvée, son âme d'enfant, pour être raccord avec sa fille. Pour être raccord tout court. Parce que la vie est moins douloureuse quand on y joue comme dans une cour de récré, et quand on se raccroche aux réconforts simples.

Ça fait un peu plus d'un an qu'il en a vraiment pris conscience, quand il a compris qu'il avait définitivement quitté le long fleuve tranquille, tant le cœur était déchiré.

Colmater les fuites

— Bonjour, Julie, comment vas-tu ? demande Jérôme en l'embrassant.

— Ça va. Enfin, pas tant que ça, sinon, je ne viendrais pas te consulter. Caroline n'est pas là ?

— Non, elle est partie quelques jours chez ses parents. Qu'est-ce qui t'arrive ?

— Je me pisse dessus, lui répond Julie en se laissant tomber sur la chaise en face du bureau.

— Julie, on t'a déjà expliqué avec Paul qu'il fallait que tu travailles ton langage... réessaye !

— Je me fais pipi dessus ?

— C'est un peu mieux, mais tu peux mieux...

— Je fais pipi dans ma culotte ?

— Mieux... ?

— Tu fais chier, Jérôme !

— O.K., O.K. ! Bon, tu souffres d'incontinence urinaire.

— Si tu le dis.

— Ça fait longtemps ?

— Depuis la mort de Lulu.

— Et ça te pose problème au quotidien ?

— À ton avis ?! Y a bien que les mecs pour poser ce genre de question.

— Pardon. C'est vrai, je suis idiot. Bon. Je t'envoie vers une sage-femme. Elle t'aidera mieux que moi.

— Si c'est pour me mettre une sonde électrique là où je pense, c'est pas la peine.

— C'est pour autre chose. Tu verras.

— Pour quoi ?

— Elle t'expliquera. Sylvie Petitjean. Elle n'habite pas très loin de chez toi, en plus. Tu l'appelles de ma part, lui dit-il en lui tendant une ordonnance.

Julie le fait immédiatement, en sortant du cabinet de Jérôme. La sage-femme lui répond au bout de quelques sonneries. Sa voix est agréable. On l'entend sourire derrière le combiné.

Hasard ou coïncidence, elle vient de raccrocher d'un désistement pour l'après-midi. Julie accepte. Elle ne sait pas trop à quoi s'attendre.

Elle rentre chez elle et se fait vaguement à manger. Elle n'a pas très faim. Mais la remarque de Jérôme de tout à l'heure à propos de son poids la taraude encore. « *Continue comme ça, et la prochaine fois qu'on t'emmène en Bretagne, il faudra te lester les poches avec du sable pour pas que tu t'envoles...* ».

D'accord. Elle mange.

Julie vient de remettre un morceau de bois dans la petite cheminée du salon. Paul a pensé qu'un peu de chaleur forestière lui ferait du bien, alors il en a fait installer une. Elle pourrait envoyer un message à Romain pour compléter les petits bonheurs du quotidien. Regarder le feu crépiter en est un. Elle en profite, les yeux dans le vague, brillants, comme deux miroirs qui reflètent les flammes jaunes et bleues.

La sage-femme est accueillante. Elle prend la pres-
cription que lui tend Julie, et lui demande la raison
de sa présence. Quelques explications plus tard, la
femme saisit un dossier et commence à le remplir.
Elle enchaîne les questions. Nom, prénom, date de
naissance, adresse, numéro de sécu, profession, âge
des premières règles, et d'autres questions encore.
Antécédents médicaux, violences subies…

— Quel genre de violence ? demande Julie, surprise
par la question.

— Tout ce que vous avez pu ressentir comme une
violence dans votre vie.

— On ne me l'a jamais demandé.

— Je le demande toujours. Les femmes sont libres
de répondre, d'en parler ou pas. Ce qui compte, c'est
d'avoir ouvert la serrure d'une porte souvent fermée
à double tour.

— Alors oui, dit Julie après avoir hésité quelques
instants.

Un simple regard suffit à la sage-femme pour comprendre qu'elle peut passer à la question suivante. Julie
n'en dira pas plus. Pas aujourd'hui, en tout cas.

La suite est plus technique. Elle concerne sa vie de
femme, ses habitudes de vie, son incontinence. Elle
lui pose des questions sur l'accouchement. Péridurale,
poids de l'enfant, si la naissance s'est bien passée, si
elle l'a allaité. Comment il va aujourd'hui. Julie, qui
avait réussi à sécher ses larmes du matin, récidive.
Elle met un bon moment avant de pouvoir articuler
qu'il est mort il y a un mois. Il faut bien le dire. La
femme en face d'elle ne peut pas le deviner. Après
avoir entendu l'histoire en quelques phrases, la sage-

femme prend simplement la main de Julie et la serre, le temps des larmes.

— Ça coule de partout, n'est-ce pas ? finit-elle par dire à Julie en souriant. En haut, en bas. Nous allons essayer de colmater les fuites.

— Oui, dit Julie, dans un sourire humide. Il y a du travail.

— C'est vous qui allez travailler. Je vous donnerai des exercices, il faudra les faire à la maison.

— Quel genre d'exercice ?

— De la visualisation. Vous allez imaginer des jolies choses, une petite grotte, des vagues profondes, des papillons et des portes qui se ferment.

— Et ça va colmater les fuites ?

— Dans les yeux, je ne sais pas, mais en bas, ça devrait bien fonctionner.

— Pourquoi j'ai ces pertes depuis la mort de Ludovic ?

— Le périnée féminin est le chœur des femmes. Un lieu sacré dans la cathédrale. C'est ce chœur que sa mort a touché. Accordez-lui le droit d'en souffrir aussi, mais il va s'en remettre.

— …

— Et vous aussi. On se voit la semaine prochaine ?

— Vous ne m'examinez pas ?

— Jamais la première fois, lui répond la sage-femme en souriant.

Julie apprécie. Déjà qu'elle n'aime pas qu'on lui trifouille le « chœur », si en plus c'est au premier rendez-vous…

Sur neige

Le rythme de rendez-vous, qui se voulait mensuel, s'est quelque peu accéléré. Romain vient la voir tous les quinze jours.

Aujourd'hui, le temps est magnifique. Il a neigé la semaine précédente et le froid sec a gardé la neige intacte. Le soleil scintille sur cet épais manteau blanc, à la manière d'une interminable guirlande de Noël qui s'allumerait en plein jour. Et quand on enfonce les doigts dans la neige, il y a une minuscule couche de glace qui se brise à la surface, comme une immense crème brûlée. Julie aime observer ce phénomène.

— Vous savez conduire sur route enneigée ?

— Euh, pour aller à mon travail, ça m'est arrivé un matin ou l'autre, mais… pourquoi vous vous arrêtez ?

— Parce qu'il n'est jamais trop tard pour apprendre. Cette route est toujours déserte, on voit venir les voitures de loin, et il n'y a aucun danger à se rabattre sur le bas-côté.

— Mais je ne veux pas faire de rallye, moi !

— Qui a parlé de rallye ? Juste apprendre à se débrouiller sur neige, on ne sait jamais. La Triumph est une excellente voiture pour cela. Elle tient bien la route.

— Vous m'avez dit le contraire, l'autre jour.

— Je vous ai dit ça, moi ?…

— Je n'ai jamais conduit ce genre de voiture !…

— Ça reste une voiture. Un volant, une boîte de vitesses, trois pédales : l'embrayage, le frein, l'accélérateur. Ici, vous avez le rétroviseur, ajoute-t-il en le montrant du doigt.

— Arrêtez de vous foutre de moi !

— Alors montrez-moi de quoi vous êtes capable. C'est pas sorcier. Il faut juste oser. Vous risquez quoi ?

— D'abîmer votre voiture.

— J'assume.

— Vous m'accordez une sacrée confiance…

— J'ai tort ?

— Je sais pas.

Julie démarre, elle est prudente. Roule doucement. Elle n'est pas trop à l'aise.

— Nous ne sommes pas près de faire notre balade à ce rythme, il y a encore douze kilomètres, vous pouvez accélérer un peu !

Julie accélère. Un peu. Passe de 15 à 20 km/h. Elle se prépare à aborder un virage, le prend tout en douceur, prudente, quand Romain saisit le frein à main et donne un petit coup bref. L'arrière du véhicule part immédiatement sur la gauche et Julie, par réflexe, contre-braque pour ramener la voiture dans l'axe, ce qu'elle fait avec succès.

— Ne refaites jamais ça ! aboie-t-elle.

— Mais vous vous êtes débrouillée à merveille, où est le problème ? rétorque Romain en la regardant.

— Ne refaites jamais ça quand même, j'ai eu peur ! dit-elle sans pouvoir s'empêcher d'esquisser un sourire.

— Allez ! Avouez ! Un peu d'adrénaline, c'était agréable, non ? Je l'ai vu dans vos yeux.

— C'est vrai, mais ne refaites jamais ça, répète-t-elle tout en souriant.

— C'est promis, mais alors accélérez un peu, sinon nous n'aurons pas le temps de faire la boucle que j'ai prévue.

— Laissez-moi apprivoiser votre voiture. Vous aimez peut-être conduire sur neige, pas moi.

— Non, ce que je préfère, c'est conduire les soirs d'été, dans le sud de la France, sur les petites routes sauvages et désertes qui sentent bon la lavande et le romarin. L'air est délicieusement frais. Le moteur de la voiture respire mieux, et puis, il y a cette incertitude de la nuit, capote ouverte, on met en éveil tous ses sens. Ça, c'est bon. C'est vraiment bon.

La progression dans la neige est éprouvante, car les jambes s'enfoncent jusqu'à mi-mollet. Julie transpire sous sa polaire, mais le paysage est magnifique. Ils arrivent à une cascade. L'eau coule au milieu d'une sculpture de glace, dans des reflets bleutés. Comme si le temps avait d'un coup figé le mouvement de ces gouttes d'eau, surprises par le froid glacial de ce milieu d'hiver. Ils l'observent un moment en silence. Juste le bruit discret du ruisseau.

Julie s'est approchée de la cascade, et ramasse un petit bout de glace qui s'en est détaché. Chacun ses Lego...

— Pourquoi passez-vous du temps avec moi ?

— Parce que ça me fait plaisir. Parce que je sais aussi que l'entourage peut se montrer très discret dans pareille situation, et que de se changer les idées de temps en temps fait du bien. Parce que je sais que vous aimez la montagne et que vous n'iriez pas toute seule. Je me trompe ?

— C'est pénible à la fin, vous avez toujours raison, dit-elle en souriant.

— Ce n'est pas volontaire de la part des gens, mais pour beaucoup, vous incarnez la mort et la tristesse, et la mort fait peur. C'est humain, c'est normal. Vous ne pouvez compter que sur vous-même pour vous reconstruire. Ça ne vous empêche pas d'avoir des amis. Et ceux qui restent sont les bons.

Romain observe Julie, amusé de la voir sucer son morceau de glace depuis tout à l'heure. Il faisait pareil quand il était petit. Il en saisit un et le porte à la bouche.

— Vous avez déjà retrouvé le sourire, le reste suivra. Et vous y arriveriez toute seule. C'est simplement plus facile quand on est entouré. Et tant pis si vous dérapez parfois. Ça fait partie de la vie de trébucher.

— Quand c'est la tristesse qui vous fait trébucher, cela ne se remarque pas forcément.

— Oui. Si vous perdez une jambe, ça se voit, les gens sont conciliants. Et encore, pas tous. Mais quand c'est un morceau de votre cœur qui est arraché, ça ne se voit pas de l'extérieur, et c'est au moins aussi douloureux. Parce qu'avec une jambe en moins, on apprend à marcher autrement, on fait avec, on compose. Quand on perd son enfant, je suppose qu'on ne peut rien composer du tout, on subit de plein fouet.

— J'aurais préféré perdre mes deux jambes et garder mon fils. Mais c'est vrai, ce n'est pas écrit sur mon front que je vis avec le cœur en morceaux.

— Ce n'est pas de la faute des gens. Ils ne se fient qu'aux apparences. Il faut gratter pour voir ce qu'il y a au fond. Si vous jetez une grosse pierre dans une mare, elle va faire des remous à la surface. Des gros remous d'abord, qui vont gifler les rives, et puis des remous plus petits, qui vont finir par disparaître. Peu à peu, la surface redevient lisse et paisible. Mais la grosse pierre est quand même au fond.

La grosse pierre est quand même au fond.

Mâles non dominants

Julie est assise face au bureau de la sage-femme. Celle-ci prend sa chaise et vient s'asseoir à côté d'elle. Elle lui demande de choisir une couleur parmi ses feutres.

Ce sera bleu.

Puis elle lui demande sa météo interne. Soleil, nuage, brouillard, pluie, soleil et pluie, brume et éclaircies. Julie, après l'avoir regardée un peu étonnée, lui annonce le temps.

Ce sera brouillard et pluie.

Puis la femme lui explique que, ce matin, elles commenceront à travailler les muscles de l'entrée de la grotte. Qu'il y aura des ponts-levis et des grilles de château qui se fermeront dans son imaginaire pour protéger la princesse.

Ce sera surprenant.

Elle lui demande enfin de s'installer confortablement sur la table d'examen, après s'être défaite du bas, de mettre les pieds l'un contre l'autre tout près des fesses et de relâcher les genoux en posant l'un d'eux sur la cuisse de la sage-femme, qui s'est assise à côté d'elle.

Ce sera difficile.

— Je vais poser mes doigts à l'entrée de votre

vagin. Détendez-vous et dites-moi quand vous êtes prête.

— Vous pouvez y aller, s'empresse de dire Julie.

— « Vous pouvez y aller » ne signifie pas que vous êtes prête.

— C'est la première fois qu'on me demande si je suis prête avant de m'examiner.

— Décidément, il y a beaucoup de premières fois entre nous, remarque la femme en souriant. J'attends que vous le soyez.

Julie respire profondément, ferme les yeux et respire bruyamment.

— Et si je ne suis pas prête ? demande-t-elle, soucieuse.

— Si vous n'êtes pas prête, je ne vous examine pas.

Julie ferme à nouveau les yeux, reprend une grande inspiration, essaie de se détendre. La sage-femme l'observe du coin de l'œil. Les lèvres tremblent, une larme perle. Une autre à l'œil opposé. Elles roulent vers les oreilles.

— Je crois que je ne suis pas prête, dit Julie en essuyant ses larmes.

— Ce n'est pas grave. Nous attendrons que vous le soyez. Si vous avez besoin que je vous aide à vous préparer, je suis là.

Julie se rhabille et s'assoit sur le bord de la table d'examen. La sage-femme est assise à côté d'elle. Elle range lentement son matériel en écoutant sa jeune patiente lui parler de ces petits copains successifs qui ont disposé de son corps de belle adolescente en reproduisant vaguement ce qu'ils avaient vu dans les films pornos, sans trop se soucier de ce qu'elle pouvait ressentir.

Il y a eu celui du soir de la boum, qui a déposé un

peu de semence fertile avant de s'enfuir, trop peureux d'assumer ce genre de conséquence.

Il y a ce connard de Chasson qui fait pression sur elle en sachant qu'elle ne peut pas se défendre.

Alors, la princesse, elle est sacrément désabusée. La princesse, elle a envie de dire merde à cette moitié de l'humanité qui pense que la testostérone donne des droits à disposer de l'autre moitié.

La princesse, elle a perdu l'espoir de rencontrer le Prince Charmant. Elle cherche à embaucher un dragon qui la protégera des loups. Elle pense un instant à Paul. Il pourrait faire un bon dragon. Le problème, c'est qu'il pleure à torrent en épluchant les oignons. Ça risque d'éteindre les flammes.

— Personne n'a le droit d'ignorer votre avis, commente calmement la sage-femme.

— Il m'est arrivé de dire oui parce que je n'avais pas d'autre choix.

— Défendez-vous, Julie. C'est votre corps. Il vous appartient. Il compte. La rééducation de votre périnée passe aussi par ce genre de prise de conscience. Si vous voulez vous refermer, il faut arrêter d'accepter de vous ouvrir à contre-cœur.

— Et à contre-chœur ?

— Tout à fait. Protégez votre crypte, Julie. On ne laisse pas entrer les brigands dans les lieux sacrés. Et ne perdez pas l'espoir du Prince Charmant. La testostérone a des effets positifs sur certains mâles. Les moins dominants, en tout cas. Ceux qui ont compris que l'autre moitié de l'humanité a tout autant de valeur.

Rééducations

Julie déjeune chez Jérôme ce dimanche-là. Pour trinquer au retrait des broches, Caroline a un gâteau. Une galette des rois, ce n'est plus l'époque mais Caroline aime être intemporelle. Pour une fois, elle n'a pas oublié de mettre la fève avant cuisson. Elle s'améliore. La confiance en elle fait son chemin.

Jérôme est sorti de l'hôpital en milieu de semaine après quelques jours passés là-bas, pour éviter d'avoir à sonner encore à l'aéroport. La rééducation a déjà bien été amorcée avant l'opération. Il reste l'ambulatoire, les séances chez son ami kiné, amateur de whisky, au physique d'Apollon. Jérôme s'en fiche de son physique d'Apollon. Par contre, le bon whisky…

Il remonte la pente, avec parfois cette pointe de culpabilité d'avoir vu Julie dévaler tout en bas, quand lui s'en est sorti avec une jambe broyée.

Ils sont trois dans la voiture à regretter de ne pas avoir été à la place du mort.

Mais Julie remonte doucement la pente. Pas à pas. Des petits pas. Mais des pas quand même.

— Et ta rééducation à toi ? lui demande Jérôme. Ça avance ?

— Oui. Elle est gentille, ta sage-femme médiévale.

— Médiévale ? Pourquoi médiévale ?

— On parle de château fort, de pont-levis, de princesse, de grandes vagues toute douces.

— C'est une sage-femme maître-nageur aussi ?

— Je crois qu'elle est multicartes.

— Elle te fait du bien ?

— On colmate. Ça coule moins. En haut, y a encore du boulot, mais en bas, ça va mieux... Et puis, elle prend le temps. Pas comme tous ces médecins qui te font un grand sourire en faisant semblant de t'écouter, mais qui, pendant que tu leur expliques que tu te pisses dessus, pensent à leur prochaines vacances au ski que le dépassement pharaonique que tu vas leur allouer aidera à payer, et qui, en prime, te font comprendre qu'il serait préférable que tu remettes tes chaussures dans le couloir, pour enchaîner avec les patientes suivantes, rentabilité oblige, parce que le ski, ça coûte bonbon, vu les stations dans lesquelles ils ont l'habitude d'aller...

— Tu me mets dans le même panier ?

— À ton avis ?

— J'espère que non.

— Elles remettent leurs chaussures dans la salle d'attente, tes patientes ?

— Non...

— Tu finis la consultation dans le couloir, en leur disant au revoir ?

— Ben non.

— Alors je ne te mets pas dans le même panier...

La grotte de l'oubli

— Bonjour, Julie. Vous avez un parapluie ?

— Assorti aux bottes ! Nous allons aux champignons ou aux grenouilles ?

— Vous voulez qu'on annule ?

— Pour rien au monde, maintenant que je me suis équipée.

— Vous n'êtes pas obligée de mettre ce bonnet à chaque fois.

— Je le mets par plaisir, il tient bien chaud ! À la tête et au cœur. Ça marche, les couleurs !

— Tant mieux. Il vous va très bien, en tout cas. Vous connaissez la Grotte de l'Oubli ?

— Euh, non, j'ai dû oublier.

— Vous avez mangé du clown, ce matin ? Si vous ne connaissez pas, je vous y emmène. Nous y serons à l'abri.

Dans la voiture, Romain raconte à Julie la légende de cette grotte. Elle accueillait les moines du monastère voisin pour des retraites méditatives, étant difficile d'accès mais débouchant sur un paysage magnifique, à faire oublier le reste du monde.

— Ce n'est pas trop dangereux par ce temps ?

— Non, le chemin a été élargi depuis et nous avons des chaussures à crampons.

— On ira où quand vous m'aurez fait découvrir tous les coins de la région ?

— Nous n'aurons pas assez d'une vie pour tous les découvrir. Et je suis sûr qu'il y en a que je ne connais pas encore. Au pire, nous partirons un peu plus loin.

Cette grotte était difficile d'accès, en effet, mais la vue incroyablement belle. Il y a même un petit banc taillé dans la pierre, et arrondi par tant de postérieurs fatigués depuis des siècles.

Romain s'est approché du bord pour regarder, en contrebas de la grotte, le précipice à pic. Il se tient tout au bord. Une jambe bien en arrière pour faire contrepoids, il se penche en avant. Julie n'est pas tranquille. Elle retient sa respiration, un souffle de moins dans l'air ambiant, des fois qu'il le pousserait dans le vide.

— Ça va, au boulot ? demande Romain.

— Tout me saoule. Mes collègues me saoulent, mon patron me saoule, les clients me saoulent, les packs d'eau, qui me tuent le dos, me saoulent. J'ai envie de partir sur une île déserte et qu'on me fiche la paix. De me retirer tout doucement pour que personne ne pense à venir me chercher. Au moins, je serais au calme.

— La vie s'apparente à la mer. Il y a le bruit des vagues, quand elles s'abattent sur la plage, et puis le silence d'après, quand elles se retirent. Deux mouvements qui se croisent et s'entrecoupent sans discontinuer. L'un est rapide, violent, l'autre est doux et lent. Vous aimeriez vous retirer, dans le même silence des vagues, partir discrètement, vous faire oublier de la vie. Mais d'autres vagues arrivent, et arriveront encore et toujours. Parce que c'est ça, la vie... C'est le mouvement, c'est le rythme, le fracas parfois, durant la tempête, et le doux clapotis quand tout est calme. Mais le clapotis quand même. Un bord de mer n'est jamais silencieux, jamais. La vie non plus, ni la vôtre, ni la mienne. Il y a les grains de sable exposés aux remous et ceux protégés en haut de la plage. Lesquels envier ? Ce n'est pas avec le sable d'en haut, sec et lisse, que l'on construit les châteaux de sable, c'est avec celui qui fraye avec les vagues car ses particules sont coalescentes. Vous arriverez à reconstruire votre château de vie, parce que la tempête vous a rendue solide. Et ce château, vous le construirez avec des grains qui vous ressemblent, qui ont aussi connu les déferlantes de la vie, parce qu'avec eux, le ciment est solide.

Julie pense à la Bretagne…

Il t'attend

Cette fin de février est particulièrement froide. Il pleut dehors. Il pleut dedans. Un mélange de larmes et de neige, qui colle aux vêtements et qui glace le sang. Et cette grisaille, cette grisaille.

Des jours entiers qu'elle n'a pas vu la couleur du soleil.

Ces jours-ci, plus d'une fois, Julie a eu envie de partir. De tout plaquer, de sauter du train en marche et de rejoindre le quai. Là où elle a laissé Lulu.

Envie de baisser les bras et donner tort au proverbe.

À quoi bon, de toute façon ? À quoi bon attendre encore un miracle ? Quel miracle d'ailleurs ?

Le seul vrai miracle serait de pouvoir revenir en arrière, rembobiner le film de sa vie, partir plus tard de cette petite maison en Bretagne et arriver un peu après, être pris dans d'interminables bouchons, mais pas dans cet effroyable accident.

Hélas, ça ne marche pas comme ça, la vie. La bobine est bloquée en position « Marche ». Pas de coupure au montage. Pas de montage du tout. Du direct irréversible.

S'ouvrir les veines ?

Prendre la direction d'un arbre un peu plus gros que les autres, au bord de la route ?

Avaler cinq boîtes de Doliprane ? Pourquoi pas sept, pour être sûre... ?

Elle réfléchit.

Allez, Julie, pense aux gens qui t'aiment !

Et puis il t'attend, tu sais ?

Il t'attend !

Il a tout son temps maintenant...

L'ascenseur (2)

Ils se sont donné rendez-vous dans le hall de l'hôtel.
La proposition d'aller dîner au restaurant panoramique
avec vue sur toute la ville a semblé la séduire.

Après s'être croisés à de nombreuses occasions dans
le service où était Lulu, ils se sont échangés leurs numé-
ros de téléphone, et leurs adresses e-mail. Et puis, ils ont
commencé à trouver le temps long en dehors des visites
à l'hôpital. À s'écrire régulièrement, à se faire signe,
parfois pour rien, à attendre l'autre fébrilement, comme
des gamins. Alors il a bien fallu qu'ils se revoient.

C'est la première fois depuis que Lulu est mort.

Paul s'est installé dans un de ces fauteuils moelleux
du hall d'accueil. Il aime être le premier pour scruter
l'entrée et voir la personne qu'il attend la franchir et
chercher des yeux. Parce qu'il y a cette petite lueur
qui s'y allume quand on aperçoit celui qu'on vient
retrouver. Évidemment, Paul espère que le regard de
Manon s'éclairera aussi de cette petite lueur, ce soir,
quand il tombera sur lui. Pourquoi en douter après ce
qu'ils se sont dit ?!

Il fixe l'entrée. Même quand le serveur est venu
lui demander s'il voulait boire quelque chose, il a

prétexté avec élégance qu'il attendait son invitée. Ah ça, le serveur a dû s'en rendre compte…

Il fait plus que l'attendre, il la désire, déjà...

Paul observe le ballet des clients qui entrent et sortent à travers la porte tournante en verre. Elle ne va pas tarder, il le sent.

Il reconnaît vaguement sa silhouette à travers les baies vitrées qui donnent sur le parking. La porte coulisse et dépose Manon dans le hall. Elle fait quelques pas, puis s'immobilise, en balayant la pièce du regard. Inquiétude et concentration.

Pourvu qu'il soit là.

Elle le repère enfin et Paul savoure cet instant, les yeux de la jeune femme qui pétillent et le sourire qui s'allume, creusant deux petites fossettes au milieu des joues. Peut-être une discrète rougeur sur les pommettes. Elle lève la main pour faire un petit signe discret et s'approche de lui.

— Ça fait longtemps que vous êtes arrivé ? lui demande-t-elle en l'embrassant.

— Non, dix minutes, ment-il pour ne pas avouer que cela fait une demi-heure mais qu'il ne voulait rater cet instant pour rien au monde. On pourrait peut-être se tutoyer, non ?

— Si tu veux.

— Wouaah !…

— Quoi ?

— Julie a mis un temps fou à y arriver.

— Julie a quelques principes difficiles à désancrer.

— Et toi ? Tu n'as pas de principes ?

— Si, mais pas les mêmes… Je tutoie facilement. Pour moi, ça ne change rien. J'ai passé un an au pair au Danemark. Là-bas, le vouvoiement n'existe pas. Tout le monde se tutoie, de l'étudiant au ministre.

— Tant mieux. Tu veux boire quelque chose ici, ou tu veux monter directement au restaurant ?

— Le soleil se couche, non ? Nous profiterons mieux du spectacle là-haut !

— Allons-y ! Il faudra prendre l'ascenseur, il y a quinze étages.

— Je sais.

— Ça ira ?

— Je ne sais pas.

— On essaie ?

— Tu as ta panoplie sur toi ?

— Quelle panoplie ?

— De choses à me proposer en cas de panne !

— Elle ne me quitte pas.

Paul a appuyé sur le bouton de l'ascenseur. L'attente est longue, il doit être tout en haut. Manon appuie alors à nouveau sur le bouton d'appel, pourtant allumé. Paul la regarde, amusé.

— Tu sais que ça ne sert à rien ?

— Bien sûr que si !

— À quoi ?

— À vérifier que c'était bien enclenché…

— La lumière était allumée.

— Même !

— Et tu appuies aussi plus fort sur les touches de la télécommande quand elle ne marche pas ?

— Oui, pourquoi ?

— Comme ça. Et quand tu réfléchis devant ta garde-robe, tu remues tes dix doigts comme une araignée ?

— Comment tu sais ?

— Je sais.

— Tu sais aussi qu'il m'arrive de dire pardon à la table basse de mon salon quand je m'y cogne ?

— Ah non, mon imagination n'osait pas franchir ce cap-là !

— Par contre, toi, au téléphone, tu dis « Bonjour, c'est moi. » Eh bien, à chaque fois, c'est bien toi !

L'ascenseur est arrivé et les portes coulissantes se referment sur eux. Ils sont seuls. Paul enclenche la montée vers le restaurant panoramique. Manon regarde défiler avec angoisse l'affichage digital des étages. Il s'arrête subitement au sixième et les plonge dans la semi-obscurité.

— Mais vous le faites exprès ?

— Manon, je n'ai rien fait, je te promets. Tu me vouvoies de nouveau ?

— On est maudits, alors ?! Ça ne m'était jamais arrivé avant.

— À moi non plus. Nous sommes donc condamnés à ne pas prendre l'ascenseur ensemble.

— Pourquoi ça nous arrive ?

— Le mélange des ondes ?

— C'est fini ! Fini ! Je ne prends plus l'ascenseur avec toi ! affirme Manon qui sent monter l'angoisse.

— Tu mettras peut-être moins de temps à venir te réfugier dans mes bras, cette fois-ci.

Manon se love alors instantanément dans le creux de son épaule. L'étreinte est bien plus profonde que la première fois et Manon sentirait presque l'envie que la panne se prolonge.

— On n'appelle pas ? demande-t-elle cependant.

— Pour quoi faire ? répond Paul en lui attrapant le menton entre le pouce et l'index pour relever légèrement son visage.

— Pour rien ! dit-elle juste avant qu'il ne l'embrasse.

Furtivement, car l'habitacle s'ébranle et reprend son ascension sans même leur demander leur avis.

Ils sont installés à l'une des tables qui longent la grande baie vitrée. Le soleil a disparu derrière les Vosges, donnant aux quelques nuages flottant çà et là une couleur orange qui vire doucement au rouge.

— Donne-moi de vraies nouvelles de Julie. Elle me dit que ça va, mais je ne sais pas si c'est simplement pour me rassurer. Tu es sa meilleure amie, elle te dit tout, à toi, je suppose.

— Elle va. Des hauts et des bas. Des pas très hauts et des très bas, mais elle tient le coup.

— Elle est forte, heureusement.

— « Tu ne sais jamais à quel point tu es fort jusqu'au jour où être fort reste la seule option. » C'est Bob Marley qui a dit ça.

Ah, alors, si c'est Bob Marley.

— Elle n'a pas beaucoup d'autres options.

— Celle de le rejoindre. Elle en parle parfois ?

— Ça lui arrive. Je lui mets vite un coup de pied au derrière.

— Je m'en veux terriblement.

— De quoi ?

— De ce qui s'est passé.

— C'est ta faute ?

Je n'ai pas pu faire grand-chose. Ça tient à presque rien. Nous serions partis cinq minutes après, ou nous nous serions arrêtés à ce moment-là sur une aire d'autoroute.

— La vie tient à peu de chose. C'est même un miracle de rester en vie. Tout cela a peut-être un sens.

— Ça a un sens qu'un gosse meure à cause d'un chauffard bourré ?

— Ça doit aider de trouver un sens à cela.

— Si tu trouves, tu me diras.

— Je cherche encore.

— Cherche déjà ce que tu veux manger...

Manon ne referme pas violemment la carte du restaurant. Elle n'éprouve pas le besoin qu'il lui lise le menu pour qu'elle ne voie pas le prix, et elle trouvera égal que chaque bouchée vaille cinq euros. Manon profite de la vie. Elle accepte l'invitation avec simplicité. Elle défend la place des femmes sans être une féministe acharnée et cela ne lui viendrait même pas à l'idée de payer sa part. D'abord, parce qu'elle sait que Paul s'en offusquerait, ensuite, parce qu'elle aime ces petites marques de galanterie, qu'elle regrette de voir disparaître avec l'évolution d'une société en perte de repères.

Paul a déjà choisi depuis longtemps. Il prendra la même chose que Manon. Peu importe quoi. Il n'est pas difficile. Il a simplement envie de la suivre dans le choix de son plat, dans la discussion qui suivra, et jusqu'au bout du monde, s'il le faut.

Il l'observe pendant qu'elle parcourt longuement la carte. Elle finit par la claquer, en le regardant, victorieuse. Elle a choisi. Enfin.

— Tu sais qu'il n'y a pas que Bob Marley qui dise des choses vraies ?

— Ah ? répond-elle, amusée.

— Albert Einstein aussi.

— On va parler de relativité ?

— Exactement. Mais pas celle que tu connais. « *Placez votre main sur un poêle une minute et ça vous semble durer une heure. Asseyez-vous auprès*

d'une jolie fille une heure et ça vous semble durer
une minute. C'est ça la relativité. »
— Tout dépend de la chaleur du poêle.
— Et de la jolie fille.
— Et là ? La relativité du temps passé avec moi ?
— Une seconde.
— Je vais être rouge comme un poêle incandescent.
— J'y poserai quand même ma main.
— Juste une seconde ?
— J'arrêterai le temps...

Ce qui se joue là entre Paul et Manon mettra du baume sur le cœur de Julie.

Sans paraben.

Un mal pour un bien.

Un grand grand mal, pour un joli bien. Peu importe le déséquilibre. Les voir se chercher, se séduire, depuis quelques semaines, et se trouver ce soir, la rend joyeuse. Parce que la vie continue. Et qu'ils sont parmi les êtres auxquels elle tient. Alors si en plus ils sont heureux, ça met un peu de colle entre ses Lego à elle.

Un orage de printemps

— Je suis fière de vous, Julie, le sommet que nous atteignons aujourd'hui est haut perché.

— Lulu est à mon aphélie. Il faut bien que je monte le plus haut possible pour le toucher du bout des doigts.

— Vous connaissez ce mot ?

— Quel mot ? Doigt ?

— Aphélie, dit-il en souriant.

— Et pourquoi pas ?!

— Pourquoi pas, en effet.

— Point de l'orbite d'une planète le plus éloigné du Soleil.

— Ne vous justifiez pas !

— C'était pour vous sortir de l'embarras si jamais vous ne le connaissiez pas.

— Je le connaissais.

Julie s'est assise, en tailleur, après avoir posé une pierre sur le petit monticule au sommet, ces petites rallonges de montagne faites par les hommes, un grain de sable au regard de l'immensité à leurs pieds, mais un geste symbolique fort. Elle scrute l'horizon. Le ciel est dégagé, mais il fait lourd. Cela correspond à ce qu'elle éprouve. Quelques mois après. L'esprit libéré, mais le cœur gros.

Romain s'est assis un peu en retrait et observe cette jeune femme qu'il connaît depuis moins d'un an. Cette femme qu'il a rencontrée en maman pleine d'espoir et qu'il a vue se transformer en orpheline d'enfant – il n'y a même pas de mot pour cet état-là. Qu'il a vue s'effondrer puis renaître tout doucement à la vie. Elle a beau dire qu'il l'a énormément aidée, Romain sait qu'elle détient tout le mérite. Elle a rassemblé les pièces éparpillées du puzzle, a réappris à jouer aux Lego. Tout au plus lui aura-t-il donné quelques indications, mais à peine.

À peine.

Désormais, Romain ne la voit plus comme la maman de Ludovic, son petit patient, dans une relation de soin et d'apaisement. Leurs rapports se sont transformés peu à peu en une amitié sincère et riche. Mais aujourd'hui, en regardant le profil de Julie, ses cheveux qui se soulèvent discrètement avec le vent, son nez légèrement retroussé, ses petits seins qui reposent sur ses genoux et ses deux bras croisés sur les jambes, aujourd'hui, Romain ne sait plus si ce qu'il éprouve pour elle est encore de l'amitié. Quoique. En fait il sait. Il est tombé amoureux. Peut-être au fil du temps, peut-être le premier jour, sans le savoir, mais quelle importance ? Aujourd'hui, il regarde cette femme et son cœur bat un peu plus fort. Ses sentiments pour elle sont-ils indécents ou non ? Au fond de lui, il les ressent, et c'est agréable. Il se sent prêt à vivre une autre histoire. Ainsi va la vie, elle se nourrit d'impermanence, et c'est l'impermanence qui fait que la vie est vie. Le passé laisse une trace comme les pas dans le sable, mais c'est vers l'avenir que l'on marche.

— Vous avez déjà réfléchi à la pierre que vous allez mettre sur sa tombe ?

— Un papillon, en grès des Vosges, que je pourrai payer grâce à l'argent de Paul. Il avait raison, c'est important.

— C'est important, oui.

— Je pense tout le temps à Lulu. Tout le monde me dit que ça va sûrement être difficile, cet automne, quand arrivera la date anniversaire. Mais j'ai pas besoin de date anniversaire pour me souvenir de lui. Je n'en suis pas encore là. Et je doute de l'être jamais. Ludovic est au fond de moi, il est en moi, il le sera toujours, chaque jour.

— Le temps n'aide pas à oublier mais à s'habituer. Comme les yeux qui s'accoutument au noir.

— J'ai quand même l'impression que mon ampoule a grillé il y a quelques mois.

— Un bon gros feu peut sembler être éteint après un gros orage, mais tout au fond, il reste toujours des braises. La surface est grise, froide, en cendres, mais le noyau est encore chaud. Attisez-le, ajoutez quelques brindilles, soufflez dessus et il peut repartir.

— J'ai plutôt l'impression d'être une pomme, parmi d'autres pommes qui passent sur le tamis. Sauf que moi, je suis devenue trop grosse, je ne passe plus dans les trous standards, alors je vais atterrir dans un autre cageot, à part.

— C'est votre cœur qui est devenu très gros. Mais avoir le cœur gros peut aussi signifier qu'on a un grand cœur.

Romain marque un petit temps d'arrêt, en poursuivant son dessin dans la terre meuble, entre ses pieds, du bout de son bâton, puis se met à sourire ostensiblement.

— Qu'est-ce qui vous fait rire ?

— Ce que vous dites ! Finalement, vous avez changé de cageot parce que vous êtes devenue une pomme d'amour, toute brillante, toute rouge, toute sucrée.

Julie sourit à son tour. Et avec ses deux petites fossettes sur les joues devenues roses, elle est à croquer !

— Vous ne trouvez pas que le ciel s'assombrit dangereusement ? s'inquiète Julie.

— Je m'en faisais la réflexion. J'ai pourtant consulté la météo, ils n'annonçaient pas d'orage. Dépêchons-nous, il vaut mieux ne pas s'attarder en montagne en cas d'orage, nous en avons pour deux heures jusqu'à la voiture.

Ils descendent à vive allure. Romain précède Julie pour lui ouvrir le chemin. Elle s'essouffle, trébuche, mais tient bon. L'atmosphère est électrique, Romain le sent. Et la luminosité décroît subtilement. Il se retourne régulièrement, pour surveiller la tendance. L'orage s'approche rapidement, et le vent s'est levé. Ils n'arriveront pas à atteindre la voiture, c'est illusoire, et, sur le chemin, aucun lieu de repli pour attendre en toute sécurité que la tempête passe.

— Nous allons bifurquer par là, crie Romain, nous ne sommes pas loin de la Grotte de l'Oubli, l'accès par ici est un peu plus difficile, mais nous y serons à l'abri.

— Faites comme vous le sentez, dit Julie dans une respiration haletante, je vous suis…

Il leur reste un bon kilomètre avant d'atteindre la grotte. Quand Romain se retourne une nouvelle fois, le nuage de pluie vient d'engloutir le sommet d'où ils viennent et avance droit sur eux, à la vitesse d'un cheval au galop. Le tonnerre est encore lointain, mais ils sont dans le sens du vent, les éclairs ne sauraient tarder. Le phénomène est impressionnant. Sa vitesse d'évolution ne leur laisse aucune chance d'atteindre la grotte à temps.

Julie ne dit rien. Sur son visage, la crainte. Elle s'efforce d'avancer le plus rapidement possible, sans se blesser, ce serait encore pire. Elle prend sur elle pour ne pas paniquer. Mais elle n'aime pas l'orage. Vraiment pas. Petite, elle avait vu la foudre s'abattre sur une grange, non loin de chez ses parents, dans un claquement terrible qui avait fait vibrer la maison. La grange avait pris feu, et les propriétaires avaient pu sauver les animaux *in extremis*, mais le hasard des impacts angoisse Julie. Certes, on n'y peut rien, mais elle préférerait ne pas servir de conducteur entre ciel et terre, là, maintenant.

Finalement, elle y tient quand même, à la vie…

Ils n'ont pas fait vingt mètres que les premières gouttes se mettent à tomber. Très vite, c'est une pluie dense qui s'abat sur eux. Des gouttes énormes venant frapper leur visage. En quelques secondes, ils sont trempés, et le sol est devenu plus instable. Le tonnerre se rapproche, plus fort. Cela glace le sang de Julie.

Heureusement, l'escalier rocheux vers la grotte est en vue. Romain s'y engouffre en premier et prend Julie par la taille pour l'aider à descendre les immenses marches que forment les rochers. Ils sont extrêmement glissants. Mais Romain sait qu'ils sont bientôt arrivés. Il rassure Julie.

En pénétrant dans la grotte, il l'entraîne vers le centre, sort toutes les affaires de leurs sacs et les pose au sol pour qu'ils s'y asseoient et s'isolent des ondes électriques.

— Il faut que nous restions bien au milieu, c'est là que nous serons le plus en sécurité. Ça va aller, Julie ?

— …

— Julie ?

Julie ne répond pas. Le nœud dans sa gorge est énorme. Elle reste silencieuse quelques instants.

Et puis tout sort, dans un hurlement animal. Elle se décharge, comme un éclair, de ses tensions intérieures. L'orage est désormais juste au-dessus d'eux, et le tonnerre progresse à coups d'explosions. À chacune d'elles, Julie crie un peu plus fort. Romain comprend qu'elle n'exprime pas seulement sa peur de l'orage. Celui-ci n'est que le détonateur de la rage qu'elle garde au fond d'elle depuis la mort de Lulu, qu'elle n'a jamais réussi à faire sortir.

Tant mieux…

Il l'a prise dans les bras et la berce comme il peut, en essayant de calmer son agitation. Julie grelotte, glacée jusqu'aux os. Rien n'y fait. Ce sanglot énorme se poursuit de longues minutes. Il la laisse le vivre pleinement, pour qu'elle s'en débarrasse enfin. Il l'éloigne un peu de lui, pour la regarder droit dans les yeux. Ses cheveux mouillés encadrent son visage, ses lèvres tremblent, et ses yeux bleus cherchent un peu de sécurité, comme un bateau jette l'ancre pour se stabiliser.

Romain saisit le visage de Julie, de ses deux larges mains, et capte son regard quelques instants, puis s'approche d'elle. Ses lèvres sentent d'abord celles tremblantes de Julie, mais quand Romain se met à l'embrasser, il sent progressivement qu'elle se détend, qu'elle s'apaise.

Elle se laisse faire d'abord, puis, progressivement, prend part à l'échange.

Plus rien n'existe autour d'eux. La pénombre de la grotte les enveloppe, bienveillante. Tout pourrait bien s'écrouler, ils sont là, unis, dans un tourbillon qui leur fait oublier leurs vêtements mouillés, le froid, l'orage, le chagrin, la perte. C'est de la vie qu'ils font circuler dans leurs baisers et leurs caresses, un concentré de vie plus fort que tout le reste.

Et puis la lumière…

L'orage s'éloigne, le soleil illumine à nouveau la nature alentour, qui brille d'avoir laissé la pluie la recouvrir.

— Il faut y aller, Julie, nous n'avons aucun vêtement de rechange, et il nous reste du chemin. La fraîcheur tombe vite sur la montagne.

— Vous prendrez une douche à la maison.

— Peut-être pourrions-nous nous tutoyer, non ?

— Peut-être, dit Julie en souriant, lumineuse comme la nature, lavée par l'orage.

Son orage.

Romain lui prend la main, et l'entraîne sur le chemin du retour. Ils ne se parlent presque pas, mais se regardent souvent, se sourient, se savourent et se désirent.

Julie fait un feu dans la cheminée après sa douche. Romain a pris sa place dans la salle de bains. La seule vraie urgence en pénétrant dans l'appartement était de se réchauffer. Les vêtements de Romain sécheront devant les flammes. Pour aller préparer un thé à la cuisine, Julie marche précautionneusement, pour éviter une incursion malheureuse. Après tout, ils n'ont pas encore franchi le seuil de l'intimité.

Romain a laissé la porte de la salle de bains entrouverte et se frictionne les cheveux vigoureusement. Il a noué une serviette autour de la taille. Il est beau. Au vu de la vapeur qui règne dans la pièce, il a dû, comme Julie, forcer sur le rouge du mitigeur, pour se réchauffer.

— Tu as trouvé des serviettes ? lui lance-t-elle en passant.

Après avoir enclenché la bouilloire électrique, Julie se rend dans sa chambre pour s'habiller. Elle cherche quelques vêtements dans l'armoire quand elle sent les mains de Romain enlacer sa taille. Il dépose un baiser sur sa nuque, et la tourne vers lui, en lui caressant la joue, en lui replaçant la mèche qui vient de tomber sur son front. Il la regarde comme il ne l'a jamais fait auparavant, avec le regard désireux d'un amant. Il la trouve belle, plus belle que jamais. Puis l'embrasse, à nouveau, tendrement. Dans la Grotte de l'Oubli, tout à l'heure, il y avait de la fougue, celle de la découverte, du franchissement. Mais à cet instant, ils prennent le temps, pour se découvrir, se caresser puis s'écarter, revenir et repartir, hésitants.

Quand Romain fait basculer Julie sur le lit, elle ferme les yeux et s'abandonne.

La princesse a ouvert le pont-levis pour laisser entrer le Prince Charmant et ses grandes vagues toutes douces.

La lumière discrète de cette fin de journée traverse les persiennes, et dessine des tranches d'amour sur ces deux corps qui ne font plus qu'un. Un petit morceau de long fleuve tranquille, quand même.

Julie se réveille en constatant que la nuit est tombée, seule la lumière de la salle de bains est restée allumée.

Elle soulève doucement le bras de Romain pour se lever. Celui-ci ouvre à peine les yeux. Elle s'assoit au bord du lit, attrapant un drap dans la pagaille laissée par la fougue de l'instant passé. Elle s'y enveloppe pour rejoindre la salle de bains. Dans son mouvement, Romain aperçoit les deux petits creux au bas de son dos. Le triangle de Michaelis, le « Divin Losange » et ses petites fossettes creusées par les os du bassin. La partie du corps qu'il préfère, surtout chez une femme. Il revoit sa femme, les formes de son corps tant aimé. La cicatrice pourtant fermée brûle encore. Il se tourne vers la fenêtre, referme les yeux. Quand Julie revient, en s'allongeant à ses côtés, elle voit cette petite larme qui s'est arrêtée au milieu de la joue. Elle sait que cet instant de profonde intimité fait réapparaître des fantômes. Elle s'y attendait, et le respecte. Elle-même est un peu retournée, elle pense à Lulu.

S'autoriser à nouveau le plaisir du corps ne tombe pas sous le sens.

Julie caresse l'épaule de Romain, dépose sur cette larme un baiser aussi léger qu'un papillon sur une fleur fragile et lui chuchote « merci » à l'oreille...

Il fait partie de ces mâles non dominants qui comprennent l'autre moitié de l'humanité.

Romain ne répond pas, n'ouvre pas les yeux, mais prend la main de Julie et la serre fort, très fort, en esquissant un pâle sourire.

Des sommets qui n'étaient que collines

« Ma Julie,

Nous serons-nous revus avant que cette lettre n'atterrisse dans ta boîte ? Peu importe. J'ai envie de t'écrire, aujourd'hui. Peut-être parce que je n'ai jamais été très doué pour laisser parler de vive voix celle de mon cœur, qui m'a donc sommé d'attraper un stylo et me dicte mes phrases. Déjà qu'il dicte ma vie. Mais je lui obéis, je me suis rendu compte qu'il avait toujours raison. C'est la raison qui a parfois tort.

Cette journée d'hier était magnifique et intense. Ce n'est pas de ton corps, de l'amour que nous avons fait dont je me souviens le plus, même si j'en garde encore les empreintes. De jolies empreintes. En repensant à tes courbes, au creux de ton épaule, à tes mains douces et tes seins blancs, mon cœur s'emballe, et mon ventre tressaille. Mais je garde surtout en mémoire tes yeux. Ceux de la grotte, perdus, ceux de notre retour vers la vallée, pétillants, et ceux de ta chambre, apaisés et lumineux.

Je ne sais pas à partir de quand tu as commencé à être plus que la maman de mon petit patient. Dès le premier jour ? Quand tu as complété en finissant ma phrase le proverbe arabe ? Le jour où je t'ai réveillée

311

*de ton sommeil, parce qu'il fallait que je m'occupe de
Ludovic, et que je t'ai trouvée si attendrissante ? Ou
peut-être quand j'ai lu la lettre que tu m'avais écrite
pour me parler de lui. J'ai longuement regardé la
photo qui l'accompagnait. Et puis quand il est mort,
je l'ai posée sur la table de nuit. J'avais besoin de
continuer à vous voir tous les jours. Charlotte m'a un
jour demandé qui c'était. J'ai répondu "Deux anges,
ma puce, ce sont deux anges." Je crois qu'elle m'a
cru et qu'elle a eu raison.*

*J'ai admiré la façon que tu as eu de t'occuper de
lui à l'hôpital, puis celle de préférer le laisser partir.
J'ai admiré la force dont tu as fait preuve dans les
montées que je t'infligeais, pour atteindre des sommets
qui n'étaient, en fait, que collines au regard de ton
chagrin. J'aurais eu envie de crier au monde entier
l'étendue réelle de ta douleur, peut-être parce que
moi, je la touchais du bout des doigts.*

*Chaque dimanche où nous nous sommes vus, je me
réveillais en espérant que tu irais un peu mieux que
la fois précédente, même si je savais qu'il ne pouvait
pas toujours en être ainsi. Le commun des mortels
s'imagine que plus le temps passe, et mieux ça va,
mais ces émotions-là ne suivent pas une ligne droite
ascendante, mais une sinusoïde, avec des sommets et
des creux de vague.*

*Hier, le sommet de la courbe était au plus haut, et
je suis heureux de te savoir auprès de moi aussi pour
quand elle sera au plus bas, de ton côté ou du mien.*

*Quelle idée de te parler de géométrie ? Cela dit,
tu m'as bien parlé d'astronomie.*

*J'ai hâte... Hâte des jours et des semaines à venir,
ceux de la découverte de toi, de ton intimité et de la
douceur de ta peau. Hâte de continuer nos balades*

en montagne, pour parler et se taire. Se taire et se prendre la main. Hâte de t'enlacer dans mes bras quand on est tout là-haut, et regarder ensemble la vie qui grouille en bas.

Mais nous prendrons le temps. En vivant l'instant présent. Rien ne presse. Sauf l'urgence d'être heureux.

Te souviens-tu de ce que je t'avais dit à la cafétéria ? Quand tu te réfugiais derrière ton bâtonnet en plastique, touillant ton café à la recherche d'un hypothétique grain de sucre qui n'aurait pas fondu. C'était mignon !... On parlait de hauteur de barre... Je mesure un mètre quatre-vingt-deux, et j'espère être assez grand pour toi...

Je t'avais dit aussi que "quand on aime, on ne se trompe jamais", et je sais aujourd'hui que je ne me trompe pas, Julie.

Je ne me trompe pas.

Tu entends ? Je ne me trompe pas.

Je t'embrasse.

Romain. »

Trois ans plus tard…

Coalescence

Le temps passe et panse.

La vie grouille et débrouille.

Les braises incandescentes se consument doucement sous le tas épais de cendres froides et grises. Et puis, un jour, il y a un petit souffle, quelques brindilles, et le feu repart.

Le feu est reparti pour Paul. Manon s'est laissée embarquer dans son sillage, sans même chercher à exercer une quelconque résistance. Comme une évidence. La réciproque est aussi vraie. Elle m'a un jour parlé d'âmes sœurs. Ils se sont rencontrés à l'hôpital, dans la salle d'attente du service où était hospitalisé Lulu et ne se sont plus vraiment quittés depuis. L'attirance a été immédiate. Ils se sont reconnus tout de suite, dès le premier instant. Parfois, on cherche une fréquence sur la radio, on croit reconnaître le programme, mais ça grésille, ça capte mal. Entre eux, le son était clair, d'emblée. Et puis ce manque cruel, dès que la vie les éloignait, inévitablement. Paul lui aussi m'a parlé d'âmes sœurs. Il ressentait pour la première fois la force de cesser de regarder sa chère comète partie trop tôt en apesanteur. En même temps, il avait peur. Peur de la jeunesse de Manon. Peur de l'abîmer. Peur de se détourner de Pauline. Mais il n'a rien pu faire. Lutter le rendait trop malheureux. Il a capitulé, déposé les armes à ses pieds, et, depuis, il a le sentiment d'avoir retrouvé l'énergie de ses vingt ans. Manon aussi a peur de construire une vie avec lui. Plus de trente ans d'écart, il y a un jour où les déterminations biologiques de l'espérance de vie rattraperont leur histoire d'amour. Alors elle n'y pense pas. Ils ont déposé les armes ensemble, et sont repartis avec les fleurs qu'il y avait au bout des fusils.

Ils évitent simplement de prendre l'ascenseur…

Ils s'échangent leurs assiettes au milieu du repas quand nous allons au restaurant. Et récidivent au dessert. Paul a limité ses déplacements, tellement il ne supporte pas d'être loin d'elle. Et pourtant, l'oxygène circule entre eux. Aucun n'étouffe l'autre.

Âmes sœurs…

Je suis heureuse pour elle. Pour lui. Je me dis parfois qu'ils ne se seraient peut-être pas rencontrés si Lulu n'avait pas été dans ce service… Hasard ou coïncidence ? Finalement, c'est le résultat qui compte.

Le résultat est joli.

Lulu, si tu savais…

Je suis bête, tu sais !…

Le feu est également reparti pour Jérôme. La brindille s'appelle Caroline. Il m'a avoué un jour que lors de leur première rencontre, il s'était demandé s'il avait bien fait de la prendre comme remplaçante, tellement elle paraissait maladroite et incertaine. Et puis, il l'a trouvée touchante. Il avait l'impression de l'accompagner dans son cheminement, dans sa quête de confiance en soi. Son instinct de sauveur qui ne le quitte pas. Je crois même qu'il aurait du mal à admettre que c'est peut-être bien elle qui lui est venue en aide. La différence avec Irène, c'est que Caroline va bien. Elle est équilibrée, gauche mais équilibrée. Elle se tient droite face à la vie. Il faut l'être, et courageuse aussi, pour parvenir à préserver une petite existence en la maintenant du bout de ses doigts dans le ventre de sa mère. Et cette façon dont elle s'y est prise pour s'installer progressivement dans la vie de Jérôme, en commençant tout doucement par les gratouilles dans ses jambes pour, peu à peu, lui devenir indispensable. Caroline est le contraire d'Irène. Elle est un peu brouillon, un peu désorganisée, elle néglige les choses qui ne lui semblent pas importantes, et la propreté de sa salle à manger ou l'alignement de ses pulls dans l'armoire lui semblent moins vitaux que de passer du temps avec ses patients, ses amis, l'homme qui partage sa vie. Lui-même est arrivé à un tel moment de doute dans la sienne qu'il a été malgré tout une béquille fort efficace. Une béquille en fauteuil roulant, qu'elle a poussé en s'appuyant dessus. La vie est parfois bizarre.

Mais c'est peut-être mon feu à moi qui est reparti le plus fort.

Il y a un peu plus de trois ans, je croyais avoir éteint les lumières en partant, comme dans la petite maison de Bretagne, sans savoir si j'y reviendrais.

Il y a un peu plus de trois ans, je pensais avoir définitivement quitté le navire, condamnée à surnager en eaux froides. Et puis, j'ai réussi à remonter dedans pour poursuivre le voyage. Romain, sur le bateau, m'a tendu la main, a séché mes vêtements au soleil, pour que je n'aie plus froid, m'a montré l'horizon en me donnant envie d'y aller voir. Il a ouvert les voiles avec ses balades en montagne. Le bateau, à la poursuite de projets, a pris de la vitesse. Depuis le départ il dit qu'il n'y est pour rien, mais je sais bien que sans lui, je n'aurais pas fait ce chemin. J'aurais peut-être trouvé d'autres mains, et d'autres mains, il y en a eu, qui sont encore là. Mais son amour a compté. Il compte toujours.

Je me suis installée dans sa petite maison. Nous y sommes bien. Charlotte m'a adoptée avec la simplicité d'un enfant de son âge. Il faut dire que je connaissais plutôt bien tous les jeux auxquels elle jouait. Les Lego n'ont plus de secret pour moi, au propre comme au figuré. Je suis comme une gamine quand il est question d'organiser sa maison de poupée, et je suis toujours aussi incollable au *Memory*. Je l'ai peut-être apprivoisée en me mettant à son diapason, comme une grande sœur. Nous nous prenons dans les bras, souvent, longtemps, tout fort. Parce qu'elle a une maman qui lui manque, parce que j'ai un enfant qui me manque. On rattrape la tendresse perdue, on comble les vides, on colmate, on calfeutre pour empêcher les courants d'air que leur absence génère. Nous pouvons passer une heure entière collées l'une à l'autre. Je sens sa petite main me caresser le dos et je fouis mon nez dans son cou. Comme ces bébés qui naissent avec le même réflexe vers le sein de leur maman.

Fouissement.

Instinct de survie.

Sans ça, ils meurent.

Pareil !

Parfois, Romain rentre de l'hôpital et nous aperçoit ainsi sur le canapé. Il sourit et nous dit :

— Vous fouissez encore !

Nous lui ouvrons les bras, et nous fouissons à trois. C'est encore meilleur.

J'ai finalement accepté l'aide que me proposait Paul pour reprendre une formation et quitter ce poste de caissière qui m'était devenu insupportable. Je n'ai pas encore atteint le niveau de chercheur en biologie moléculaire, mais le BTS que j'ai obtenu il y a un mois m'a permis de décrocher un poste d'assistante pour septembre. Paul m'a dit que j'étais capable de gravir ensuite les échelons progressivement pour réaliser mes rêves.

Mon père est mort six mois après Lulu. Un cancer des poumons. Je ne l'ai su qu'après. Ma mère n'a pas eu la force de m'en aviser. Une loque humaine. Rongée par l'alcool et l'errance d'une vie sans accomplissement. J'ai donc hérité de quelques biens matériels et d'une petite barque à l'abandon au beau milieu de l'océan, heurtée par les vagues trop fortes et apeurée par les requins qui rôdaient tout autour. Je l'ai remorquée comme j'ai pu et nous avons réussi à rejoindre les côtes. J'ai vendu la maison, de toute façon difficile à garder. Avec l'argent, je lui ai payé une cure dans une clinique réputée, pour qu'elle se désintoxique et reprenne pied. Elle a remonté la pente doucement. Aujourd'hui, elle est installée dans un petit appartement où je crois qu'elle est bien. Le contact se renoue progressivement entre elle et moi. Il faut du temps pour ce genre de Lego aussi. Mais elle sourit à nouveau. C'est discret, ça tire un peu sur des joues devenues trop rigides à cause du mépris de cet homme froid et dur qu'était mon père. Mais la peau est élastique, elle va s'habituer. Nos émotions aussi sont élastiques. Elles s'habitueront.

Ainsi.

Il y eut un avant.

Un kiné qui se remettait doucement d'une rupture d'amour assassine. Il y avait un médecin de campagne qui venait de vivre une perte encore plus définitive. Il y avait son père qui se remémorait ce qu'il avait vécu trente ans plus tôt sans pouvoir s'en détacher. Il y avait ma meilleure amie qui ne se posait pas de questions sur l'avenir. Il y avait une jeune remplaçante en médecine, qui pensait ne rien valoir. Il y avait une caissière qui se dépatouillait comme elle le pouvait dans sa vie de mère célibataire. Et puis, il y avait un petit garçon plein de vie, qui la croquait à pleines dents.

Il y a aujourd'hui.

Romain qui m'a remis le pied à l'étrier et qui en a profité pour grimper avec moi sur le cheval. Il y a sa petite fille qui s'accroche à notre cou pour galoper avec nous. Il y a Jérôme qui a retrouvé toutes ses capacités physiques malgré une jambe légèrement boiteuse. Il ne pourra plus jamais courir sur la plage, mais il a appris à enlever quelques couches d'épluchures quand les peines et les soucis pèsent un peu trop sur ses épaules. Il se laisse davantage porter par la vie depuis que Caroline s'y est installée. Cette dernière a développé son sens du diagnostic, pour le plus grand bien de la Sécurité sociale, et aiguisé sa confiance en elle, raffermissant au passage sa poignée de main. Il y a Paul, qui pleure toujours en épluchant les oignons, mais qui regarde enfin devant lui. Et face à lui, il y a Manon, qui se pose désormais des questions sérieuses sur l'avenir. Elle a refermé son pot de confiture sur un vieux bourdon qui lui fait des bzzzz dans le cœur. Il y a une ancienne caissière qui touche doucement du doigt son rêve de devenir chercheur en biologie moléculaire. Elle a colmaté les brèches, en haut, en bas, grâce à une sage-femme médiévale qui l'a accompagnée sur un bout de chemin, pour la recentrer dans son corps de femme, et grâce à un homme sur qui la testostérone a un effet « Prince Charmant ».

Il n'y a plus Lulu, le petit garçon qui croquait la vie à pleines dents, parce que c'est la mort qui l'a croqué. Dans une autre dimension, Lulu. Il n'est plus là pour voir tout cela, pour le vivre avec nous. Mais je sais qu'il le partage bien plus qu'on ne pense. Peut-être même qu'il est un peu aux manettes. Sinon, comment expliquer que nous soyons tombées enceintes toutes les trois quasiment le même mois ?

Hasard ou coïncidence ?!

Bref, c'est le résultat qui compte.

Joli résultat.

Entre avant et aujourd'hui, il y a eu cette rencontre fortuite, à la caisse d'un supermarché, autour d'une histoire de pizza et de bières. Il aurait pu choisir une autre caisse, j'aurais pu ne pas travailler ce jour-là. J'aurais pu sourire et ne pas laisser une larme couler sur ma joue. Mais j'étais là, avec cette larme, et il a choisi ma caisse, peut-être pour la larme. Il aurait aussi pu ne pas revenir la semaine suivante, ne pas m'inviter à déjeuner. Nous aurions pu ne pas partir en Bretagne, ne pas tomber en affection les uns pour les autres. Nous aurions pu ne pas avoir cet accident.

Mais tout cela est arrivé et nous avons dû faire avec. Romain avait raison. On s'en sort parce qu'on n'a pas le choix. La vie suit son cours et nous ne sommes que quelques petits bouts de bois qui flottent au gré des courants. Nous avons tous été pris dans les remous des rapides, chavirés, percutés, noyés par moments, mais nous flottons toujours. Et puis, parfois, dans certains petits coins de rivière, protégées par une grosse pierre, tourbillonnent ensemble les brindilles qui ont subi les rapides et qui se retrouvent pour souffler. Formant un petit conglomérat de survivants malgré les courants puissants. La mort de Lulu, c'est le barrage qui s'est rompu, qui a tout emporté sur son passage, mais nous ne nous sommes pas noyés, parce que nous nous sommes tenus les uns aux autres. Les plus solides ont soutenu les plus faibles.

Et quand on résiste à un tel déferlement, on se sent plus fort.

Plus sensible aussi.

Paradoxalement.

Ça fait mal, mais ça tient.

On sait résister.

Ça tient.

Jusqu'à ce qu'on puisse se mettre à l'abri du petit coin protégé derrière la grosse pierre, pour reprendre de l'air.

Avant les nouveaux remous.

Parce que c'est ça, la vie.

La vraie vie.

C'est l'été. Nous sommes partis tous les six en Bretagne, dans la maison de Paul. Charlotte est restée en vacances chez ses grands-parents maternels. Nous ne sommes pas six. Nous sommes neuf. Trois petits miracles poussent trois nombrils de femme vers l'avant.

Tous les soirs, je vais coucher le soleil à l'horizon. J'y retrouve Lulu, qui flotte au-dessus de la mer. Et quand ils sont couchés tous les deux, je rentre, une douce mélancolie en bandoulière, qui ne me quitte jamais vraiment mais que j'ai désormais apprivoisée.

Pas de lune dans le ciel. Juste quelques rares nuages qui se réchauffent aux halos de la ville. Alors, ce soir, nous avons sorti le bateau et les couvertures. Nous avons dansé Balou sur le pont, parce qu'au bout de quelques mois, il est finalement sorti d'hibernation. Il était amaigri, mais nous l'avons bien nourri, et il a retrouvé sa bonne humeur.

Nous nous sommes arrêtés dans la nuit noire, au même endroit que la première fois, avec Jérôme. Quand il a éteint les lumières, je n'ai pas eu d'appréhension. Pas cette fois-ci.

Moby Dick peut aller se rhabiller.

Avec ce que m'a fait voir la vie, c'est pas une petite baleine de rien du tout qui va m'effrayer...

Même pas peur !

Nous sommes tous installés par terre, sur le pont, quelques couvertures soigneusement posées sur nous, et trois petites collines qui font des bosses comme les dunes du désert.

Le ciel est splendide. C'est la nuit du 10 août. Et nous nous préparons à observer les Perséides, cette pluie magique d'étoiles filantes, qui ne correspond en réalité qu'à une croisée avec des débris de comète aussi gros que des grains de sable. Une telle lumière dans le ciel grâce à quelques particules ! Je me souviens de ce que m'avait dit Romain, un jour, à propos des grains de sable du bord de mer, ceux avec lesquels on construit les plus beaux châteaux.

Cette nuit, nous poursuivons la construction de notre forteresse à nous. Elle est solide. Construite sur de belles fondations. Et ces grains de sable sont assemblés avec un ciment indestructible. Un sentiment d'attachement solide. Une coalescence.

Nous regardons les étoiles en sachant que certaines d'entre elles brillent au-delà des autres, parce qu'il y a un peu plus que du gaz et de la matière. Il y a peut-être bien quelques âmes qui s'y sont mises en orbite et qui leur donnent une autre lumière.

Je pense souvent à Lulu. J'y pense chaque jour. À chaque aube et à chaque crépuscule. Il est dans un souffle de vent, dans un rayon de soleil, dans la trajectoire d'un papillon. Il est partout où je suis. J'y pense parfois avec joie, parfois le cœur serré. Il est en filigrane, entre mes pensées et le reste du monde, pour toujours. Au fond de moi, tout au fond, bien au chaud, quoi qu'il arrive. Comme une femme enceinte qui porte son petit, quand elle est encore seule à le savoir installé là, quand son ventre ne s'est pas encore arrondi pour annoncer le miracle prochain à la face du monde. Quand elle savoure cette intimité secrète, que rien ne peut venir gâcher, même pas les soucis tout autour, puisqu'elle a la vie en elle. Puisqu'elle a l'amour en elle…

Je l'ai porté neuf mois pour lui construire un avenir, et il est revenu en moi pour finir de structurer ma propre vie. Abîmée certes, éprouvante parfois, mais savoureuse.

Lulu est passé dans l'existence, comme le souffle d'un ange, et reste désormais dans la mémoire de ceux qu'il a touchés de ses ailes légères.

Mes bras se sont relevés doucement et ils portent mon destin vers ce miracle qui m'appartient, celui de survivre, et puis même de vivre, et d'en être heureuse. D'en être heureuse.

Car Lulu est partout où je suis...

Remerciements

Je remercie :
Pauline, pour la médecine…
Apolline, pour les petites bêtises de gamine…
Frédéric, pour la mécanique…
Hervé, pour la voie lactée…
Mon père, pour l'orthographe et la grammaire…
Mickaël, pour cette poésie si belle…
Mes grands relecteurs qui me relisent de bon cœur…
(une pensée spéciale à Maric, d'en haut aussi !)

Et il y a ceux qui m'apportent l'amour, la tendresse, le réconfort dont j'ai besoin pour avancer…
Emmanuel, pour mon printemps plein d'hirondelles…
Benjamin, qui m'apprend à réfléchir à demain…

Et puis surtout, il y a Pierre, pour son accompagnement sincère.

Composition et mise en pages
Nord Compo à Villeneuve-d'Ascq

POCKET – 12, avenue d'Italie – 75627 Paris Cedex 13

Dépôt légal : novembre 2015
S26403/01

Imprimé en Allemagne par
GGP Media GmbH
en novembre 2015

Jaspage fluo brillant
réalisé en Italie par Maestro